SINOS DO INFERNO

CB020584

Do Autor:

O Livro das Coisas Perdidas

Série Samuel Johnson:

Os Portões:
um Romance Estranho para Jovens Estranhos

Sinos do Inferno

John Connolly

SINOS DO INFERNO

Tradução

Dênia Sad

Rio de Janeiro | 2015

Copyright © 2011 *by* John Connolly

Título original: *Hell's Bells*

Ilustração de capa: © Jeffrey Nishinaka

Editoração: FA Studio

Texto revisado segundo o novo
Acordo Ortográfico da Língua Portuguesa

2015
Impresso no Brasil
Printed in Brazil

Cip-Brasil. Catalogação na publicação
Sindicato Nacional dos Editores de Livros. RJ

C762s Connolly, John, 1968-
Sinos do inferno / John Connolly; tradução Dênia Sad. – 1. ed. – Rio de Janeiro: Bertrand Brasil, 2015.
322 p.: 23 cm

Tradução de: Hell's bells
ISBN 978-85-286-1943-0

1. Ficção fantástica irlandesa. I. Sad, Dênia. II. Título.

15-21970
CDD: 828.99153
CDU: 811.111(41)-3

Todos os direitos reservados pela:
EDITORA BERTRAND BRASIL LTDA.
Rua Argentina, 171 – 2º andar – São Cristóvão
20921-380 – Rio de Janeiro – RJ
Tel.: (0xx21) 2585-2076 – Fax: (0xx21) 2585-2084

Não é permitida a reprodução total ou parcial desta obra, por quaisquer meios, sem a prévia autorização por escrito da Editora.

Atendimento e venda direta ao leitor:
mdireto@record.com.br ou (0xx21) 2585-2002

Impresso no Brasil pelo Sistema Cameron da Divisão Gráfica da
DISTRIBUIDORA RECORD DE SERVIÇOS DE IMPRENSA S. A.

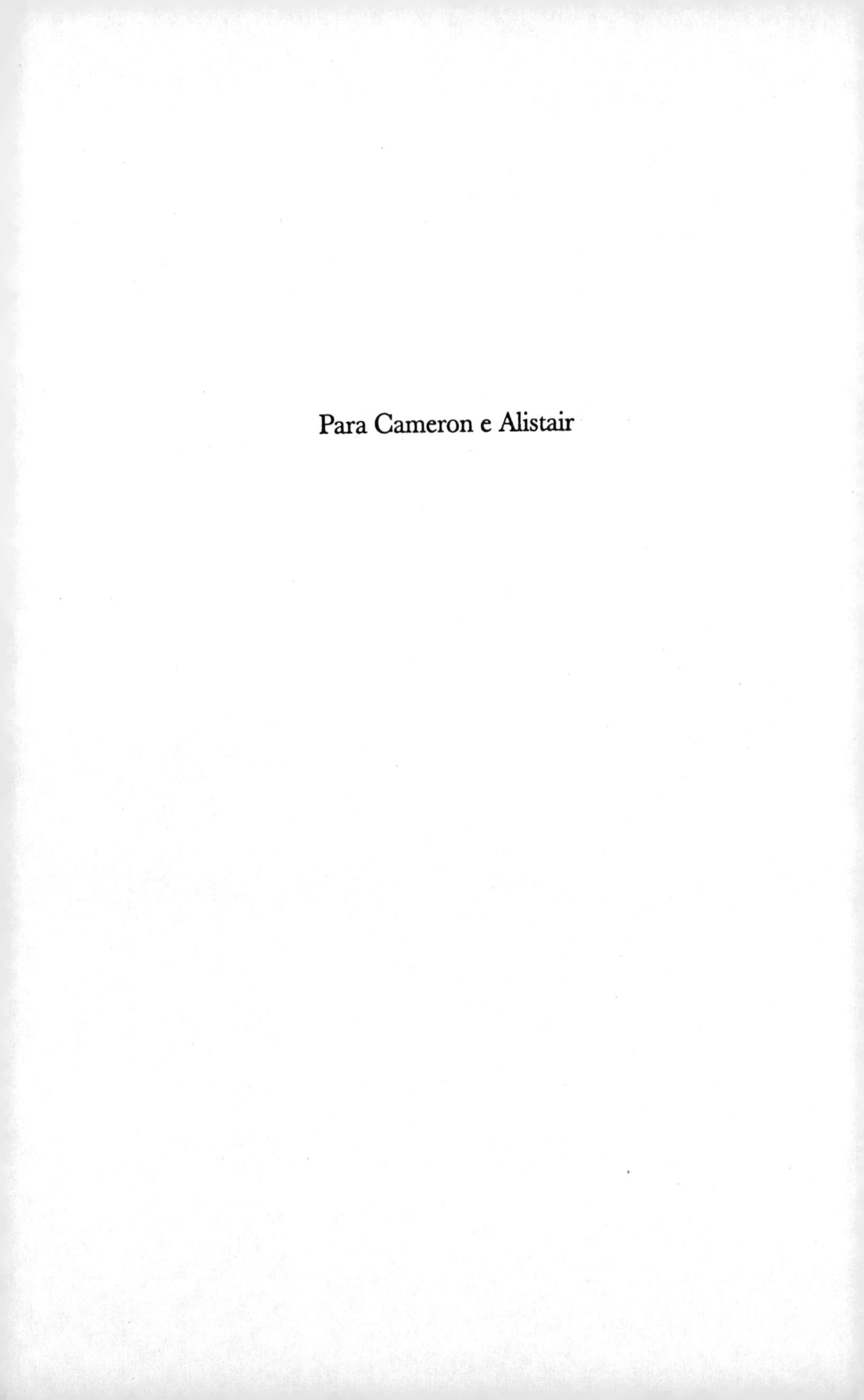

Para Cameron e Alistair

UM

Quando Nos Encontramos no Inferno, Mas Só por Um Tempo, Então, Nem Tudo É Má Notícia

O LUGAR geralmente chamado de Inferno – mas também conhecido como Hades, o Reino do Fogo, a Casa do Velho Nicolau[1] e vários outros nomes elaborados para indicar que não é lá que você gostaria de passar a eternidade, nem mesmo umas férias curtas – estava a maior confusão. Seu governante, o rei sombrio, sentia-se indisposto. E, com "indisposto", quero dizer louco como um desfile de coelhos usando relógios de bolso e coletes.

Essa fonte de todo o Mal, a coisa antiga que se escondeu na parte mais obscura do Inferno, também tinha vários nomes, mas seus seguidores o chamavam de o Grande Malevolente. Ele queria

---

[1] Não confundir com a Casa de São Nicolau, que fica no Polo Norte. Você não vai querer cometer esse erro e acabar vendendo a alma para o Papai Noel.

muitas coisas: que cada estrela de cada universo fosse apagada como a chama de uma vela entre seus dedos; que toda a beleza deixasse de existir; que o frio, a escuridão e um grande silêncio durassem para sempre.

E, acima de tudo, ele queria o fim da humanidade. Já estava cansado de tentar corromper cada ser humano, um por um, pois isso tomava tempo, era frustrante e muitos insistiam em desafiá-lo, sendo decentes e gentis. Apesar de ele não ter desistido completamente disso, parecia muito mais fácil destruir a Terra e acabar logo com tudo; então, elaborou um plano. Na época, esse plano parecia muito bom e, para o Grande Malevolente e seus seguidores, não tinha como dar errado de jeito nenhum. Nenhum mesmo. Sem chance. Com toda certeza e sem a menor sombra de dúvidas ele não falharia.

Naturalmente, o plano falhou de um jeito espetacular.

Agora, para aqueles que talvez não conheçam nossa história inteira até aqui, aí vai uma chance de ficar por dentro.[2] Quando nos encontramos pela última vez, o Grande Malevolente, com a ajuda do demônio conhecido como Ba'al, tentava controlar o poder do Grande Colisor de Hádrons para abrir os portões do Inferno e entrar à força em nosso mundo. O GCH era um enorme acelerador de partículas na Suíça, projetado para recriar os momentos depois do Big Bang, que deu origem ao universo. Em

---

[2] E, a propósito, que tipo de pessoa é você, lendo a segunda parte de uma série antes da primeira? Quero dizer, é sério? Você calça os sapatos antes das meias, veste a calça antes da cueca ou da calcinha? Agora os outros leitores vão ter que fazer hora, assobiando e conferindo as unhas, entediados, enquanto lhe dou uma atenção especial. Aposto que você é do tipo que chega na metade do filme, derramando pipoca e pisando nos pés dos outros. Aí, cutuca o ombro do cara ao lado e pergunta: "Perdi alguma coisa?" São pessoas como você que tumultuam...

outras palavras, o GCH lidava com forças realmente muito primordiais, e, enterrada em algum lugar dentro dessas forças primordiais, estava a semente do Mal. Logo, o colisor criou uma rachadura entre os mundos e o Grande Malevolente viu aí a sua chance.

Ba'al, o servo em quem ele mais confiava, atravessou um portal que ligava o Inferno à Terra e se disfarçou de uma mulher chamada sra. Abernathy, em Biddlecombe, na Inglaterra, depois de matar a verdadeira sra. Abernathy e assumir sua aparência. No último minuto, exatamente quando o Grande Malevolente e seus exércitos estavam prestes a dominar a Terra, os planos da sra. Abernathy foram frustrados por um garotinho chamado Samuel Johnson; o bassê dele, Boswell; e um demônio desajeitado, mas bem-intencionado, chamado Nurd, o Flagelo de Cinco Deidades. O Grande Malevolente culpava a sra. Abernathy pelo que aconteceu e, como resultado, ele agora se recusava a recebê-la, o que a deixou muito humilhada e um tanto preocupada com o futuro.

Tudo entendido? Que bom.

O Grande Malevolente ainda não sabia ao certo como seu plano falhara, e não se importava. Por um momento, avistara uma passagem entre as dimensões, uma possibilidade de fugir do Inferno, e, então, esse portal fora fechado no instante em que ele estava prestes a deixar seu triste reino para trás. Suas esperanças ensanguentadas e seus sonhos sombrios não deram em nada, e chegar tão perto do triunfo o levara à loucura.

Não que o Grande Malevolente já não fosse louco; ele sempre fora mais insano do que um saco de texugos, mais até do que uma colônia de morcegos presa numa lata de biscoitos. Agora, porém, tinha passado a outro nível de completa loucura, e uma parte significante do Inferno havia sido preenchida com seus lamentos desde que o portal deixara de existir. Era um barulho horrível, aquele choro de raiva e mágoa, que não parava nem mudava. Mesmo para os padrões do Inferno, era muito incômodo, ecoando da toca do Grande Malevolente nas profundezas da Montanha do Desespero, atravessando túneis e labirintos, masmorras e as entranhas do estranho dragão, até, por fim, alcançar a entrada que separava seu esconderijo do cenário horroroso além.

A entrada era impressionante, entalhada com emaranhados de rostos apavorantes cujas expressões sempre mudavam, e formas assustadoras cujos corpos se entrelaçavam, de modo que a entrada em si parecia estar viva. Naquele momento, ela era vigiada por dois demônios. Como nas duplas clássicas de todo lugar, um era exatamente o oposto do outro. Um dos guardas era alto e magro, com feições que sugeriam que uma criança irritante e um tanto obesa tinha passado bastante tempo pendurada no queixo dele, esticando este rosto até formar uma expressão muito triste. O outro era mais baixo e gordo. Na verdade, dava a impressão de ter comido a criança irritante e obesa como um favor para o colega.

Brompton, o mais magro dos dois, vigiava a entrada havia tanto tempo, que se esquecera do que é que ele a protegia, pois o ser mais horrível que se podia imaginar já vivia no interior da montanha. Durante os séculos que passara se apoiando em sua lança, às vezes cochilando ou se coçando em lugares que demônios educados não costumavam se coçar em público, até recentemente, ele não conseguia se lembrar de muitas ocasiões em que indivíduos que já não tivessem passe livre tentassem entrar. Ah, alguns demônios haviam tentado escapar do interior da montanha, em grande parte para evitar serem partidos ao meio como castigo por uma coisa ou outra, ou às vezes só por causa de uma aposta, mas, do contrário, tudo andava muito quieto por ali, de um jeito infernal, fazia bastante tempo.

Seu colega, Edgefast, era recém-chegado. Brompton olhava para ele, desconfiado, sob o capacete. Edgefast não se apoiava o suficiente na lança para o gosto de Brompton e ainda não tinha proposto uma escapada para tomar um chá ou tirar um cochilo. Em vez disso, Edgefast se mantinha bem erguido e tinha um brilho desconcertante no olhar, o tipo de brilho de quem gosta mesmo do trabalho e, pior ainda, planeja fazê-lo da melhor maneira possível. Brompton, por sua vez, ainda não havia encontrado um trabalho que lhe agradasse ou que estivesse inclinado a fazer bem, e era da opinião de que esse cargo não existia, o que lhe convinha muito. Um trabalho, para Brompton, era uma coisa que alguém o obrigava a fazer quando se preferia não fazer nada.

Edgefast olhou, nervoso, para Brompton.

– Por que você fica me encarando desse jeito? – perguntou.

– Você não está curvado – respondeu Brompton.

– O quê?

– Eu disse que você não está curvado. Está me fazendo passar uma imagem ruim. Me fazendo parecer desarrumado. Fazendo parecer que não estou nem aí.

– Mas, humm, você *não está* nem aí – retrucou Edgefast, que notou, no momento em que pôs os olhos em Brompton, que o colega era um demônio com "desperdício de espaço" escrito na testa.

– Pode ser – disse Brompton –, mas não quero que todo mundo saiba que não estou nem aí. Você vai acabar fazendo com que eu seja despedido se continuar se mostrando todo entusiasmado desse jeito. Posso não gostar deste emprego, mas existem piores.

– E eu não sei disso? – falou Edgefast, como um demônio que já viu o pior que o Inferno tinha a oferecer e achava que todo o resto era lucro.

– Ah, é? – disse Brompton, agora interessado, mesmo que involuntariamente. – Então, o que é que você fazia antes?

Edgefast suspirou.

– Você se lembra de quando o duque Kobal perdeu o anel preferido dele?

Brompton se lembrava. No que dizia respeito a lordes demoníacos, Kobal[3] não era dos piores, o que significava que, enquanto enfiava agulhas afiadas na sua pele ou tentava descobrir quantas aranhas cabiam na sua boca de uma só vez, sempre oferecia café e bolo a todos que estivessem assistindo e lhe dizia o quanto lamentava ter tido que chegar a esse ponto, mesmo enquanto tentava enfiar uma última aranha entre seus lábios. Kobal perdera seu melhor anel de caveira num dos bueiros do Inferno, e jamais conseguiram encontrá-lo. Logo depois desse incidente, uma lei foi aprovada, exigindo que cada vegetal podre, comida velha, perna ou braço não identificado e todo tipo de dejeto demoníaco fosse revirado à mão antes de ser varrido para o Mar de Coisas Desagradáveis, só para o caso de algo valioso ter sido esquecido em algum lugar.

– Bem – continuou Edgefast. – Sabe todo aquele trabalho de busca?

---

[3] O duque Kobal era oficialmente o demônio dos comediantes, apesar de ser apenas dos comediantes sem graça e também o responsável pelas piadas nos bombons de Natal, distribuídos em alguns países. Você sabe, do tipo "Qual é a maior palavra da língua portuguesa? Termômetro, porque tem um metro dentro dela. Um metro. Não, um metro. É, de distância. É, eu sei que na verdade não tem um metro, mas... Está bem, chega de falar. É sério, você está começando a me irritar. Não, não quero usar um gorro de Papai Noel. Não me importa que seja Natal, esses gorros me dão coceira na cabeça. E não quero ver o que você ganhou. Não mesmo. É sério. Tá, tá bom. Ah, legal, uma bússola. Se eu tirá-la daqui, você vai se perder? Está vendo? É engraçado. Bem, eu achei.

Natal: o duque Kobal adora isso.

– Você está falando de apoiar as patas e os joelhos no chão e revirar cocô e coisas do tipo?

– É.

– Com o nariz bem ali, para ter certeza de que não está deixando passar nada?

– É.

– Sem nenhum lugar para lavar as patas e, portanto, tendo que tentar comer o sanduíche no intervalo segurando-o bem nas bordas das garras e torcendo para não deixá-lo cair?

– É.

– Mas com as mãos fedendo tanto que o sanduíche fedia também?

– É.

– Que horror. Que horror mesmo. – Brompton se arrepiou. – Não consigo nem pensar numa coisa dessas. É o pior trabalho do Inferno. De todo jeito, continue.

– Bem, era eu quem fazia isso.

– Não!

– Sim. Durante anos e anos. Até hoje não consigo olhar para uma privada sem sentir o impulso de enfiar minha mão nela.

– Bem que achei seu cheiro meio estranho, até para um demônio.

– Não tenho culpa. Já tentei de tudo: água, sabão, ácido. Esse cheiro não sai.

– Que azar o seu. E de qualquer pessoa no caminho do vento que tiver passado por você. Bem, então, essa deve ser uma promoção e tanto.

– Ah, é sim. É sim! – disse Edgefast, fervoroso.

– Alguém gosta de você.

Brompton cutucou o colega. Edgefast deu uma risadinha.

– Acho que sim.

– Ah, sim. Você é especial. O queridinho do Satã!

– Ele nem sabe que eu existo – falou Edgefast. – O melhor dia da minha existência foi quando me livrei de tudo aquilo.

Edgefast deu um sorriso. Brompton retribuiu o sorriso. Naquele instante, uma fresta enorme se abriu sobre suas cabeças e começou o esvaziamento dos esgotos do Inferno, que acontecia de hora em hora, cobrindo os dois guardas com os dejetos mais nojentos que se pode imaginar antes de irem parar numa série de grandes montes fedidos, nos pés da montanha. Depois que a última gota caiu e a fresta se fechou, um pequeno demônio com botas de borracha e um pregador no nariz se enfiou num dos montes e começou a revirar a última descarga.

– Era eu quem fazia isso – comentou Edgefast, tirando com cuidado um pedaço de vegetal podre da orelha.

– Você é um cara de sorte – disse Brompton.

Os dois observaram o demônio em silêncio por um tempo.

– Que bom que nos deram capacetes – falou Edgefast.

– É uma das vantagens desse trabalho – disse Brompton. – Não seria tão bom sem os capacetes.

– Queria perguntar uma coisa. O que aconteceu com o cara que estava neste emprego antes de mim?

Brompton nem teve oportunidade de responder. Uma estrada longa e sombria atravessava os montes fedidos e seguia até o prado monótono mais adiante. Aquela estrada estivera vazia desde que Edgefast chegara ali, no primeiro dia de trabalho, mas não estava mais. Um vulto se aproximava. Quando esse vulto chegou mais perto, Edgefast viu que era uma mulher, ou algo que dava uma bela impressão de ser uma. Ela usava um vestido branco com estampa de flores vermelhas e um chapéu de palha com uma fita branca contornando a copa. Os saltos de seus sapatos brancos faziam um *toque-toque-toque* estável sobre as pedras da estrada, e em seu braço esquerdo pendia uma bolsa branca com fechos dourados. A mulher tinha uma expressão muito determinada no rosto, uma expressão que talvez fizesse um demônio mais inteligente que Edgefast hesitar. Mas as suposições de Brompton estavam certas: Edgefast era mesmo um entusiasta e não há como deter um entusiasta.

Agora a mulher se encontrava perto o bastante para Edgefast ver que o vestido estava mais gasto do que tinha aparentado num primeiro momento. Parecia ter sido feito em casa, com costuras tortas, e os sapatos eram botas pretas grosseiras pintadas de branco e depois trabalhadas para que os saltos ficassem pontudos. A bolsa era uma armação de ossos coberta com pele, com até sardas e pelos; e o fecho, vendo mais de perto, eram dentes dourados.

Nenhum desses elementos, peculiares por si só, representava o aspecto mais estranho da aparência da mulher. Esse mérito era do fato de que a única coisa mais malcosturada do que o vestido era a própria mulher. Sua pele, à mostra no rosto, nos braços e nas pernas, ao que parecia, tinha sido rasgada em algum momento, e seus vários pedaços foram costurados de volta, dando uma noção grosseira de como uma mulher talvez fosse. A órbita de um olho era menor do que a outra; o lado esquerdo da boca, mais alto do que o direito; e a pele na parte mais baixa da perna esquerda, frouxa como uma meia calça velha. O cabelo louro da mulher pairava desajeitado sobre a cabeça como um punhado de gravetos que um pássaro em movimento tivesse deixado cair. Edgefast percebeu que o que via estava mais para uma fantasia de mulher do que para uma mulher, o que o fazia se perguntar o que poderia haver ali debaixo.

Ainda assim, Edgefast tinha um trabalho a fazer. Ele deu um passo à frente antes que Brompton pudesse impedi-lo e apontou a lança de um jeito vagamente ameaçador.

– Sabe, eu não faria... – Brompton começou a falar, mas já era tarde demais.

– Pare – disse Edgefast. – Onde você pensa que vai?

Infelizmente, ele não recebeu uma resposta para essa pergunta, mas recebeu uma para a que tinha feito antes, que era o que acontecera com o cara que trabalhava como guarda antes dele: estava prestes a conhecer de perto o destino de seu predecessor.

A mulher parou e encarou Edgefast.

– Minha nossa – Brompton puxou o capacete para baixo, cobrindo os olhos, e tentou se encolher tanto quanto possível. – Minha nossa, minha...

Tentáculos medonhos, pingando um fluido viscoso, irromperam das costas da mulher, atravessando o tecido do vestido. Sua boca se abriu bastante, revelando fileiras e mais fileiras de dentes afiados e pontudos. Unhas compridas brotaram das pontas dos dedos pálidos, curvando-se como ganchos. Os tentáculos agarraram Edgefast, levantaram-no do chão e, em seguida, jogaram-no com muita, muita força em várias direções de uma só vez. Houve um grunhido de dor, e diversos pedaços do que um dia havia sido Edgefast foram atirados no ar, um deles indo parar no capacete de Brompton. Ele espiou ali embaixo e viu a cabeça de Edgefast na terra à frente, com um olhar confuso.

– Você podia ter me avisado – disse a cabeça.

Brompton pôs o pé sobre a boca de Edgefast para mantê-lo calado enquanto a mulher ajeitava sua aparência, agora ainda mais desgrenhada, passando a mão no cabelo, e depois seguia para atravessar a entrada para a Montanha do Desespero, sem se preocupar com quaisquer outras perguntas sobre onde ela poderia estar indo.

Brompton ergueu o capacete para a mulher quando ela passou.

– Bom dia...

Ele fez uma pausa, tentando encontrar a palavra apropriada. Os olhos escuros da mulher se voltaram para o guarda por um instante e ele sentiu um frio na barriga, o tipo de frio que chega logo antes de alguém rasgar você em pedacinhos e jogar a *sua* cabeça na parede mais próxima.

–... senhorita – concluiu Brompton, e a mulher sorriu para ele como se dissesse, "sim, sou tão bonita, obrigada por notar", antes de desaparecer nas trevas da montanha.

Brompton suspirou, aliviado, e tirou o pé da boca de Edgefast.

– Isso doeu muito – disse Edgefast enquanto Brompton começava a recolher seus braços e pernas, fazendo uma grande pilha com eles, na esperança de que Edgefast pudesse ser montado de volta de um jeito que talvez lembrasse vagamente o que fora um dia.

– A culpa é sua – falou Brompton. Ele começou a cruzar os braços e então se deu conta de que ainda segurava um braço de Edgefast em cada mão, e tudo aquilo ameaçava virar uma grande confusão. Assim, se contentou em apontar um dos membros arrancados de Edgefast para a cabeça dele, em repreensão. – Você não devia fazer perguntas pessoais a uma dama.

– Mas eu sou um guarda. E não tenho certeza de que aquilo *era* uma dama.

– Shhhhh! – Brompton olhou, ansioso, sobre o ombro, como se esperasse que a mulher aparecesse de novo e rasgasse os dois em pedaços tão pequenos, que só as formigas conseguiriam encontrá-los. – Acho que você não serve para ser guarda, sabe? – disse ele. – Você exagera nessa coisa de *guardar*.

– Mas não é isso o que devíamos fazer? – falou Edgefast. – Nosso trabalho é guardar a entrada. Eu só estava tentando ser bom nisso.

– Estava, é? – perguntou Brompton. Ele parecia cético. – Sabe o que sou bom em guardar?

– Não. O quê?

– Minha saúde.

Ele pôs o capacete de Edgefast de volta na cabeça do colega e tornou a se apoiar na lança, enquanto esperava que alguém viesse recolher os pedaços.

– Quem era... humm... quem era ela mesmo? – perguntou Edgefast.

– Essa – disse Brompton – era a sra. Abernathy, e ela está de *muito* mau humor.

DOIS

Quando Aprendemos Um Pouco Sobre Como É Duro Estar Apaixonado

TEMPO É uma coisa engraçada. Considere a viagem no tempo: pergunte a várias pessoas aleatórias se elas prefeririam avançar ou voltar no tempo, e é provável que o número daquelas que gostam da ideia de ver a Grande Pirâmide ser construída ou de brincar de pique com um dinossauro seja praticamente igual ao das que prefeririam ver se todos aqueles propulsores a jato e armas a laser que nos prometeram nos quadrinhos finalmente chegaram às lojas.[4]

---

[4] Na verdade, a escolha de voltar ou avançar no tempo pode muito bem lhe dizer alguma coisa importante sobre a pessoa em questão. Dizem que o escritor inglês Arnold Bennett (1867-1931) falou, "Quem vive no passado deve dar lugar a quem vive no futuro. Senão, o mundo começaria a girar para o outro lado". O que Bennett quis dizer é que é melhor olhar para a frente do que para trás porque é assim que se progride. Por outro lado, George Santayana (1863-1952), um escritor americano, falou: "Quem não consegue se lembrar do passado está condenado a repeti-lo". Em outras palavras,

Infelizmente, tenho uma má notícia para quem gostaria de voltar no tempo. Supondo que, quando não estou escrevendo livros nem perturbando os vizinhos tocando fagote em horários estranhos, eu construa uma máquina do tempo no meu porão e ofereça viagens de graça a qualquer um que queira fazer um passeio, quem quiser visitar a rainha Elizabeth I para ver se ela realmente tinha dentes de madeira (não tinha: eles só estavam apodrecidos e escuros, e o chumbo em sua maquiagem, aos poucos, a envenenava, então ela devia passar a maior parte do tempo mal-humorada) ou descobrir se o rei Etelredo, o Despreparado, era mesmo despreparado (não era: seu apelido é uma tradução errada de uma palavra do inglês arcaico que significa "mau conselho") ficará muito decepcionado.

Por quê? Porque você não pode voltar para antes de existir uma máquina do tempo. Simplesmente não pode. Você está ligando dois pontos diferentes no tempo e o mais antigo desses pontos tem que ser o momento em que a máquina do tempo passou a existir. Lamento, são as regras. Não as invento, só faço com que sejam cumpridas nos livros. Então, não recebemos visitantes do futuro porque ninguém conseguiu ainda construir uma máquina do tempo no *nosso* tempo. É isso, ou alguém inventou uma e está guardando muito bem esse segredo para que os outros não fiquem batendo à sua porta, pedindo para dar uma volta na máquina do tempo, o que seria muito irritante.[5]

é uma questão de equilíbrio: o passado é um belo lugar para se visitar, mas você não iria querer viver lá.

[5] Tem também a pequena questão do que é conhecido como "Paradoxo do Avô". O que aconteceria se você voltasse no tempo e matasse seu avô antes de sua mãe ou seu pai nascer? Você deixaria de existir? O argumento

Se a sra. Abernathy fosse capaz de voltar no tempo, teria feito várias coisas de um jeito diferente no decorrer da tentativa de invasão à Terra, mas a principal delas teria sido não subestimar o garoto chamado Samuel Johnson nem seu cachorrinho, Boswell. Mas, de novo, como ela poderia ter imaginado que um garotinho e o bassê dele a levariam ao fracasso? Ela era um demônio, mas também era adulta, e a maioria dos adultos tem dificuldades para imaginar a possibilidade de garotinhos ou bassês serem superiores a eles de algum jeito.

A sra. Abernathy teria tido algum consolo se soubesse que o responsável por grande parte de seus problemas agora também sofria um pouco de rejeição e humilhação, pois Samuel Johnson tinha acabado de tentar convidar Lucy Highmore para um encontro.

Samuel era apaixonado por Lucy desde que pusera os olhos nela pela primeira vez, o que acontecera em seu primeiro dia na escola secundária Montague Rhodes James, em Biddlecombe. Na visão de Samuel, passarinhos azuis voavam sem parar ao redor da cabeça

---

é que você já existe, pois estava por aí para voltar no tempo, então, se tentar mesmo matar seu avô, é óbvio que não conseguirá. Mas, espere aí: você poderia desaparecer "do nada" se conseguisse matar seu avô? Não, porque isso implicaria duas realidades diferentes: uma na qual você existe e outra em que você não existe, o que não vai funcionar de jeito nenhum. Isso levou o famoso físico e professor Stephen Hawking a criar a "Conjectura de Proteção Cronológica", uma espécie de proibição da viagem no tempo. O professor Hawking acredita que exista uma regra da física que impeça a viagem no tempo porque, do contrário, receberíamos visitas de turistas do futuro e pessoas aparecendo do nada para tentar matar os avôs e provar que estão certas. No fim das contas, porém, se você é do tipo que, ao ouvir falar da viagem no tempo pela primeira vez, já considera a possibilidade de matar seu avô, então não é alguém que devesse ter permissão para chegar perto de máquinas do tempo, nem, aliás de avôs.

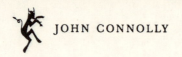

de Lucy, fazendo serenatas com odes à sua beleza e depositando pétalas em seu cabelo, enquanto anjos deixavam sua mochila um pouco mais leve, ajudando-a a carregar esse peso, e sussurravam em seu ouvido as respostas das questões de matemática quando ela empacava em alguma. Pensando bem, não eram anjos: eram todos os outros garotos da turma, pois Lucy Highmore era do tipo que fazia os meninos sonharem com casamentos e bebês e as outras meninas sonharem com ela caindo de um lance de escadas íngreme e parando num monte de espinhos de porco-espinho e equipamentos agrícolas enferrujados.

Samuel tinha levado mais de um ano para tomar coragem e convidar Lucy para sair: mês após mês tentando encontrar as palavras certas, praticando na frente do espelho para não tropeçar nessas palavras quando começasse a falar, chamando-se de idiota por um dia ter acreditado que ela poderia aceitar comer uma torta com ele na confeitaria Tortas do Pete, e, depois, endireitando seus jovens ombros, enrijecendo o lábio superior e lembrando a si mesmo que um coração fraco nunca conquistou uma bela dama, apesar de também nunca ter sofrido uma rejeição devastadora.

Samuel Johnson era corajoso: enfrentara a fúria do próprio Inferno, então não tinha como duvidar de sua coragem, mas a perspectiva de abrir seu jovem coração para Lucy Highmore e correr o risco de tê-lo perfurado pela espada cega da indiferença o deixava com um frio na barriga e lágrimas nos olhos. Samuel não sabia ao certo o que seria pior: convidar Lucy Highmore e ser rejeitado ou não convidar e nunca conhecer os sentimentos dela por ele; ser dispensado e descobrir que não existia a menor possibilidade de encontrar o caminho para o coração de Lucy ou viver sonhando com isso sem nunca realizar esse sonho. Depois de pensar muito, ele concluiu que era melhor descobrir.

Samuel usava óculos: um tanto espessos, aliás, e sem eles tendia a ver um mundo um pouco embaçado. Concluiu que ficava melhor sem os óculos, apesar de não conseguir ter certeza, já que, ao tirá-los e se olhar no espelho, lembrava um desenho de si mesmo que caíra numa poça. Ainda assim, tinha certeza de que Lucy Highmore iria gostar mais dele sem os óculos, então, no dia fatídico – o Primeiro Dia Fatídico, como mais tarde ele viria a pensar – tirou-os com cuidado enquanto se aproximava dela, enfiando-os com segurança no bolso e repetindo estas palavras na cabeça: "Oi, eu queria saber se você me daria o prazer de lhe pagar uma torta e talvez um copo de suco de laranja no empório de tortas do Pete, na avenida principal. Oi, eu queria saber se..."

Alguém esbarrou em Samuel ou ele esbarrou em alguém. O menino não sabia ao certo, mas pediu desculpas e seguiu seu caminho até tropeçar na mochila de outra pessoa e quase cair.

– Ei, olhe por onde anda – falou o dono da mochila.

– Desculpe – disse Samuel. De novo.

Ele semicerrou os olhos. À frente, avistou Lucy Highmore. Ela usava um casaco amarelo. Era um casaco adorável. Tudo em Lucy Highmore era adorável. Ela não seria mais adorável nem que se chamasse Lucy Adorável e vivesse na Rua Adorável, na cidade Adorável.

Samuel parou diante da menina, limpou a garganta e, sem gaguejar uma vez sequer, disse:

– Oi, eu queria saber se você me daria o prazer de lhe pagar uma torta e talvez um copo de suco de laranja no empório de tortas do Pete, na avenida principal.

Ele esperou pela resposta, mas não recebeu nenhuma. Semicerrou ainda mais os olhos, tentando focar em Lucy. Será que ela estava tomada de emoção? Será que estava boquiaberta, admirada? Agora, será que uma única lágrima de felicidade escorria de seu olho como um diamante enquanto os passarinhos cantavam...

– Você acabou de convidar essa caixa de coleta do correio para um encontro? – perguntou alguém ali perto. Samuel reconheceu a voz. Era a de Thomas Hobbes, seu melhor amigo.

– O quê? – Samuel tateou, desajeitado, procurando os óculos, que pôs no rosto e descobriu que tinha pegado a direção errada. Havia saído pelos portões da escola e seguido pela rua na qual, ao que parecia, acabava de se oferecer para pagar uma torta para a caixa de coleta amarela e, extensivamente, ao carteiro que estava prestes a esvaziá-la. O carteiro agora olhava para Samuel com o tipo de desconfiança de quem acha que está diante do que pode muito bem ser um maluco, e esse maluco se tornar perigoso a qualquer momento.

– Ela não come tortas – disse o carteiro, devagar. – Só cartas.

– Está bem – falou Samuel. – Eu já sabia disso.

– Que bom – disse o carteiro, ainda falando muito devagar.

– Por que você está falando tão devagar? – perguntou Samuel, descobrindo que agora tinha começado a falar devagar também.

– Porque você é louco – respondeu o carteiro, ainda mais devagar.

– Ah.

– E a caixa de coleta não pode ir com você até o empório de tortas. Ela tem que ficar onde está. Porque é uma caixa de coleta.

Ele deu um tapinha delicado na caixa de coleta e sorriu para Samuel, como se dissesse: “Está vendo? Não é uma pessoa, é uma caixa, então vá embora, maluco.”

– Eu tomo conta dele – falou Tom, enquanto começava a guiar Samuel de volta para a escola. – Vamos levar você para dentro dos portões. Assim vai poder deitar e descansar um pouco.

Os alunos que estavam perto dos portões observavam Samuel. Alguns riam, debochando.

Vejam, é aquele menino. Eu falei que ele era estranho.

Pelo menos Lucy não estava ali, pensou Samuel. Ao que parecia, a menina tinha saído para espalhar sua fragrância adorável por outro lugar.

– Se não for grosseria perguntar, por que você estava se oferecendo para pagar uma torta para uma caixa de coleta do correio? – indagou Tom, enquanto os dois seguiam pelas profundezas do parquinho.

– Pensei que fosse Lucy Highmore – disse Samuel.

– Lucy Highmore não parece uma caixa de coleta e acho que ela não ficaria muito feliz se soubesse que você pensou isso dela.

– É que ela tem um casaco amarelo. Me confundi.

– Ela está fora do seu alcance, não é? – disse Tom.

Samuel suspirou, triste.

– Ela está tão fora do meu alcance, que nem sabe que eu existo. Mas ela é adorável.

– Você é um idiota – falou Tom.

– Quem é idiota?

Maria Mayer, a amiga mais íntima de Samuel na escola, se juntou aos dois.

– Samuel – respondeu Tom. – Ele acabou de convidar uma caixa de coleta do correio para sair, pensando que fosse Lucy Highmore.

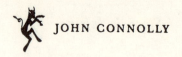

– É mesmo? – disse Maria. – Lucy Highmore. Que... legal.

Seu tom de voz não era gélido. Estava mais para glacial. A palavra *legal* deu a impressão de um iceberg em direção ao qual o belo navio Lucy Highmore seguia a todo vapor, desavisado, mas Tom, se divertindo demais com aquilo, e Samuel, sofrendo de tão constrangido, não notaram o jeito como a amiga falou nem o quanto ela parecia triste.

Foi então que Samuel descobriu que Lucy Highmore não estava em outro lugar. Ela surgiu de trás de um grupo de amigas, todas ainda cochichando, e Samuel ficou extremamente corado ao perceber que a menina tinha testemunhado todo o acontecido. Ele saiu andando, sentindo-se do tamanho de um inseto e, quando passou pelo grupo de Lucy, ouviu as amigas dela começarem a dar risadinhas, e ela fez o mesmo.

Quero voltar no tempo, pensou Samuel, voltar para antes de convidar Lucy Highmore para sair comigo. Quero mudar o passado, mudar tudo.

Não quero mais ser aquele menino estranho.

É esquisito, mas as pessoas são capazes de esquecer acontecimentos um tanto extraordinários muito depressa se isso as deixar mais felizes, mesmo incidentes tão incríveis quanto a abertura dos portões do Inferno, cuspindo demônios do tipo mais desagradável, que foi o que ocorrera na cidadezinha de Biddlecombe havia apenas quinze meses. Imagina-se que, depois de uma experiência como essa, as pessoas iriam acordar toda manhã, bocejar e coçar a cabeça antes de arregalar os olhos, apavoradas, e gritar: "Os portões! Demônios! Eles estiveram aqui! E vão voltar!"

Mas elas não são assim. Deve ser uma coisa boa, pois, do contrário, seria muito difícil viver. Não é verdade que o tempo cura todas as feridas, mas ele alivia, sim, as lembranças dolorosas, senão, as pessoas só iriam ao dentista uma vez e nunca mais voltariam ou, pelo menos, não sem garantias significativas de conforto e segurança.[6]

Então, à medida que as semanas e os meses passavam, a lembrança do que acontecera em Biddlecombe começou a desaparecer até que, depois de um tempo, as pessoas começaram a se perguntar se aquilo chegou mesmo a acontecer ou se não passou de um sonho estranho. Mais especificamente, elas imaginavam que tinha acontecido um dia e que, por isso, não era provável que acontecesse de novo, então, poderiam parar de se preocupar e voltar a se envolver com coisas mais importantes, como futebol, reality shows e fofocas sobre os vizinhos. Pelos menos era o que diziam a si mesmas, mas, às vezes, na parte mais profunda e escura da noite, elas tinham sonhos estranhos com criaturas de dentes nojentos e garras venenosas. E quando as crianças falavam que não conseguiam dormir porque havia alguma coisa debaixo da cama, os adultos não iam logo dizendo que aquilo era bobagem. Não, espiavam debaixo da cama com muito, muito cuidado, e faziam isso com um taco de críquete, um cabo de vassoura ou uma faca da cozinha na mão.

---

[6] "Como assim? Você vai me dar uma anestesia leve? Quero uma anestesia *pesada*. Do tipo que dão aos elefantes antes de operá-los. Quero me sentir como se meu queixo fosse esculpido na pedra, como parte do monte Rushmore. Não quero sentir NENHUMA dor, senão, vai dar problema, entendeu? E por que foi que você se tornou um dentista, afinal? Gosta de machucar os outros? Gosta? Você é um monstro. É isso o que você é, um monstro!"

Desculpe por isso, mas você sabe do que estou falando...

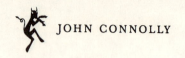

Porque nunca se sabe...

De um jeito peculiar, porém, Samuel Johnson sentia que *o* culpavam pelo que acontecera. Não havia sido ele quem invocara os demônios no porão de casa porque estava entediado, nem quem construíra uma máquina enorme que, por acidente, abrira um portal entre este mundo e o Inferno. Não era culpa sua o Diabo, o Grande Malevolente, odiar a Terra e querer destruí-la. Mas, como o menino tinha se envolvido tanto com o que acontecera, os outros eram lembrados disso quando o viam e não queriam evocar essa lembrança. Queriam esquecer tudo aquilo e haviam se convencido de que tinham esquecido, ainda que não tivessem, não de verdade. Só não queriam pensar nisso, o que não é a mesma coisa.

Samuel, porém, não conseguia esquecer aquilo porque, às vezes, via de relance uma mulher no espelho ou no reflexo da vitrine de uma loja ou no vidro de um ponto de ônibus. Era a sra. Abernathy, seus olhos luminosos com um brilho azul estranho, e Samuel sentia o quanto ela o odiava. Só que ninguém mais a via. Ele tentara contar aos cientistas sobre ela, mas eles não acreditaram. Achavam que Samuel era apenas um garotinho – esperto e corajoso, mas, apesar disso, apenas um garotinho – que ainda era perturbado pelas coisas horríveis que vira.

Samuel sabia que não era só isso. A sra. Abernathy queria se vingar: dele, da Terra e de cada criatura viva que andasse, nadasse ou voasse.

O que nos leva à outra razão de por que Samuel não conseguia esquecer. Ele não derrotara a sra. Abernathy e o Diabo e o bando do Inferno inteiro sozinho. Contara com a ajuda de um demônio azarado, mas, de um modo geral, decente, chamado Nurd, e os dois tinham se tornado amigos. Agora, porém, Nurd estava em algum lugar do Inferno, escondendo-se da sra. Abernathy, e Samuel estava aqui na Terra, e um não podia ajudar o outro.

A Samuel só restava esperar que, onde quer que estivesse, Nurd ficasse a salvo.[7]

---

[7] Só mais uma coisa sobre a viagem no tempo, já que estamos falando disso. A teoria quântica sugere que existe uma probabilidade de todos os acontecimentos possíveis, por mais estranhos que sejam, ocorram, e que todos os desfechos possíveis de cada acontecimento existam em seu próprio mundo. Em outras palavras, todos os passados e futuros possíveis, como aquele em que você não escolheu este livro e leu outra coisa em vez disso, são potencialmente reais e todos eles coexistem, um ao lado do outro. Agora, vamos supor que a gente tenha criado uma máquina do tempo que nos permita viajar entre essas linhas do tempo alternativas. Ora, aí, você poderia se dedicar a matar avôs à vontade, voltando na linha do tempo, satisfazendo seu inexplicável rancor mortal por seu avô e depois seguindo para outra linha.

E se você acha que todas essas noções de mundos paralelos e outras dimensões são um absurdo, por favor, leve em conta que Jonathon Keats, um filósofo experimental de São Francisco, já começou a vender imóveis nessas dimensões extras de espaço e tempo. Na verdade, ele vendeu 172 lotes de imóveis extradimensionais na área da baía de São Francisco em um dia. Não sei ao certo o que isso prova, na verdade, além do fato de que existem pessoas em São Francisco dispostas a pagar um bom dinheiro por coisas que podem não existir, o que, talvez, revele mais sobre os moradores da cidade do que sobre teoria científica. Além do mais, *eu* pagaria um bom dinheiro para ver essas pessoas tentarem exercer seus direitos de proprietários diante de um monstro de outra dimensão portando um lançador de raios. "Agora, escute aqui, paguei um bom dinheiro por este pedaço de terra e..." *Bangue!*

TRÊS

Quando Vasculhamos Mais Fundo nas Entranhas do Inferno, e Este é Um Daqueles Títulos de Capítulo Que Deixam os Pais Preocupados com o Tipo de Livro que os Filhos Andam Lendo

EPOIS DE nosso breve desvio para a Terra e daquela lição de amor, de vida, da importância de se enxergar bem num relacionamento e dos perigos de matar avôs, voltemos ao Inferno.

Como já foi esclarecido, a mulher que agora caminha determinada, a passos largos e rápidos, pelas profundezas turvas da Montanha do Desespero, usando um vestido com estampa de flores completamente gasto, é a sra. Abernathy, antes conhecida como Ba'al. A sra. Abernathy vinha fazendo uma peregrinação diária rumo à toca do Grande Malevolente desde que a tentativa de invadir o mundo dos homens não dera em nada. Ela queria se apresentar a seu mestre, explicar o que dera errado e arranjar um jeito de voltar a ser uma de suas protegidas. A sra. Abernathy era quase tão antiga e maligna quanto o próprio Grande Malevolente e os dois tinham passado uma eternidade juntos naquele lugar desolado, criando, aos poucos, um reino das cinzas, da imundice e das chamas.

Agora, porém, o Grande Malevolente, perdido nas lamentações e na fúria, parecia se recusar a receber sua tenente. Cortara relações com a sra. Abernathy e isso a preocupava; preocupava e, sim, assustava. Sem o perdão e a proteção do Grande Malevolente, ela estava vulnerável. Alguma coisa tinha que ser feita. O Grande Malevolente tinha que ouvi-la e era por isso que a sra. Abernathy insistia em voltar àquele lugar, onde criaturas fétidas vigiavam das sombras, divertindo-se ao ver um dos demônios mais poderosos, o comandante dos exércitos infernais, rebaixado à posição de um pedinte; um pedinte, aliás, chegado a usar roupas de mulher, o que era perturbador.

Estranhamente, o demônio, que no começo ficou muito insatisfeito por ter sido obrigado a assumir a aparência de uma mulher de quarenta e poucos anos, passara a gostar de vestidos com estampas florais e de se preocupar com o cabelo. Em parte, isso aconteceu porque, até muito recentemente, não era macho nem fêmea: vinha sendo apenas uma horrível "coisa". Agora tinha uma identidade e uma forma que não era composta apenas por garras e tentáculos. Ba'al podia ter tomado o corpo da sra. Abernathy no início, mas alguma coisa dela acabou contagiando o demônio. Pela primeira vez, um espelho, belas roupas e maquiagem tiveram utilidade. Ela se preocupava com a aparência. Era, para ser direto, vaidosa.[8] Nem pensava mais em si mesma

---

[8] Para que ninguém comece a tomar as dores das mulheres de toda parte, me deixe apenas reforçar que a vaidade não é uma exclusividade do sexo frágil. "A vaidade", de acordo com o poeta e ensaísta Jonathan Swift (1667-1745) "é o alimento dos tolos;/ Mas às vezes os homens de sabedoria/ Se permitem comer uma fatia." Vaidade, em sua melhor definição, é ter orgulho demais de

como Ba'al. Ba'al era passado. A sra. Abernathy era o presente. E o futuro.

À medida que ela descia pelas profundezas da montanha, dava-se conta dos risos debochados e sussurros ao seu redor. Caminhava sobre uma ponte enorme, suspensa sobre um abismo tão grande que, se você caísse ali, passaria a eternidade caindo, até ficar velho e morrer sem nunca chegar ao fundo. Metais e correntes mantinham a ponte no lugar, ligando-a às paredes internas da montanha. Lá dentro, havia inúmeras câmaras arqueadas, cada uma escondida numa sombra e habitada por um demônio. As câmaras se estendiam por subidas e descidas, tão longe quanto os olhos podiam enxergar e mais além, até as tochas em chamas postas de qualquer jeito nas paredes, a única fonte de iluminação encontrada ali, se tornarem tão pequenas quanto estrelas, antes de, por fim, desaparecerem por completo, devoradas pela escuridão. Aqui e ali, bestas espiavam de suas câmaras: diabinhos vermelhos e sorridentes; demônios do fogo e demônios do gelo; criaturas deformadas e sem forma, entidades amorfas que mal passavam de olhos brilhando em contraste com a fumaça. Houve um tempo em que se encolheriam diante de sua presença, com medo de, só de pôr os olhos na sra. Abernathy, despertarem sua ira. Agora, porém, tinham começado a zombar dela. A sra. Abernathy falhara com o Grande Malevolente. Com o tempo, os lamentos de seu mestre passariam e ele se lembraria de que ela deveria ser castigada por seu fracasso.

E então, como aquelas criaturas se divertiriam!

---

si mesmo, e o contrário de orgulho é humildade, que significa ver a si mesmo como você é e não se comparar aos outros, nem mesmo aos maus ou, de fato, a outros demônios usando vestidos, se por acaso você for um demônio chegado a usá-los.

Por enquanto, porém, os lamentos continuavam. Tornavam-se mais altos à medida que a sra. Abernathy chegava perto da fonte. Ela viu que alguns demônios tinham enfiado carvão nas orelhas na tentativa de bloquear o som do sofrimento de seu mestre, enquanto outros pareciam ter enlouquecido tanto quanto ele e zuniam para si mesmos ou batiam a cabeça repetidas vezes nas paredes, frustrados.

Por fim, as câmaras ficaram para trás e restaram apenas as paredes escuras de pedra. Nas trevas adiante, uma forma se mexeu, descolando-se das sombras como alguém que destaca um sapato de um piche pegajoso, com gavinhas negras que pareciam se estender da entidade, nas trevas, como se ela fizesse parte da escuridão e a escuridão fizesse parte dela. A criatura parou sob a chama tremeluzente de uma tocha e deu um sorriso desagradável. Sua aparência lembrava a de um abutre, só que com características humanas. A cabeça era rosada e calva, apesar da luz pegar os minúsculos pelos brotando na pele. O nariz era comprido, carnudo e curvado como o de uma ave de rapina, se juntando a um único lábio inferior para formar uma espécie de bico. Os pequenos olhos negros brilhavam com uma malevolência pitoresca. A criatura usava uma capa escura que se derramava como óleo sobre os ombros caídos e, na mão esquerda, segurava um cajado de osso com uma pequena caveira na ponta. Agora, o cajado estava estendido diante da sra. Abernathy, bloqueando-lhe a passagem.

O nome da criatura era Ozymuth e ele era o chanceler do Grande Malevolente.[9] Ozymuth sempre odiara Ba'al, mesmo antes de Ba'al

---

[9] O chanceler é o secretário e o conselheiro de um governante ou rei. É uma profissão arriscada, já que governantes muito poderosos tendem a reagir mal a quem tenta lhes dizer o que fazer ou quem sugere que possam estar

passar a se chamar sra. Abernathy e a usar roupas estranhas. O poder de Ozymuth estava no fato de o Grande Malevolente ouvi-lo. Se os demônios quisessem um favor ou uma promoção, tinham que abordar o Grande Malevolente através de Ozymuth. E se a promoção ou o favor lhes fosse concedido, passavam, por sua vez, a ter uma dívida com Ozymuth. É assim que o mundo funciona, não só o Inferno. Isso não é legal e não deveria acontecer, mas acontece e você deve saber disso.

– Você não pode passar – disse Ozymuth. Uma língua comprida e rosada escapou do bico e lambeu algo invisível sobre a pele.

– Quem é você para me dizer o que posso ou não fazer? – perguntou a sra. Abernathy, com desdém pingando como ácido de sua língua. – Você é o cachorrinho do nosso mestre e nada mais. Se não demonstrar respeito por mim, vou deixá-lo em pedaços, célula por célula, átomo por átomo, e depois vou juntá-lo de novo só para poder começar tudo outra vez.

Ozymuth deu uma risadinha debochada.

– Cada vez que você vem aqui, suas ameaças soam ainda mais vagas. Você era o preferido do nosso mestre, mas isso é passado. Teve sua chance de agradá-lo e a jogou fora. Se eu fosse você,

---

enganados a respeito de alguma coisa. Thomas Becket (1118-1170), o chanceler de Henrique II da Inglaterra, foi esquartejado por cavaleiros depois de ele e o rei terem discordado sobre quanto poder o rei deveria ter sobre a igreja. Como se sabe, Henrique VIII da Inglaterra mandou decapitar seu chanceler, Thomas More (1478-1535), porque More não aprovava o desejo do rei de se divorciar da primeira esposa, Catarina de Aragão, para se casar com a mais jovem e mais bonita Ana Bolena. Henrique VIII acabou mandando decapitar Ana Bolena também. A lição que podemos tirar disso é: não trabalhe para nenhum rei chamado Henrique que pareça ser chegado a mandar cortar cabeças. É uma boa ideia observar como pegam o topo dos ovos cozidos. Se fizerem isso com muita ferocidade, talvez seja melhor se candidatar a outro emprego.

arranjaria um buraco para me enfiar e permaneceria ali, na esperança de o nosso mestre esquecer que um dia existi. Pois quando as lamentações passarem e ele se lembrar dos tormentos que você lhe causou, ser deixado em pedaços irá parecer uma massagem delicada se comparado ao que ele fará com você. Seus dias de glória acabaram, "sra. Abernathy". Olhe só para você! Para o que você se tornou!

Os olhos da sra. Abernathy brilharam. Ela rosnou e levantou a mão como que para bater em Ozymuth e derrubá-lo. Ele se encolheu e escondeu o rosto sob a capa. Por um instante, os dois velhos adversários continuaram daquele jeito, até que um barulho estranho surgiu debaixo da capa de Ozymuth. Era uma gargalhada, uma sibilante demonstração de alegria, como gás escapando de um furo num tubo ou bacon chiando na frigideira.

– *Tssssssssss* – gargalhava Ozymuth. – *Tssssssssssssssssssss*. Você não tem poder nenhum aqui e, se me bater, baterá em nosso mestre, pois sou a voz dele e falo por ele. Agora, vá embora e desista dessa peregrinação sem sentido. Se você voltar aqui, farei com que seja levada e acorrentada.

Ozymuth levantou o cajado e a pequena caveira emitiu um brilho amarelo pálido. De trás dele, surgiram duas enormes bestas aladas. Sob a luz fraca, pareciam imagens de dragões esculpidas nas paredes, de tão paradas que estavam, mas agora se erguiam como torres sobre os dois seres na passagem. Um deles se abaixou, revelando o crânio de réptil, com os lábios curvados para trás, expondo dentes compridos e afiados de diamantes. Deu um rosnado baixo e ameaçador para a sra. Abernathy, que retribuiu com uma bolsada no nariz. O dragão choramingou e se mostrou constrangido. Então, virou-se para o companheiro, como se dissesse: "Bem, veja se consegue um resultado melhor." O outro dragão apenas deu de ombros e encontrou algo interessante para encarar na parede mais próxima. Aquela bolsa, pensou, era muito mais pesada do que parecia.

– Isso não acaba aqui, Ozymuth – disse a sra. Abernathy. – Irei me reerguer e não esquecerei sua insolência.

Ela se virou e começou a andar de novo. Mais uma vez, percebia o som dos lamentos do Grande Malevolente, dos sussurros dos demônios, vistos ou não, e da gargalhada sibilante de Ozymuth. Suportou a longa caminhada pelas entranhas da Montanha do Desespero, quase tremendo de raiva pelo ressentimento e pela humilhação. Ao atravessar a entrada e voltar à desolada paisagem do Inferno, uma voz falou de algum lugar perto de seu sapato.

– Tenha um bom dia – disse a cabeça de Edgefast, separada do corpo.

A sra. Abernathy o ignorou e seguiu em frente.

Ozymuth observava e, à medida que aquela figura se afastava, sua gargalhada aos poucos parava. Uma segunda forma surgiu das sombras, alta e majestosa. As tochas iluminaram suas feições pálidas, autoritárias e cruéis. O cabelo negro e comprido era trançado em ouro, e as roupas, de um veludo vermelho e rico, como se o sangue tivesse se transformado em tecido. A capa, também vermelha, balançava atrás dele até quando o ar estava parado, como uma extensão viva daquele que a usava. Ele estendeu uma garra enfeitada com joias e, com os pensamentos distantes, acariciou um dos dragões, que ronronou, contente, como um gato enorme e coberto de escamas.

– Meu Senhor Abigor – disse Ozymuth, abaixando a cabeça num gesto de completa subordinação, o que sempre era uma boa ideia na presença do duque Abigor, pois quem se esquecia de abaixar a cabeça perto dele, costumava tê-la abaixada à força, normalmente ao ser separada dos ombros por uma lâmina enorme.

Dizem que a Natureza abomina o vácuo, mas o poder também. Quando alguém deixa de ser o preferido de um líder, uma fila logo se forma para tomar o lugar dessa pessoa. Tanto que, quando a sra. Abernathy falhou com o Grande Malevolente, inúmeros demônios poderosos começaram a se perguntar como poderiam tirar proveito do infortúnio dela e se promoverem. Um deles, o mais ambicioso e conspirador, era o duque Abigor.

– O que me diz, Ozymuth? – perguntou o duque.

– Ela é teimosa, meu senhor.

– Teimosa e perigosa. A insistência dela me preocupa.

– Nosso mestre não irá recebê-la. Estou cuidando disso. Sempre que tenho uma chance, sussurro palavras no ouvido dele contra ela. Lembro ao mestre o quanto ela falhou com ele. Atiço as chamas da sua insanidade, exatamente como o senhor me pediu.

– Você é um servo leal e fiel – disse Abigor, com o peso do sarcasmo na voz. Lembrou a si mesmo de banir Ozymuth na primeira oportunidade depois de atingir sua meta, pois não se pode confiar que quem trai um mestre não trairá outro.

– Sou leal ao Grande Malevolente, meu senhor – respondeu Ozymuth com cuidado, como se o duque Abigor tivesse pronunciado seus questionamentos em voz alta. – É melhor para o nosso mestre que os tenentes não falhem com ele. Nem usem roupas de mulher inapropriadas – acrescentou.

Abigor olhou fixamente para a cara de predador do chanceler. Não estava acostumado a ser corrigido, nem mesmo com delicadeza. Isso aumentou sua vontade de se livrar de Ozymuth o quanto antes.

– Me lembrarei de você quando tomar o poder – disse Abigor, deixando a ambiguidade pairar no ar. – Nossa vez está chegando. Logo, logo, Ozymuth...

Abigor voltou para as sombras e, então, desapareceu. Ozymuth deu um suspiro longo e inconstante. Estava num jogo perigoso e sabia disso, mas o ódio que nutria pela sra. Abernathy era maior do que a desconfiança que tinha do duque Abigor. Agarrou o cajado e seguiu para as profundezas da Montanha do Desespero, retraindo-se à medida que os lamentos de seu mestre ficavam mais altos. Na entrada da câmara mais interna, parou. Nas trevas, seus olhos ávidos espiaram a enorme silhueta do Grande Malevolente, encolhido e pesaroso.

– Sou eu, meu mestre – disse ele, com veneno pingando de cada palavra. – Trago notícias tristes: sua tenente traiçoeira, a sra. Abernathy, continua falando mal do senhor...

QUATRO

Quando Reencontramos Nurd,
Antes Nurd, O Flagelo de Cinco Deidades,
o Que, na Verdade, Não Passava de um Mal-entendido

E UMA CAVERNA perfeitamente modesta na base de uma montanha Não Muito Interessante, numa parte do Inferno Nada Para se Ver Aqui, Continue Andando, veio o barulho de conserto. Conserto, como você deve saber, é uma atividade essencialmente masculina. As mulheres, em geral, não consertam. É por isso que foi um homem quem inventou o galpão nos fundos e a garagem, e é para esses dois lugares que os homens podem se retirar para desempenhar tarefas que não servem para nada em especial a não ser lhes dar alguma coisa para fazer com as mãos que não seja comer, beber ou ficar brincando com o controle remoto da televisão. Às vezes, o conserto pode resultar numa invenção útil, mas, em grande parte, consertar envolve tentar melhorar peças de máquinas que já funcionam com perfeição, que acabam parando de fazer o que deviam e passam a não fazer absolutamente nada, precisando, portanto, de novos consertos e, mesmo assim, nunca voltam a funcionar tão bem quanto antes, assim, precisam de mais e mais consertos, até o homem em questão acabar morrendo, geralmente depois de apanhar muito da mulher com uma peça de geladeira ou uma chaleira defeituosa.

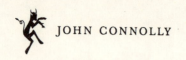

Dentro da caverna, havia um carro. Um dia, o carro tinha sido um Aston Martin antigo, conservado com perfeição pelo pai de Samuel Johnson, que o mantinha na garagem nos fundos da casa e só o dirigia em dias de sol. Infelizmente, o carro havia sido uma das baixas no ataque demoníaco a Biddlecombe. Se não fosse por ele, porém, era provável que nem houvesse mais Biddlecombe ou, pelo menos, uma cidade que não fosse governada por entidades infernais. Só que não fora bem assim que o pai de Samuel vira as coisas ao descobrir que o carro não estava mais ali.

– Você está dizendo que meu carro foi roubado por um demônio? – perguntara ele, encarando o espaço vazio na garagem que, até recentemente, tinha sido ocupado por seu motivo de orgulho e alegria. Samuel observara enquanto o pai procurava atrás de latas de tinta velhas e peças de cortador de grama, como que esperando que o carro surgisse por detrás de uma lata de tinta branca fosca e gritasse "Surpresa!"

– Isso mesmo.

A mãe de Samuel respondera. Parecia bem satisfeita ao ver o marido chateado por ter perdido o carro, principalmente porque ele deixara os dois para viver com outra mulher, esperando que a esposa e o filho abandonados tomassem conta do carro, o que a sra. Johnson considerava um tanto egoísta.

Não era bem verdade que o carro tinha sido roubado. O fato é que Samuel dera as chaves ao demônio Nurd para ele dirigir descendo direto pela abertura do portal entre o Inferno e Biddlecombe, portanto, batendo-o e impedindo que o Grande Malevolente escapasse para o nosso mundo. Samuel, porém, sentia-se agradecido à sua mãe por encobrir a verdade, apesar de achar injusto com Nurd descrevê-lo como um ladrão.

O mesmo Nurd agora estava de pé, com os braços cruzados, olhando fixamente para o que um dia tinha sido o Aston Martin do sr. Johnson, mas que agora pertencia a ele. O carro atravessara o portal quase ileso, o que foi uma bela surpresa para Nurd, que esperava que ele e o carro fossem partidos em vários pedacinhos e, em seguida, esmagados até atingirem o tamanho do olho de um mosquito. Nurd também se sentira aliviado ao descobrir que as poças de líquido preto viscoso e borbulhante espalhadas pelo Inferno eram poços de hidrocarbonetos e outros compostos orgânicos: ou, em outras palavras, cada uma daquelas poças era um posto de gasolina em miniatura esperando para ser usado.

Infelizmente, a mistura de petróleo era um tanto bruta e a paisagem do Inferno não havia sido projetada para carros antigos. E ainda mais infelizmente, Nurd não sabia quase nada sobre o funcionamento de motores de combustão interna, então estava despreparado para resolver eventuais problemas. Nurd se considerava um bom motorista, mas, como para dirigir no Inferno era preciso fazer mais do que apontar o carro numa determinada direção, pisar fundo e evitar rochas e poças de petróleo bruto, ele não era tão especialista na direção quanto gostava de acreditar.

Às vezes, porém, o destino pode sorrir de um jeito inesperado para as pessoas mais improváveis, e Nurd, sendo verde e tendo o formato de uma lua crescente, era mais improvável do que a maioria. Por ser particularmente irritante, tinha sido banido pelo Grande Malevolente para um dos vários desertos do Inferno. Para fazer companhia a Nurd, o Grande Malevolente mandara o assistente do demônio junto, Absinto, que parecia um grande furão com o pelo aparado recentemente por um barbeiro cego com tesouras cegas. Absinto era muitas coisas – irritante, com um cheiro estranho, não muito esperto –, mas o mais inesperado era que provara ter aptidão para tudo o que fosse mecânico. Assim, com a ajuda de um manual que encontrara no porta-malas do Aston Martin, tornara-se o responsável pela manutenção e pelo cuidado do carro. O veículo andava mais rápido do que antes, era mais estável e fazia curvas muito fechadas.

Ah, e agora parecia uma grande rocha.

Nurd sabia que a sra. Abernathy e seu mestre, o Grande Malevolente, não ficariam muito satisfeitos por seu plano de criar um Inferno na Terra ter sido arruinado. Nenhum dos dois parecia ser do tipo que perdoa, o que significava que estariam procurando alguém a quem culpar. O Grande Malevolente culparia a sra. Abernathy porque era desse tipo de demônio e porque ela devia estar no comando. A sra. Abernathy, por sua vez, estaria procurando outro a quem culpar, e esse outro tinha sido visto pela última vez escondido sob um cobertor, dirigindo um carro antigo rumo ao Inferno. Nurd não sabia ao certo o que aconteceria se a sra. Abernathy um dia pusesse suas garras nele, mas imaginava que envolvesse cada átomo de seu corpo sendo separado dos outros e depois cutucado por um pequeno alfinete por toda a eternidade, o que não o atraía nem um pouco.

Então, ele tomara duas decisões. A primeira era que seria uma ideia muito boa continuar em movimento, pois era mais difícil atingir um objeto em movimento.[10] Também achava que talvez

---

[10] O interessante é que isso pode ser visto como uma variação de um princípio da física conhecido como Princípio da Incerteza de Heisenberg, que

fosse conveniente disfarçar o carro e é por isso que os dois tinham arranjado uma armação feita de pedaços de madeira, tela e metal, que pintaram para dar a impressão de uma pedra enorme, capaz de ir do zero aos cem quilômetros por hora em menos de sete segundos.

No momento, porém, Absinto espiava sob o capô do carro e mexia numa parte do motor da qual só ele sabia o nome. Nurd também deveria saber o nome dela, se quisesse se dar ao trabalho, mas não queria ou, pelo menos, era o que dizia a si mesmo. Afinal, ele era o líder da operação e, portanto, não podia ficar por aí se preocupando com carburadores e velas de ignição e sujando as mãos. Nunca passou pela sua cabeça que Absinto, como aquele que de fato entendia um pouco como o carro funcionava, talvez tivesse mais direito de ser líder do que Nurd, mas é assim que as coisas funcionam com quem não gosta de sujar as mãos. Você não

---

afirma que não há uma forma de especificar a posição exata de uma partícula subatômica – uma partícula realmente muito pequena – a menos que você esteja disposto a não ter certeza de sua velocidade (sua velocidade em determinada direção). E não há uma forma de especificar a velocidade exata da partícula, a menos que você esteja disposto a não ter certeza de sua posição. Faz sentido, se você pensar que num nível muito básico, você não consegue dizer exatamente onde uma coisa muito, muito pequena está, se ela estiver em movimento. Para fazer isso, você teria que interferir no movimento e, portanto, tornar seu conhecimento sobre isso mais incerto. Do mesmo jeito, observar a velocidade significa que a posição exata se tornará mais incerta. Na verdade, o Princípio da Incerteza de Heisenberg é um pouco mais complexo do que isso, mas essa é a sua essência. Ainda assim, se perguntarem se você entende o Princípio da Incerteza de Heisenberg, diga apenas que não tem certeza, o que será considerado uma piada científica muito boa na festa certa. A propósito, Werner Heisenberg, o físico alemão que formulou o princípio, estava convencido de que tinha razão, o que faz dele alguém que não estava incerto sobre certas incertezas.

consegue necessariamente chegar a rei por ser inteligente, mas, de fato, ajuda ter pessoas inteligentes ao seu redor.[11]

– Você já descobriu o problema? – perguntou Nurd.

– É na bobina de ignição – respondeu Absinto.

– É mesmo? – falou Nurd, tentando não soar entediado demais e fracassando até nisso.

– Você nem sabe o que é uma bobina de ignição, sabe? – perguntou Absinto.

– É uma bobina que tem alguma coisa a ver com a ignição?

– Humm, é.

– Então eu sei. Você sabe o que é um pedaço de pau capaz de deixar um galo na sua cabeça?

– Sei.

– Que bom. Se precisar ser lembrado, é só continuar falando comigo desse jeito.

Absinto saiu de debaixo do capô e limpou as mãos no macacão. Isso era outra coisa: na capa do manual do carro havia a fotografia de um homem num macacão segurando uma ferramenta de um jeito vagamente ameaçador. No lado esquerdo do peito, estava escrito seu nome: Bob. Absinto concluíra que aquele era o tipo de uniforme usado por quem entende de motores e conseguira fazer um macacão com os retalhos na sua pequena trouxa de roupas. Até bordara o próprio nome, ou uma versão dele: "Abisnto".

– É o fio de cobre dos enrolamentos – falou Abisnto... quer dizer, Absinto. – Levou algumas pancadas. Seria bom arranjarmos um novo para substituí-lo.

---

[11] E se eles ficarem inteligentes demais e começarem a se perguntar se não poderiam se tornar eles mesmos belos reis, aí, você pode mandar matá-los. Essa é basicamente a regra número um de quem é rei. Você aprende isso no primeiro dia.

Nurd se virou e olhou pela abertura da caverna. Diante dos dois, havia uma enorme extensão de pedra vulcânica preta, diferente da enorme extensão de pedra vulcânica cinza que, até recentemente, era para onde eles tinham sido banidos. O céu estava escuro, cheio de nuvens, mas com um constante tom de vermelho, pois sempre havia fogueiras queimando no Inferno.

– Estamos muito longe de fios de cobre, Absinto – disse Nurd.

Absinto se juntou ao mestre.

– E onde estamos, exatamente?

Nurd balançou a cabeça.

– Não sei, mas... – Ele apontou para a direita, onde o fogo parecia estar ardendo ainda mais, e o horizonte, perdido em meio a nuvens e névoas. – ... acho que em algum lugar por ali fica a Montanha do Desespero, o que significa que queremos ir para...

– Algum outro lugar? – sugeriu Absinto.

– Qualquer outro lugar – concordou Nurd.

– Vamos ter que fugir para sempre? – perguntou Absinto, e havia algo em sua voz que quase fez Nurd abraçá-lo, até que ele pensou melhor e se contentou em dar um tapinha hesitante nas costas do criado. Não sabia ao certo o que alguém poderia contrair se abraçasse Absinto, mas, o que quer que fosse, ele não queria.

– Vamos continuar fugindo por enquanto – disse Nurd. Estava prestes a acrescentar alguma coisa quando uma sombra passou sobre as pedras à sua frente. Ela se tornava cada vez menor, à medida que o que quer que estivesse acima dos dois começava a descer em círculos.

– Apague a luz! – mandou Nurd e, no mesmo instante, Absinto extinguiu a tocha, deixando a caverna no escuro.

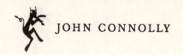

Uma figura vermelha veio ao chão a poucos metros da caverna, com as asas de morcego enormes abertas acima das costas. Tinha dois metros e meio de altura e corpo de homem, mas com um rabo bifurcado que se estendia, curvado, da base da coluna e dois chifres retorcidos brotando de sua careca. A criatura se ajoelhou e passou as patas nas pedras à frente. Depois, levou-as ao nariz e farejou, receoso. Uma língua comprida e bifurcada se desenrolou de dentro da boca e lambeu o chão.

– Ah, não – disse Absinto. Ele pensou quase conseguir ver as marcas de pneu nas rochas onde Nurd tinha sido obrigado a pisar um pouco mais fundo para chegar mais perto da caverna.

A criatura sobre as pedras ficou imóvel. Não tinha orelhas, apenas um buraco em cada lado da cabeça, mas era claro que estava ouvindo. Então, ela se virou e eles avistaram sua cara pela primeira vez.

Tinha oito olhos pretos, como os de uma aranha enorme, e mandíbulas ossudas. As narinas eram perfurações irregulares num focinho de ossos pontudos. Nurd as viu se expandirem e contraírem, brilhando com muco. Por um momento, a criatura olhou fixamente para a abertura da caverna na qual os dois se escondiam e eles viram os músculos da perna dela se contraírem enquanto ela se preparava para pular. As mandíbulas estalaram e fizeram um barulho de sucção, como se já pudessem saboreá-los, mas em vez de explorar um pouco mais, a criatura abriu as asas ao máximo e disparou no ar. O barulho das asas batendo chegou até os ouvidos dos dois, mas, aos poucos, começou a desaparecer, à medida que a criatura se distanciava, seguindo para o norte, em direção às chamas luminosas.

– Ela nos viu? – perguntou Absinto.

– Acho que descobriu as marcas da borracha dos pneus – respondeu Nurd. – Não sei se percebeu que estávamos por perto. Se sim, por que não veio atrás de nós? De todo jeito, temos que ir.

– Era...?

– Sim – disse Nurd. – Era um dos dela.

Ele parecia exausto e assustado. Os dois vinham fugindo e se escondendo fazia tanto tempo que, às vezes, Nurd achava que se sentiria quase aliviado se fossem pegos, pelo menos até começar a pensar no que poderia acontecer com eles *depois* de serem pegos, pois a perspectiva de ser todo desmanchado, reduzido a átomos, e, depois, espetado por muito tempo, costumava dissipar a ideia de desistir. Mas os dois acabariam cometendo um erro grave ou dando algum azar e a ira da sra. Abernathy recairia sobre eles. O único consolo de Nurd era que Samuel Johnson estava a salvo na Terra. Ele sentia muita saudade do amigo e estava disposto a se sacrificar para mantê-lo em segurança. Só esperava que não precisasse chegar a esse ponto, pois gostava de todos os seus átomos exatamente onde estavam.

CINCO

Quando Conhecemos Os Anões – ou Elfos – do Sr. Merryweather e Preferíamos Não Ter Conhecido

XISTEM poucas coisas mais exaustivas, como concluiu o sr. Merryweather, cansado, do que se enfiar numa van com um bando de anões truculentos.[12] A van em questão trazia a frase: Os Elfos do Sr. Merryweather – Grandes Talentos Vêm em Pequenas Embalagens. Ao lado da frase, havia um desenho de uma pessoinha usando sapatos pontudos e um gorro com um sino na ponta. A pessoinha sorria, feliz, e não parecia nem um pouco ameaçadora, portanto, não tinha semelhança alguma com as que realmente estavam dentro da van. Na verdade, se alguém olhasse mais de perto para a frase

---

[12] *Truculento* é uma ótima palavra. Essencialmente, significa ser muito arrogante e destruidor. Essa é a descrição perfeita para os anões do sr. Merryweather, que poderiam ter dado aulas de agressão para os vikings.

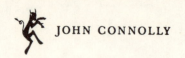

sobre elfos e talentos e tudo mais, notaria que a palavra *elfos* tinha sido pintada recentemente sobre o que parecia ser a palavra *anões*.

Vamos esclarecer os motivos para essa mudança quando chegar a hora, mas para você ter uma ideia de o quanto os anões do sr. Merryweather andavam difíceis, uma família composta por quatro pessoas, naquele momento, ultrapassava a van na estrada, e as duas crianças, um menino e uma menina, tinham pressionado o nariz contra a janela do carro, na esperança de avistar um elfo. Em vez disso, avistaram o traseiro de um carinha, que, naquele exato momento, estava para fora de uma das janelas da van.

– Papai, aquilo é a bunda de um elfo? – perguntou o garotinho.

– Elfos não existem – respondeu o pai, que não tinha reparado na van nem, de fato, na bunda. – E não diga "bunda". É falta de educação.

– Mas na van está falando que são elfos.

– Bem, eu estou falando que elfos não existem.

– Mas, papai, tem uma bunda para fora da janela da van de elfos, então, só pode ser a bunda de um elfo.

– Já falei para você não usar a palavra b...

Naquele momento, o pai do menino olhou para a direita e se deparou com um traseiro pálido ao vento e, ao lado, várias pessoinhas fazendo caretas para ele.

– Chame a polícia, Ethel – falou. Ele ergueu o punho na direção das caretas e do traseiro. – Seus pequenos horrores! – gritou.

– Que nada! – bradou um anão de volta, mostrando a língua enquanto a van acelerava.

– Está vendo? Eu tinha razão – disse o filho do motorista. – Era um elfo. E uma bunda.

* * *

Dentro da van, o sr. Merryweather tentava ficar de olho na estrada e ignorar tudo o que acontecia nos bancos de trás.

– Que frio lá fora – disse Alegre, o líder do grupo, ao tirar a bunda da janela e tentar ficar decente de novo. Seus outros companheiros, Sonolento, Nervoso e Resmungos, tomaram seus lugares e começaram a abrir garrafas da Antiga Peculiar da Spiggit's. O ar da van, que já não cheirava muito bem desde o começo, agora tinha o odor de uma fábrica dedicada a produzir meias sujas e cabeças de peixe.[13] Curiosamente, essa cerveja tão forte e tão desagradável parecia fazer pouco efeito nos anões, além de deixar suas características naturais mais exageradas. Então, Alegre ficava mais alegre, de um jeito bêbado e perturbador; Nervoso ficava mais nervoso; Sonolento ficava mais sonolento; e Resmungos – bem, só ficava mais difícil de entendê-lo.

– Ei, Merryweather – chamou Nervoso. – Quando é que vamos receber o pagamento?

As mãos do sr. Merryweather apertaram o volante com mais força. Ele era um homem gordo e careca num terno marrom-claro quadriculado e sempre usava uma gravata-borboleta vermelha. Parecia o empresário de um bando de anões nada dignos de

---

[13] A Antiga Peculiar da Spiggit's recentemente tinha sido objeto de inúmeros casos no tribunal, associada a incidentes de cegueira temporária, surdez e crescimento indesejado de pelos nas palmas das mãos. Devido a uma brecha na lei, a cerveja se manteve à venda no mercado, mas exigiu-se que a garrafa trouxesse um alerta no rótulo, e qualquer um que a comprasse pela primeira vez tinha que assinar um documento prometendo não processar a cervejaria no caso de algum dano – inclusive a morte – causado por seu consumo. A Spiggit's decidira aproveitar isso ao máximo e agora seu slogan era: "Spiggit's – Peça a Cerveja com o Símbolo de Risco Biológico!"

confiança, mas se ele parecia isso porque era ou se ele era o que era porque parecia isso, nunca saberemos.

– Que pagamento? – perguntou o sr. Merryweather.

– Pelo trabalho de hoje. Esse pagamento.

A van deu uma chacoalhada na estrada naquele instante em que o sr. Merryweather perdeu o controle do volante e de si mesmo.

– Trabalho? – falou ele. – *Trabalho*? Você e seu bando não sabem o que isso quer dizer.

– Cuidado! – gritou Sonolento. – Você quase derramou minha cerveja.

– Não. Estou. *Nem. Aí!* – berrou o sr. Merryweather.

– O que foi que ele disse? – perguntou Alegre. – Alguém estava gritando, então, não ouvi.

– Que não está nem aí – falou Sonolento.

– Ah, bem, que maravilha. Depois de tudo o que fizemos por ele...

A van deu uma derrapada violenta e parou no acostamento. O sr. Merryweather se levantou e fuzilou os anões reunidos com o olhar.

– Depois de tudo o que vocês fizeram por mim? Tudo. O Que. Vocês. Fizeram. Por. Mim. Vou dizer o que vocês fizeram por mim. Vocês fizeram da minha vida uma miséria. Isso mesmo. Me levaram à falência. Estou à beira de um ataque de nervos. Vejam a minha mão.

Ele ergueu a mão esquerda, que tremia, descontrolada.

– Isso é ruim – concordou Alegre.

– E esta é a que está boa – disse o sr. Merryweather, erguendo a mão direita, que balançava tanto que ele não conseguia mais segurar uma caneca de leite, pois o leite viraria creme no mesmo instante.

– Abbledaybit – falou Resmungos.

– O quê? – perguntou o sr. Merryweather.

– Ele disse que você está tendo um dia ruim, mas que quando tiver tempo de se acalmar e descansar, irá superar isso – falou Alegre.

Apesar de toda a ira que o consumia, o sr. Merryweather arranjou tempo para ficar intrigado.

– Ele disse isso?

– Disse.

– Mas parece que ouvi só "abbledaybit".

– Ed – falou Resmungos.

– Ele disse que foi isso o que ele falou – afirmou Alegre. – Você está tendo um dia...

O sr. Merryweather apontou o dedo para Alegre de um jeito que só poderia ser descrito como ameaça de morte. Se aquele dedo fosse uma arma, o anão já estaria com nuvens de fumaça onde costumava ficar a cabeça.

– Estou avisando – disse o sr. Merryweather. – Estou avisando a todos vocês. Hoje foi a gota d'água. Hoje foi...

Hoje era para ter sido um dia bom. Depois de semanas e até meses implorando, o sr. Merryweather arranjara para os anões um trabalho que daria um bom dinheiro. Tinha inclusive valido a pena repintar a van e mudar o nome dos negócios. Finalmente, as coisas começavam a dar certo.

Antes, Os Elfos do Sr. Merryweather eram conhecidos como Os Anões do Sr. Merryweather, como sugeriam as mudanças nas letras da van, mas uma série de incidentes, incluindo alguns processos civis e criminais, exigiram que Os Anões do Sr. Merryweather ficassem na surdina por um tempo e, então, discretamente, deixassem de existir. Esses incidentes envolviam um ligeiro período como quatro dos sete anões da Branca de Neve numa pantomima em Aldershot, um período que chegara ao fim de repente depois de uma agressão ao Príncipe Encantado, na qual o fizeram comer a própria peruca; duas noites como os ratos e os cocheiros em *Cinderela*, durante as quais um ator perdera um dedo; e uma única apresentação de *O mágico de Oz*, que acabara com uma rebelião de Munchkins, um macaco voador sendo atingido por um dardo tranquilizante e um incêndio na Cidade das Esmeraldas, que precisara de três unidades da brigada local de bombeiros para ser apagado.

Então, Os Anões do Sr. Merryweather tinham sido reinventados como Os Elfos do Sr. Merryweather, um plano esperto que, por incrível que pareça, conseguira levar pessoas, em outras circunstâncias sensatas, a acreditar que aquela era uma tropa de homenzinhos completamente diferente, e não o horrível bando de bêbados, incendiários e atiradores de macacos que sozinhos tinham quase dado um fim à temporada de pantomimas na Inglaterra. Elfos simplesmente não pareciam tão ameaçadores quanto anões e, desde que o sr. Merryweather os mantivesse escondidos até o último momento possível e garantisse que estivessem, na maior parte do tempo, limpos e sóbrios, talvez conseguisse escapar usando esse truque, como passou a acreditar.

Naquele dia, Os Elfos do Sr. Merryweather começaram o que poderia ser seu trabalho mais lucrativo até então: apareceriam num clipe da adorada banda de rapazes chamada BoyStarz, que seria filmado no castelo Lollymore. Se tudo corresse bem, os anões apareceriam em outros vídeos também e talvez acompanhassem a BoyStarz na turnê. Haveria venda de camisetas e falava-se até sobre a possibilidade de terem o próprio programa na TV. Parecia, como pensou o sr. Merryweather, bom demais para ser verdade.

E como quase tudo que parece bom demais para ser verdade, era mesmo.

Em primeiro lugar, os anões não queriam fazer aquilo, mesmo antes de saber o que "aquilo" era.

– Tenho um trabalho para vocês, cambada – disse ele. – É um bom trabalho.

– Ah, não temos que fazer papel de anões, temos? – perguntou Nervoso.

– Têm, sim.

– Estou chocado. Você sabe. Não é como se acordássemos todo dia e pensássemos: "Olha só, somos anões. Eu não esperava por isso. Pensei que fôssemos mais altos." Não, somos simplesmente pessoas comuns que, por acaso, são baixas. Isso não nos define.

– Aonde você quer chegar com isso? – perguntou o sr. Merryweather, desgastado.

– No fato – disse Alegre – de que gostaríamos de fazer alguma coisa na qual ser um anão é apenas um detalhe. Por exemplo, por que não posso fazer o papel de Hamlet?

– Porque você tem um metro e dez de altura. É por isso. Você não pode fazer o papel de Hamlet. O do Piglet do Ursinho Pooh, talvez, mas não o de Hamlet.[14]

– Menos! – falou Alegre. – É disso que estou falando, sabe? Esse tipo de postura nos oprime.

Isso, pensou o sr. Merryweather, e o fato de que todos vocês bebem demais, não se dão ao trabalho de decorar o texto e roubam coisas do bolso um do outro só para passar o tempo.

---

[14] Está vendo o que fiz aqui? Uma pérola da comédia.

– Escutem, é assim que as coisas são – disse o sr. Merryweather. – Não sou eu que escolho. Estou tentando dar o melhor de mim, mas vocês não ajudam em nada com esse comportamento. Não podemos nem fazer *Branca de Neve e os sete anões* na pantomima deste ano porque vocês brigaram com os Mini-Magníficos da Sra. Doris. Então, estamos com três pequenos a menos. Ninguém quer ver *Branca de Neve e os quatro anões.* Simplesmente não soa bem.

– Você podia dizer a eles que é uma produção com orçamento restrito – sugeriu Nervoso.

– Dá para fazer dois por um – disse Sonolento.

– Vocês mal conseguem fazer um por um – retrucou o sr. Merryweather.

– Cuidado – disse Sonolento.

E depois de discutirem por mais meia hora, o sr. Merryweather acabou conseguindo lhes contar sobre o trabalho e eles, relutantes, tinham concordado em ganhar algum dinheiro. O sr. Merryweather havia retomado o volante e pensado, não pela primeira vez, que compreendia por que os outros gostavam de jogar anões por aí e se perguntou se poderia convencer alguém a jogar seus anões – de um penhasco, de preferência.

Tinham chegado ao castelo Lollymore, não muito distante da cidade de Biddlecombe, de manhã cedo. Estava frio e úmido e os anões já reclamavam antes de sair da van. Ainda lhes ofereceram um chá para esquentar e então os vestiram nas fantasias que haviam sido feitas especialmente para eles: mini-armaduras, minicasacos de malha de ferro e capacetes leves.

Então, os anões receberam espadas e clavas, e o sr. Merryweather desceu apressado da van para impedir que eles matassem alguém.

– Pelo amor de Deus, não deem armas para esses anões – falou, agarrando o braço de Alegre bem a tempo de evitar que ele acertasse os miolos de um assistente de direção com uma clava. – Eles podem, humm, se machucar.

O sr. Merryweather deu um tapinha na cabeça de Alegre.

– Eles não passam de pequenos camaradas, vocês sabem. – Abraçou Alegre como um tio amigável abraça um sobrinho muito amado e ganhou um chute na canela por ter se dado ao trabalho.

– Caia fora – disse Alegre. – E me devolva a minha clava.

– Escute, não bata em ninguém com ela – sussurrou o sr. Merryweather.

– É uma clava. Foi *feita* para bater nas pessoas.

– Mas você só tem que fingir. É um vídeo.

– Bem, querem que pareça real, não querem?

– Não tão real assim. Não tão real quanto como um velório.

Alegre reconheceu que o sr. Merryweather tinha razão e os anões foram inspecionar o castelo enquanto o diretor indicava suas "marcas", os lugares nas muralhas nos quais deveriam ficar durante a filmagem.

– Qual é a nossa motivação? – perguntou Nervoso. – Por que estamos aqui?

– Como assim? – perguntou o diretor. – Vocês estão defendendo o castelo.

– Este castelo?

– É.

– É nosso?

– Claro que é de vocês.

– Sou obrigado a discordar. Os degraus são grandes demais. Quase tive uma distensão tentando subi-los. Quase rompi alguma coisa. Pois é. Se tivéssemos construído este castelo, teríamos feito degraus menores. Não pode ser nosso. Não faz o menor sentido.

O diretor apertou com força a parte do nariz que sustenta os óculos e fechou os olhos.

– Então está bem. Vocês tomaram o castelo de alguém.

– De quem? – perguntou Alegre.

– Capsmodowa? – disse Resmungos.

– É mesmo – falou Nervoso. – Tomamos este castelo de anões menores? Somos anões... humm, elfos. Não conseguimos nem enxergar por cima das muralhas. Como nós quatro poderíamos ter tomado este castelo? O que fizemos, o invadimos a prestações?

– Talvez ele estivesse abandonado e vocês o tenham ocupado.

– Não dá para fazer isso. Não dá para ir entrando nos lugares sem ser convidado só porque alguém deu uma saidinha para ir atrás de um pouco de leite ou de luta e aí chamá-los de casa. Não está certo. Você seria processado, sabia? É invasão de propriedade particular. É, sim. São seis meses na prisão. E sei do que estou falando.

O diretor abriu os olhos, agarrou Nervoso pela malha de ferro e depois o ergueu do chão para que um olhasse nos olhos do outro.

– Escute aqui – disse o diretor. – Este vai ser um dia muito longo e muito úmido e, se for preciso, jogo você dessas muralhas para servir de exemplo aos seus amigos de o que acontece quando começam a questionar a lógica de um vídeo em que uma banda de rapazes com dentes perfeitos e luzes nos cabelos tenta tomar o castelo de um bando de gente pequena usando armaduras de plástico. Fui claro?

– Plenamente – respondeu Nervoso. – Eu só estava tentando ajudar.

O diretor o colocou no chão.

– Que bom. Agora vou descer até ali e começamos a filmar. Entendido?

– Sim, senhor – disseram Nervoso, Sonolento e Alegre.

– Or – disse Resmungos.

Os anões observaram o diretor descer para o portão do castelo e depois atravessar a lama devagar, irritado, até o amontoado de barracas e vans que formavam o set de filmagem.

– É óbvio que ele é um artista – disse Nervoso. – Eles são assim, os artistas. Se irritam por qualquer coisa. Os artistas e os lutadores.

– Por que nos deram armaduras de plástico e espadas de verdade? – perguntou Sonolento.

– Sei lá – respondeu Nervoso. – Isso não diz muito sobre a estratégia de batalha do diretor.

– Mas o castelo é legal.

– É mesmo. Belo acabamento. Esses antigos construtores sabiam o que estavam fazendo. – Nervoso deu um tapinha com a espada numa muralha, num gesto de aprovação, e ficou olhando enquanto um pedaço dela se soltou e despencou, quase matando um técnico da iluminação lá embaixo.

– Desculpe – disse Nervoso.

Viu o diretor olhando com cara de bravo para ele e ergueu a espada.

– Um pedaço caiu – gritou o anão, explicando. – Podemos consertar isso depois. – E então, acrescentou para os colegas: – Muito malfeito isso. Aposto que um francês construiu este castelo. Não aconteceria num castelo inglês. Foram feitos para durar, os castelos ingleses. É por isso que tivemos um império.

Os outros, porém, não estavam ouvindo. Em vez disso, olhavam boquiabertos para os BoyStarz, que acabavam de sair do trailer no qual ficava seu camarim. Mesmo para os padrões da média das bandas de rapazes, eles pareciam fracos: o cabelo era perfeito; a pele, imaculada; os dentes, brancos. Davam a impressão de estar lutando para suportar a armadura e um deles reclamava que a espada era pesada demais.

O diretor os acompanhou alguns metros para dentro dos muros do castelo e os apresentou aos anões.

– Certo. Esses são os BoyStarz – disse ele. Diante da menção ao nome da banda, um instinto escondido lá no fundo veio à tona, com a ajuda de muitos meses de treinamento envolvendo surras, chantagens e ameaças de passar fome, e cada um dos quatro rapazes fez uma dancinha.

– Oi – falou o primeiro. – Sou Starlight.

– E eu sou Twinkle.

– Sou Gemini.

– E eu sou Phil.

Os anões olharam para o quarto membro, que não era tão bonito quanto os outros e parecia um tanto perdido.

– Por que nessas bandas de rapazes tem sempre um cara que parece ter vindo consertar o aquecedor e de algum jeito foi pressionado a entrar no grupo? – perguntou Alegre.

– Sei lá – respondeu Sonolento. – E ele não dança muito bem, não é?

Isso era verdade. Phil dançava como quem tentava sacudir a perna para se livrar de um rato.

– É para entregarmos nosso lindo castelo para esse bando? – perguntou Nervoso. – Seria como nos render a aplicadores de pó de arroz.

– Não – disse Alegre em voz baixa. – Não. Existe uma coisa chamada orgulho, chamada dignidade. Não podemos permitir isso. Simplesmente não podemos.

– O que eles estão dizendo? – Twinkle perguntou ao diretor, nervoso. – Parecem assustadores.

– Quero ir para casa – falou Starlight. – Não gosto desses homenzinhos.

– O chão está estranho e tem cheiro de cocô – disse Gemini.

– E eu sou Phil – disse Phil.

O diretor já recuava. O olhar dos elfos não o agradava nem um pouco.

Ei, pensou, não são elfos. São anões. Não são Os Elfos do Sr. Merryweather, são...

Os Anões do Sr. Merryweather!

Eles já estava correndo, com quatro membros de uma banda de rapazes na sua cola, quando as primeiras pedras começaram a chover sobre eles, pois Os Elfos do Sr. Merryweather estavam determinados a defender o castelo Lollymore, mesmo que tivessem que derrubá-lo tijolo por tijolo para isso.

SEIS

Quando Samuel se Junta a Boswell Mais Uma Vez e Aprendemos Por Que Não se Deve Confiar Num Espelho

OMO COSTUMA ACONTECER nesses casos, a história de como Samuel Johnson tinha conseguido convidar uma caixa de coleta do correio para sair já havia circulado pela escola inteira quando tocou o sinal que mandava todo mundo para casa.

– Ei, Johnson! – gritou Lionel Hashim no caminho para os portões da escola. – Ouvi dizer que tem um semáforo muito bonito lá na rua Shelley. Você podia convidá-lo para ir ao cinema. Mas não tente beijá-lo. Ele pode ficar vermelho!

Que engraçado, pensou Samuel. Muito engraçado. Ele sentiu um peso na mochila. E no coração.

Do lado de fora dos portões, Boswell, o bassê de estimação de Samuel, esperava o dono. Boswell tinha o ar preocupado de quem desconfia estar prestes a receber más notícias e de que elas só não chegaram ainda porque estão procurando por mais notícias ruins para lhes fazer companhia. Uma série de linhas franzidas marcava a fronte de Boswell e, em intervalos regulares, ele dava um suspiro. Era comum vê-lo pela cidade de Biddlecombe, ainda mais na escola, pois Boswell era o fiel companheiro de Samuel Johnson e estava sempre ali para saudar seu dono quando o sinal tocava, às quatro horas.

Boswell sempre foi um cachorro um tanto sensível e contemplativo.[15] Mesmo quando filhote, costumava olhar para sua bola com receio, como se esperasse que ela criasse pernas e fugisse com outro cachorro. Demonstrava gostar dos tipos mais tristes de música clássica e era conhecido por uivar acompanhando o "Réquiem" de Mozart de um jeito melancólico.

Mas acontecimentos recentes tinham dado a Boswell um bom motivo para pensar que o mundo era um lugar ainda mais estranho e preocupante do que ele imaginava. Afinal, o cãozinho testemunhara monstros surgindo de buracos no espaço e havia até sido ferido por um ao tentar salvar seu dono das suas garras. Boswell

---

[15] O escritor inglês Horace Walpole (1717-1797) sugeriu que "este mundo é uma comédia para aqueles que pensam, uma tragédia para aqueles que sentem". Infelizmente, como a maioria de nós pensa *e* sente, estamos destinados a passar grande parte de nosso tempo na Terra sem saber ao certo se rimos ou se choramos. Rir deve ser melhor, mas você não vai querer ser um daqueles que riem o tempo todo ("Veja, aquele cara ali acabou de cair de um penhasco! Ah-ha-ha-ha-ha-ha!") porque você parecerá indiferente ou louco. Do mesmo jeito, se chorar o tempo todo, irá parecer um maricas ou uma carpideira profissional, e começará a cheirar a umidade. Então, é melhor se contentar com um sorriso de quem vê o lado engraçado de uma situação ruim, do tipo que sugere que você é capaz de suportar os solavancos de um destino ultrajante com uma certa dose de dignidade e, ao mesmo tempo, dignidade uma lágrima discreta em filmes tristes e velórios. A propósito, Horace Walpole parecia um pouco com um cavalo de peruca e certa vez foi acusado de levar o poeta Chatterton ao suicídio. Devia ser, portanto, do tipo "mundo como tragédia".

tivera uma das pernas quebrada e, desde então, vinha mancando um pouco. Por ser um cachorro, apesar de esperto, a natureza do que acontecera durante a invasão não estava inteiramente clara. Ele só sabia que tinha sido muito ruim e que não queria que acontecesse de novo. Acima de tudo, não queria que nada acontecesse com Samuel, pois o amava muito. Portanto, toda manhã, de chuva ou de sol, Boswell trotava ao lado de seu adorado dono na ida para a escola, e estava o esperando quando ele saía lá de dentro, no fim da tarde. Uma portinhola na porta da frente da casa permitia que Boswell entrasse e saísse quando quisesse. Seu dever era proteger Samuel e ele pretendia cumpri-lo da melhor maneira possível, dentro das capacidades de um cãozinho.

Naquele dia, Boswell percebeu uma mudança no humor geralmente radiante de Samuel. Numa situação como essa, alguns cães teriam se esforçado para animar o dono, talvez perseguindo o próprio rabo ou mostrando alguma coisa que tivesse um cheiro estranho, mas Boswell era do tipo que compartilhava do humor do dono. Se Samuel estivesse feliz, Boswell ficava contente. Se Samuel estivesse triste, Boswell mantinha-se quieto e lhe fazia companhia. Nisso, era mais sábio do que muita gente.

Assim, o menino e seu cachorro, cada um suportando uma parte do peso do mundo nos ombros, pegaram o caminho de casa, e qualquer um que tivesse arranjado um tempo para dar mais do que uma olhada nos dois teria notado que tanto o menino quanto o cachorro seguiam cabisbaixos. Não reparavam nas vitrines das lojas e evitavam as poças. Pareciam não querer se ver. Era como se tivessem medo do próprio reflexo ou de serem notados.

Às vezes, as outras pessoas ainda lançavam olhares estranhos para Samuel e até para Boswell, mas não com a mesma frequência de antes. Ou talvez fosse mais correto afirmar que os olhares estranhos que lançavam estavam mais para o tipo geral – "Esse menino é estranho e o cachorro dele me entristece" – do que para o tipo específico, como: "Olha o Samuel Johnson e o cachorro dele, que estavam envolvidos com todas aquelas coisas demoníacas que prefiro não lembrar, muito obrigado. Na verdade, agora que estou vendo os dois de novo, fico um pouco bravo com eles porque não quero ser lembrado do que aconteceu, mas a presença deles me faz lembrar disso de qualquer forma, então, acho que vou simplesmente culpá-los por tudo em vez de culpar os demônios porque é mais fácil ficar bravo com um menino pequeno e um cachorro menor ainda, e assim é menos provável que eu acabe sendo devorado, indo parar no Inferno ou sofrendo uma consequência tão horrível quanto essas."

Ou alguma coisa do tipo.

Samuel tinha quase parado de notar as reações dos outros à sua presença, só que não era por isso que ele e Boswell estavam cabisbaixos. Era verdade que não queriam ser notados, mas não eram os vizinhos de Biddlecombe que os preocupavam. O indivíduo que os preocupava estava muito mais longe.

Muito mais longe e, no entanto, estranhamente perto.

Grande parte de nós não reflete muito sobre a natureza dos espelhos. Vemos o reflexo de um cômodo ou de nós mesmos num vidro e pensamos, "Ah, veja, é o sofá" ou "Ah, veja, sou eu. Achei que fosse mais magro/mais gordo/mais bonito/mais feio/uma menina".[16] Mas não é o seu sofá e não é você. É uma versão de você,

---

[16] Se um dia você estiver entediado e quiser confundir seus pais:

1) Encha um pequeno copo de plástico com um pouco d'água.
2) Levante o tal copo como se fosse beber nele.
3) Passe direto pela boca e, em vez disso, leve o copo à testa.

por isso, o artista René Magritte pôde fazer a pintura de um cachimbo e escrever abaixo, em francês, *Ceci n'est pas une pipe*, ou "Isto não é um cachimbo". Porque não é um cachimbo: é a *imagem* de um cachimbo. Como o próprio Magritte argumentou: "Daria para encher meu cachimbo? Não, é apenas uma representação. Então, se eu tivesse escrito no meu quadro 'Isto é um cachimbo', estaria mentindo!"

A pintura em questão, de 1929, se chama *A traição das imagens*. (*Traição*, que significa tramar ou enganar, é outra ótima palavra, ainda mais se você forçar o *r* com a língua e prolongá-lo bastante: "Trrrrrrraição!" Você pode gritar como um louco enquanto agita uma espada, alarmando os vizinhos). Em outras palavras, não dá para confiar em imagens. Elas não são o que fingem ser.

Samuel passara a ser íntimo desse conceito e não de um jeito bom. Começara a desconfiar de que espelhos eram mesmo muito estranhos e de que, longe de simplesmente oferecerem um reflexo deste mundo, eles poderiam, na verdade, ser um mundo próprio.[17]

---

4) Derrame um pouco da água no rosto.
5) Diga aos seus pais que você pensou que fosse mais alto.
6) Faça uma reverência. Peça a todos para dar a gorjeta da garçonete. Diga que você passará a semana inteira lá.
7) Vá embora.

[17] Na verdade, tendemos a não dar muito valor ao nosso reflexo na maioria das vezes, mas ele é extraordinário. Quando você vê seu reflexo numa janela à noite, talvez com uma cidade visível através do vidro adiante, é porque 95 por cento da luz que bate na janela a atravessam direto, enquanto 5 por cento são refletidos. Por isso a imagem fantasmagórica do seu rosto. Isso prova que a luz é formada por partículas, mas o que é intrigante é que 5 por cento das partículas de energia, ou fótons, que criam a sua imagem, não são refletidos por nenhuma razão em especial que possamos compreender, indicando a possibilidade de acaso no coração do universo. Existe uma chance em vinte de um fóton ser refletido em vez de transmitido, o que significa que não

O menino achava isso porque, às vezes, ao olhar num espelho ou na vitrine de uma loja ou em alguma outra superfície refletora, via uma figura que não deveria estar ali. A figura de uma mulher que já não era mais bonita, num vestido floral. A sra. Abernathy.

Pois a sra. Abernathy, como concluíra Samuel, caminhava pelo mundo dos espelhos. Não conseguia voltar para este mundo, mas, de algum jeito, o enxergava ao se movimentar por trás dos vidros. O garoto tinha avistado a sra. Abernathy no espelho do armário do banheiro, no vidro da porta da frente e até, certa vez, a mais peculiar, numa colher, na qual ela estava distorcida e de cabeça para baixo. Ela parecia preferir aparecer à noite, quando as janelas estavam escuras e os reflexos eram mais claros no vidro, como se a claridade da própria imagem, por sua vez, tornasse o mundo que ela observava mais fácil de discernir.

E toda vez os olhos da mulher estavam preenchidos com uma luz azul, queimando com o ódio que ela sentia de Samuel.

Sua mãe o cumprimentou da cozinha quando ele abriu a porta da frente e largou a mochila na entrada.

– Oi, Samuel. Você teve um bom dia?

– Se, com bom, você quiser dizer constrangedor, de destruir a alma, então, sim, tive um bom dia – respondeu Samuel.

– Minha nossa – falou a mãe. – Venha se sentar à mesa que vou fazer uma boa xícara de chá para você.

O que era aquilo nas mães, perguntou-se Samuel, que as levava a acreditar que todos os problemas do mundo poderiam ser

---

temos como saber com certeza como um fóton se comporta. Isso é muito preocupante para os cientistas. Se você quiser que seu professor de ciências tenha um colapso nervoso, pergunte a ele por que isso acontece.

resolvidos com uma boa xícara de chá? Samuel podia ter chegado com a cabeça debaixo do braço, sangue jorrando do pescoço e flechas fincadas nas costas, que sua mãe teria sugerido uma boa xícara de chá como um jeito de curar os ferimentos. É provável que até tentasse esfregar um pouco de chá na cabeça decepada do filho, na esperança de colá-la de novo no pescoço.

O engraçado, porém, era que muitas vezes uma xícara de chá e uma palavra de consolo da mamãe bastavam para deixar as coisas pelo menos um pouco melhores. Então, Samuel se sentou e esperou até uma caneca de chá fumegante ser posta à sua frente. O chá tinha mesmo um cheiro bom. Samuel já podia senti-lo aquecendo sua garganta. Hoje tinha sido ruim, mas talvez amanhã fosse melhor. Chá: nosso amigo nos momentos difíceis.

– Ah, que pena – disse a mãe de Samuel. – Não tem leite.

A testa de Samuel bateu com força na mesa da cozinha.

– Vou buscar – disse ele.

– Esse é um bom menino – disse a mãe. – Quando você voltar, terá uma xícara quentinha te esperando. E já que você vai sair, pode trazer uns pães? Não sei. Mesmo sem o seu pai, estamos comendo tanto quanto antes.

Samuel estremeceu. Não sabia o que doía mais: ver sua mãe se entristecer ao falar da ausência de seu pai ou ouvi-la comentar isso de um jeito tão casual. A mãe parecia ter notado o desconforto do filho, pois se aproximou dele e o envolveu nos braços.

– Ah, querido – disse ela, dando-lhe um beijo na cabeça. – Não me importo que você coma tanto. Está em fase de crescimento. E seu pai e eu, bom, estamos conversando, o que já é alguma coisa. Não estou mais tão brava com ele quanto antes, mas ainda bateria na cabeça dele com uma frigideira na primeira oportunidade. Mas estamos bem, você e eu, não estamos?

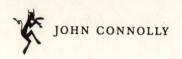

Samuel assentiu com a cabeça, de olhos fechados, sentindo o cheiro reconfortante de farinha e perfume do vestido da mãe.

– É, estamos bem – falou, apesar de não saber ao certo se aquilo era verdade.

Sua mãe o afastou com delicadeza, esticou os braços e pôs as mãos nos ombros dele, olhando com seriedade para Samuel.

– Não tem tido mais, humm, *esquisitices*, não é? – perguntou ela.

– Você quer dizer demônios?

Agora foi a vez da mãe parecer incomodada.

– É, se você quer chamá-los assim.

– É o que são.

– Escute, não quero começar uma discussão sobre isso – disse a mãe. – Só estou perguntando.

– Não, mamãe – falou Samuel. – Não tem tido mais esquisitices. – A não ser que você considere as aparições de uma mulher com o rosto todo costurado, encarando de espelhos e portas de vidro. -- Não tem tido mais esquisitice nenhuma.

SETE

Quando Fazemos Uma Visita à Casa da Sra. Abernathy. Que é Legal. Só Que Não.

NTES DE continuarmos, uma palavrinha sobre o Mal.

O Mal já existe há muito tempo, tempo o bastante para fazer parte do nascimento de tudo, bilhões e bilhões de anos atrás, após o Big Bang que deu origem ao universo. Infelizmente, durante um tempo depois do Big Bang, o Mal não teve muito o que fazer porque não existia tanta vida por aí e a vida que existia era a de organismos pequenos, unicelulares, que já estavam muito ocupados tentando se tornar pluricelulares sem terem que se preocupar com ser indelicados uns com os outros sem um bom motivo. Mesmo quando esses organismos pluricelulares se transformaram em incrivelmente complexos e se tornaram tubarões e aranhas e dinossauros carnívoros, ainda não traziam muita diversão para o Mal. Essas feras agiam apenas por instinto e seu instinto era só o de comer e, assim, sobreviver.

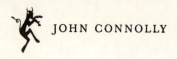

Mas aí chegou o homem e o Mal se animou um pouco porque ali estava uma criatura capaz de fazer escolhas, o que a tornava muito interessante. Ser bom ou mal não é um estado passivo: você tem que decidir ser um ou o outro. O Mal fez tudo o que pôde para encorajar as pessoas a fazer coisas ruins em vez de boas e, como era inteligente, se disfarçou bem, para que as que fizessem coisas ruins encontrassem maneiras de se convencer de que elas não eram nada ruins. Essas pessoas precisavam de mais dinheiro para ser feliz e, portanto, roubavam ou sonegavam impostos. E contavam mentiras para esconder o que tinham feito porque meio que lamentavam por isso, mas não o bastante para admitir o que haviam feito ou parar de fazer aquilo. No fim das contas, grande parte se resumia a egoísmo, mas o Mal não se importava. Você poderia chamar do que quisesse, no que dizia respeito ao Mal, desde que continuasse sendo ruim.

E o Mal não estava ocupado apenas neste universo, mas em vários outros também, pois o nosso era apenas um, numa grande espuma de universos conhecida como Multiverso, cada qual uma bolha em expansão de planetas e estrelas. Você deve achar que isso exigiria que o Mal se dispersasse um pouco porque não devia existir tanto Mal por aí, mas ficaria surpreso com o que o Mal consegue fazer quando se dedica. Por outro lado, não importa o quanto o Mal tente, nunca é capaz de se igualar ao poder do Bem, pois o Mal é, no fim das contas, autodestrutivo. O Mal pode se dedicar a corromper os outros, mas, no processo, corrompe a si mesmo. É assim que o Mal é. Levando tudo isso em conta, é melhor ficar do lado do Bem, mesmo que o Mal às vezes tenha uniformes mais legais.

* * *

A sra. Abernathy, que era mesmo muito má, estava sentada numa câmara elevada em seu palácio, uma construção apavorante de colunas e pontas afiadas esculpidas a partir de um único e enorme bloco de rocha vulcânica preta brilhante, e encarava, determinada, um pedaço de vidro à sua frente. Ela o pegara "emprestado", havia muito tempo, do Grande Malevolente, pois ele tinha vários pedaços como aquele e ela se convencera de que um a mais ou a menos não faria a menor diferença para ele. Esses pedaços eram as janelas do seu mestre para o mundo dos homens, e cada uma revelava uma parte da existência que ele odiava, apesar de também, no fundo, desejá-la. Ele costumava ver o pôr do sol e os lagos ficarem dourados. Costumava ver crianças crescendo e tendo filhos e envelhecendo junto daqueles que amavam e que também as amavam. Costumava admirar maridos e mulheres, irmãos e irmãs, filhotes, sapos e elefantes. Costumava admirar até peixes dourados em aquários, hamsters que corriam dentro de rodas para se esquecer de suas gaiolas minúsculas e moscas lutando nas teias de aranha; e invejava a liberdade de todos os seres, mesmo que fosse apenas a liberdade de morrer.

Durante muito tempo, a sra. Abernathy compartilhara do desejo de seu mestre de transformar a Terra numa versão do Inferno, mas alguma coisa tinha mudado. Talvez pudéssemos supor o que era essa coisa baseados no fato de as janelas de sua toca horrível – que, a seu modo, passara muito tempo sendo quase tão ruim quanto a Montanha do Desespero do Grande Malevolente, mas consideravelmente menor e com uma vista melhor – terem sido decoradas com cortinas de rede. Eram pretas e, olhando mais de perto, pareciam ter sido usadas um dia para pegar peixes mutantes horrorosos, pois os restos de alguns ainda se encontravam presos na trama, mas pelo menos houve um esforço. Uma mesa comprida, toda feita de lápides, agora tinha um vaso amarelo no centro –

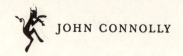

um vaso, aliás, com o desenho de gatos dormindo. É verdade que o vaso estava cheio de flores feias, vermelho-sangue, que escondiam dentes afiados dentro das pétalas. E esses dentes teriam acabado com quaisquer gatos reais que cometessem o erro de adormecer ao alcance de uma mordida, mas isso já era um começo. Assim como as cortinas, o tapete na porta que dizia "Por Favor, Limpe Seus Cascos Fendidos!" e o pote de *pot-pourri* feito com cascas de besouros venenosos e aromatizados com água parada.

O que a sra. Abernathy tinha descoberto, mesmo que se recusasse a admiti-lo para si mesma, é que se você vai para um lugar determinado a mudá-lo, às vezes esse lugar pode acabar mudando você. Ela voltara para o Inferno, mas levando um pouco do mundo dos humanos consigo, e agora era transformada de maneiras que não compreendia muito bem.

Saiba que ela ainda odiava Samuel Johnson e seu cachorro. Só porque queria deixar sua toca um pouco mais bonita, e talvez gastasse alguns minutos a mais ajeitando o cabelo antes de sair, não deixaria de despedaçar os dois, membro por membro, na primeira oportunidade. Tanto que ela os observava através do pedaço de vidro enquanto os dois se arrastavam da casa, o menino de cabeça baixa e o cachorro atento ao dono. Samuel parecia infeliz, pensou ela. Isso era bom. Ela gostava quando ele ficava desse jeito. Queria que ele olhasse para a frente, para avistá-la em uma das vitrines enquanto passava. A sra. Abernathy sempre gostava de vê-lo reagir com medo quando sua imagem aparecia, mesmo que ela não pudesse lhe fazer nenhum mal de verdade – ainda não –, mas ele parecia determinado a não notá-la.

A sra. Abernathy estendeu a mão pálida e olhou fixamente para os dedos. As unhas estavam vermelhas e um pouco lascadas. Ela teria que pintá-las de novo, quando conseguisse um suprimento de sangue apropriado.

Ouviu o barulho de asas batendo acima de sua cabeça. A câmara se estreitava, formando uma estrutura pontuda como uma torre no centro que se projetava para o alto, acima das planícies ao redor. No topo, havia uma abertura que agora escurecia à medida que um vulto entrava e começava a descer. Sua Sentinela estava de volta.

Quando a sra. Abernathy perdeu o prestígio com o Grande Malevolente, vários daqueles demônios que antes lhe eram leais procuraram novos mestres. Afinal, se ela falhara com o Grande Malevolente de um jeito tão horrível, a ponto de ele cortar relações com ela por completo, recusando-se até a olhar para a cara dela de novo, seria apenas uma questão de tempo até que concluísse que ignorá-la não bastava como castigo e que precisaria de algo mais criativo. Nesse caso, ele poderia decidir que queria olhar para a cara dela de novo no fim das contas, mas só se a cara tivesse sido arrancada primeiro e pregada na parede, com as outras partes de seu corpo dispostas nas proximidades, de um jeito interessante mas nada convencional. Quando aquilo acontecesse, o que grande parte dos demônios mais espertos parecia acreditar ser cada vez mais provável, qualquer um que permanecesse junto dela devia acabar do mesmo jeito, só que em uma parte inferior da parede.

De certa maneira, os demônios eram a encarnação da lei de conservação da matéria, que afirma que a matéria não pode ser criada nem destruída, apenas transformada de um estado para o outro.[18]

---

[18] Foi o grande cientista Albert Einstein quem descobriu que a matéria pode ser transformada em energia, e a energia, em matéria, como numa explosão atômica. Sua descoberta se baseou no trabalho dos físicos John Cockcroft e Ernest Walton, que produziram a primeira desintegração nuclear artificial do mundo, em 1932, e o trabalho dos três, por sua vez, contribuiu para a criação do GCH. Assim, é, na realidade, a lei da conservação de energia *e*

Quando aplicado aos demônios, isso significava que eles não podiam morrer, mas ainda podiam ser transformados em diversas e dolorosas versões de existência alternativas e era possível fazer com que seus tormentos durassem uma eternidade. Ninguém quer passar a eternidade com o rosto pregado numa parede e as pernas arrancadas cruzadas sob o queixo, como um brasão horroroso. Então, no Inferno, todo mundo sabia que não era aconselhável se envolver com a sra. Abernathy porque ela estava condenada e iria, por sua vez, condenar todos ao seu redor.

Havia criaturas, porém, que permaneceram leais a ela: algumas porque eram idiotas demais para saber que não deviam fazer isso; umas porque esperavam que a sra. Abernathy descobrisse um jeito de melhorar a própria situação; outras porque eram tão cruéis e malignas e inteligentes quanto ela, e não conseguiam encontrar um patrão melhor, mesmo no Inferno. A Sentinela aparentava ser do último tipo. Era forte, incansável e de uma inquestionável fidelidade à sua ama, mesmo que estivesse perturbada pelas mudanças

---

matéria. Mas um dos pioneiros esquecidos dessa área é o francês Antoine-Laurent Lavoisier (1743-1794) que, em seu tempo livre, ficou fascinado pela possibilidade de todos os pedaços de coisas na Terra – leões, tigres, periquitos australianos, árvores, lesmas, ferro e coisas do tipo – fazerem parte de um todo único e interconectado. Ele e sua mulher, Marie Anne, começaram a enferrujar pedaços de metal num aparato lacrado e depois pesá-los com o ar perdido. Descobriram que o metal enferrujado, em vez de pesar menos do que antes, ou a mesma coisa, na verdade, pesava *mais*, porque as moléculas de oxigênio do ar tinham aderido ao metal. Em outras palavras, a matéria se transformou, mas não desapareceu. Lavoisier teve um fim horrível: tinha ofendido um cientista frustrado, Jean-Paul Marat, e durante o Período do Terror (1793-1794), logo após a Revolução Francesa, Marat, que era importante no Reino, teve sua vingança: Lavoisier foi julgado, condenado e depois decapitado, tudo no mesmo dia. Ao fazerem um apelo de misericórdia em nome dele, o juiz respondeu: “A República não precisa de nenhum gênio”. Na próxima vez que você acender um fósforo, lembre-se de Lavoisier.

na aparência dela nos últimos tempos. A Sentinela estava acostumada a servir a um demônio monstruoso e cheio de tentáculos quatro vezes maior que ela mesma; não uma mulher pequena, loura, num vestido estampado. Ainda assim, é preciso ser aberto a novas experiências, essa era a filosofia da Sentinela, desde que fossem suficientemente parecidas com as antigas em termos de ferir outros seres.

A Sentinela estava satisfeita consigo mesma e sabia que a sra. Abernathy estaria, por sua vez, satisfeita com ela. Antes que pudesse começar a falar, porém, sua ama teve um espasmo. Os braços se esticaram, afastando-se dos flancos, e as costas arquearam. A boca se abriu e os olhos se arregalaram. Feixes de luz azul saíram da mandíbula, das orelhas e das órbitas dos olhos. Fragmentos menores de energia brotaram de cada poro e ela ficou suspensa no ar como um sol azul.

A Sentinela olhou para ela e soube que tinha feito a escolha certa.

A sra. Abernathy tinha sido paciente: ninguém poderia existir por tanto tempo sem aprender o valor da paciência. Ela havia suportado a rejeição do Grande Malevolente, insistindo em fazer sua peregrinação constante à montanha enquanto os outros riam dela, lembrando a todos eles de que não seria esquecida. Quando não estava indo a passos lentos de seu palácio para a casa de seu mestre e vice-versa, ela aguardava. A sra. Abernathy vinha esperando sua Sentinela encontrar pistas do veículo que tinha entrado no portal e o destruído, arrastando todos de volta para o Inferno. Vinha esperando por aqueles momentos em que Samuel Johnson acabaria dando uma olhada num espelho e se deparando com ela o encarando, desencadeando o medo no menino. Vinha esperando pela chance de se vingar dele. Mas, acima de tudo, vinha esperando que os humanos fizessem o que ela estava certa de que fariam.

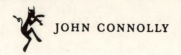

Vinha esperando que eles ligassem seu grande Colisor mais uma vez.

OITO

Quando Nos Perguntamos o Quão Inteligentes as Pessoas Muito Inteligentes Realmente São De Vez em Quando

S CIENTISTAS são estranhos. Ah, eles fazem muitas coisas grandiosas e maravilhosas e, sem a ciência, não teríamos todo tipo de coisas úteis como curas para doenças e lâmpadas e mísseis nucleares e guerra biológica e...

Bem, talvez seja melhor não tocar nesse assunto. Vamos apenas dizer que a ciência tem trazido, em geral, muitos benefícios para a humanidade e vários cientistas têm demonstrado uma coragem louvável ao longo de seu trabalho. Só que, às vezes, os mais sensatos entre nós, se tivessem a oportunidade de testemunhar alguns de seus experimentos, pensariam "Ah, eu não faria isso se fosse você"[19] e é por isso que não somos

---

[19] Alexander Bogdanov (1873-1928), por exemplo, fez experimentos com transfusões de sangue, talvez na tentativa de descobrir o segredo para a eterna juventude. Infelizmente, uma parte do sangue estava infectada com malária

cientistas e nunca descobriremos nada de muito interessante, mas por outro lado não vamos nos envenenar por acidente, ingerindo o conteúdo de um termômetro.

Então, nas profundezas de um túnel perto de Genebra, na Suíça, um grupo de cientistas olhava um pouco ansioso para um interruptor enquanto, ao redor, o Grande Colisor de Hádrons mais uma vez começava seu trabalho muito importante. O Colisor, para quem não sabe, era o maior acelerador de partículas já construído, projetado para esmagar feixes de prótons subatômicos uns contra os outros em altas velocidades – 99.9999991 por cento da velocidade da luz – e, portanto, fazer todo tipo de descobertas sobre a natureza do universo ao recriar as condições de menos de um bilionésimo de segundo depois do Big Bang que o criou, cerca de 13,7 bilhões de anos atrás. Infelizmente, na última vez que o Colisor fora ligado, sua energia acabou sendo usada pela sra. Abernathy para abrir um portal entre o nosso mundo e o Inferno, e foi aí que todos os problemas começaram. Desde então, o Colisor permaneceu definitivamente desligado e os cientistas tinham trabalhado muito para garantir que toda aquela coisa de portal para o Inferno nunca, nunca mais acontecesse de novo. Prometeram. Prometeram com o dedo mindinho. Prometeram com o dedo mindinho para valer.[20]

---

e tuberculose e ele morreu pouco tempo depois. Já Carl Scheele (1742-1786), o descobridor do tungstênio e do cloro, entre outros elementos químicos, gostava de provar seus achados. Ele sobreviveu depois de provar cianeto de hidrogênio, mas não depois de provar mercúrio, o que é uma pena.

[20] Na verdade, o experimento com o Colisor havia sido assolado por muitas dificuldades além da infeliz interface cientistas/demônios, incluindo um enguiço causado por um pássaro que deixou cair um pedaço de baguete no maquinário, tanto que um cientista importante até sugeriu que o aparelho

– Está acontecendo alguma coisa? – perguntou o professor Stefan, chefe do setor de física de partículas da CERN. Ele parecia nervoso e impaciente. Estivera presente quando todo aquele desagradável incidente demoníaco acontecera, e muitos apontaram o dedo acusador para ele, que achou a atitude um tanto injusta. Ele não *sabia* que os portões do Inferno se abririam por causa de seu belo e brilhante acelerador de partículas. Se soubesse...

Minha nossa, aí é que estava a coisa. Se o professor soubesse, provavelmente teria permitido que o Colisor fosse ligado mesmo assim. Eles haviam tido tanto trabalho para construí-lo e gastado todo aquele dinheiro: sete bilhões de dólares, na última vez que contaram. Não dava para simplesmente trancar a porta, pôr a chave debaixo do tapete, deixar um recado para o leiteiro cancelando o pedido e voltar a fazer o que quer que estivessem fazendo antes de o Colisor ser sugerido. Isso seria burrice. E não haviam nenhuma garantia de que os portões do Inferno seriam abertos, de qualquer jeito, pois ninguém sabia ao certo se o Inferno sequer existia. Teria sido como dizer: “Não ligue essa coisa. O coelhinho da Páscoa pode fugir!” ou “As asas de uma fada podem cair!” ou “Um unicórnio pode tropeçar”. Isso não seria ciência. Isso seria um absurdo.

Por outro lado, agora os cientistas sabiam que: (a) o Inferno, ou algo parecido, realmente existia; (b) esse lugar estava cheio de

---

estava sendo sabotado pelo futuro para impedir que ele fosse ligado e sugasse o planeta para um grande buraco negro ou o transformasse em cinzas. Por outro lado, aqueles dentre nós que não passam tanto tempo com cientistas muito imaginativos, e que saem de casa às vezes, acham que a ideia de ser sabotado pelo futuro parece forçar um pouco a barra.

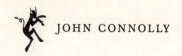

criaturas que não gostavam muito deles, apesar de não ser apenas dos cientistas, mas de nada que existia na Terra; e (c) de algum jeito, o Colisor dera a essas criaturas a oportunidade de espiar nosso mundo e devorar pessoas. O consenso geral entre os que sabiam do envolvimento da CERN na quase catástrofe e entre os que não queriam ser devorados por demônios – não mesmo, obrigado. Já pensou em experimentar uma salada? – era que não parecia uma ideia muito boa ligar o Colisor de novo. Os cientistas argumentaram que (meio que) haviam descoberto qual era o problema e que tinham (mais ou menos) certeza de que nada como o que acontecera antes jamais aconteceria de novo (ou provavelmente nunca mais aconteceria de novo, dentro de uma margem de erro. De quanto? Ah, uma margem mínima. Nem vale a pena se preocupar com isso. O quê? Você quer ver a folha de papel na qual eu fiz os cálculos? Que folha de papel? Ah, esta aqui. Bem, não vai dar porque – *humm, humm* – acabei de comê-la. E aí?).

Acabaram concluindo que se ligassem o colisor de novo ficaria tudo bem, mas os cientistas teriam que tomar muito cuidado e, se parecesse que alguma coisa ruim envolvendo criaturas com garras e presas e uma disposição nociva estivesse prestes a acontecer, deveriam desligar o Colisor no mesmo instante e informar o acontecido a um adulto responsável. Os cientistas estavam razoavelmente confiantes de que isso não seria necessário, pois tinham trabalhado muito no que pensavam ter sido uma provável fonte de fraqueza. Descobriram que as junções que prendiam os estabilizadores de cobre da máquina não eram resistentes o bastante para suportar as forças liberadas contra eles – quinhentas toneladas por metro quadrado ou o equivalente a cinco aviões jumbo a toda velocidade sendo pressionados contra cada metro quadrado – agora, porém, os estabilizadores haviam sido reforçados e acreditava-se que tudo estivesse sob controle.

Mas as mudanças e correções que os cientistas tinham feito no Colisor também possibilitaram aumentar seus níveis de energia. As energias envolvidas em suas colisões eram medidas em teraelétron-volts, ou TeV, sendo cada TeV equivalente a um milhão de milhões de elétron-volts. Quando o primeiro "incidente" aconteceu, o Colisor enviava feixes duplos de 1,18 TeV cada em torno de seu anel, emitindo energias de colisão de 2,36 TeV. O novo e melhorado Colisor havia sido programado para mais do que dobrar a energia de colisão para 7 TeV, o primeiro grande passo rumo à sua capacidade rotineira de 14 TeV.

E foi assim que os cientistas acabaram de pé ao redor do Colisor, olhando para o interruptor de dedos cruzados e pés de coelho da sorte nas mãos enquanto o professor Stefan perguntava se alguma coisa já tinha acontecido e o professor Hilbert, seu assistente, muito curioso sobre tudo que tivesse relação com o Inferno e demônios porque isso comprovava sua teoria de que existem outros universos por aí além do nosso, mordia o lápis e se perguntava se deveria confessar que no fundo torcia para que o portal se abrisse de novo ali perto, já que ele perdera isso na outra vez.

– Nada de anormal – disse o professor Hilbert, tentando não soar desapontado.

O professor Stefan deu um suspiro profundo e aliviado.

– Que bom – falou. – Tudo ficará bem de agora em diante.

Os outros cientistas olharam com raiva para ele porque isso é exatamente o tipo de coisa que se diz antes de o telhado cair, o chão se abrir e tudo ir para o Inferno num carrinho de mão – nesse caso em especial, um tanto literalmente, supondo que alguém tivesse se lembrado de levar um carrinho de mão –, mas o professor Stefan não notou.

E nem prestou nenhuma atenção no fato de o professor Hilbert ter saído de fininho e desaparecido dentro de um pequeno cômodo com um aviso que dizia "Material de Limpeza – Uso Exclusivo do Zelador".

– Estão vendo? – disse o professor Stefan, que simplesmente não sabia quando parar de provocar o destino. – Eu falei que vocês não tinham com o que se preocupar.

O cômodo para material de limpeza em que o professor Hilbert tinha entrado, na verdade, não era mais usado para guardar material de limpeza. Em vez disso, uma série de equipamentos de monitoramento havia sido instalada e dois técnicos encaravam, atentos, um par de telas. Entre uma tela e outra, havia uma caixa de som, agora em silêncio.

– E aí? – perguntou o professor Hilbert.

– Tudo parece estar funcionando como deveria – respondeu o primeiro técnico, que se chamava Ed. Ele olhava fixamente para uma imagem que lembrava uma aranha presa num tubo salpicado com pedaços de tijolo.

– Concordo – disse o colega dele, Victor. Atrás dos dois, estava uma partida inacabada de Batalha Naval, que o professor Hilbert fingiu não notar. – Há uma perda de energia insignificante, mas pode ser uma das junções de novo. De qualquer forma, ela será contida no vácuo.

– Você tem certeza?

– Não, mas só pode ser isso. Quero dizer, aonde mais ela iria? Já examinamos cada milímetro do Colisor. Não restam dúvidas sobre a integridade dele.

– É mesmo? – falou o professor Hilbert. – Se não me falha a memória, vocês disseram a mesma coisa na última vez.

– Bem, estávamos errados na época – disse Ed, com a certeza de quem está convencido de que sabe onde o adversário andava escondendo um submarino e um porta-aviões, se ao menos o deixassem voltar para o jogo. – Mas estamos certos agora.

Ele deu um sorriso amigável, que o professor Hilbert não retribuiu.

– Fiquem de olho nisso – falou o professor Hilbert a caminho da porta. – E se eu pegar os dois jogando Batalha Naval de novo, vocês irão preferir mesmo estar num porta-aviões naufragando...

A sra. Abernathy caiu de joelhos. Os feixes de luz se recolheram para dentro de seu corpo, mas seus olhos mantiveram um brilho azul. Ele estava ali desde a destruição do portal, só que agora era mais intenso. Ela tremeu por um instante e então parou. Aos poucos, abriu um sorriso.

A Sentinela não tinha se mexido. Por fim, entendeu. Sim, a sra. Abernathy havia sido transformada pelo tempo que passou no mundo dos homens e trouxera com ela características desse mundo de volta para o Inferno: cortinas, vasos e tapetes na porta; e vestidos estampados, cabelo louro e unhas pintadas.

Mas ela fora a primeira a reconhecer a importância do experimento com o Colisor. As forças primordiais envolvidas na criação do universo também estavam presentes nos demônios mais antigos. A recriação dessas forças na Terra formara uma conexão entre universos que a sra. Abernathy e o Grande Malevolente poderiam explorar. A destruição do portal e o consequente fracasso da invasão pareciam ter desfeito essa conexão para sempre, mas agora as coisas indicavam que não. Tal ligação entre os mundos ainda existia, mas apenas através da sra. Abernathy. Ela havia sido a primeira a atravessar o portal e o mantivera aberto no começo por pura força de vontade. Uma pequena parte da energia do Colisor ainda era acessada pela sra. Abernathy. Ela precisava sugá-la devagar e com cuidado para não alertar os responsáveis pelo Colisor, pois não queria que o desligassem. Aquilo não seria suficiente para sustentar uma nova invasão, mas, com o tempo, talvez fosse. Não era suficiente nem para que a sra. Abernathy fosse capaz de atravessar para o mundo deles, pois um demônio antigo e poderoso como ela precisaria de uma enorme quantidade de energia para transitar entre os universos. Mas bastaria para puxar um ser humano para o Inferno e a sra. Abernathy sabia exatamente quem ela queria. Ela traria Samuel Johnson para entregá-lo a seu mestre como um prêmio. Então, contaria o segredo da luz azul ao Grande Malevolente e ele voltaria a amá-la.

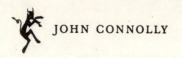

Quando a sra. Abernathy ficou de pé, a Sentinela começou a falar. Ela lhe contou sobre os rastros estranhos na pista, uma substância preta nas rochas, o cheiro de fumaça e queimado no ar. Quando a Sentinela terminou, a sra. Abernathy tocou-lhe a cabeça com uma das mãos e a criatura se curvou, agradecida.

– Todas as coisas boas vêm para aqueles que esperam – disse a sra. Abernathy. – Todas as coisas boas...

Ela começou a rir, um barulho horrível, que ecoou pela câmara, viajando pelas planícies e foi ouvido pelos demônios que a haviam abandonado. Alguns escaparam logo, temendo que sua traição fosse vingada, mas outros se prepararam para voltar para a sra. Abernathy, pois, se ela estava rindo, então, as circunstâncias tinham mudado e eles poderiam tirar proveito disso. Seres fétidos surgiram de buracos no chão e cavernas nas montanhas negras, de covas de cinzas e poças de fogo. Rastejavam, cambaleavam e deixavam um rastro de gosma ao sair de seus esconderijos e, aos poucos, começaram a pegar o caminho de volta para ela.

As criaturas daquele reino, os infernais, estavam atendendo a um chamado para a guerra.

NOVE

Quando Os Elfos do Sr. Merryweather Embarcam Numa Nova Aventura

VIAGEM DOS Elfos do Sr. Merryweather rendia na estrada. No começo, houve alguns problemas sobre quem iria dirigir a van, já que o único que tinha carteira de motorista era Alegre, e suas pernas eram ainda mais curtas do que as de seus colegas anões e, portanto, não tinham a menor chance de alcançar o freio ou o acelerador. Esse problema foi resolvido colando uma garrafa da Antiga Peculiar da Spiggit's em cada pedal da van com um adesivo extraforte, de modo que Alegre só precisava pisar no fundo da garrafa para acelerar ou frear.

Os anões andavam um pouco desanimados desde que o sr. Merryweather tinha saído estrada afora pisando forte, resmungando e mostrando os punhos, jurando nunca mais trabalhar com quem não conseguisse olhar em seus olhos sem subir numa cadeira. Você pode falar o que quiser do sr. Merryweather – e os anões tinham falado todo tipo de coisa, inclusive uma série de insultos que não poderiam ser impressos num guia de xingamentos para marujos xingadores –, mas, pelo menos, ele tinha arranjado trabalho para esses anões e ficado ao lado deles depois de vários incidentes envolvendo agressão, incêndio criminoso e, certa vez, uma conspiração para depor um governo eleito. Sem ele, os anões teriam que ralar para conseguir trabalho e não serem presos.

Resmungos e Sonolento encararam, entristecidos, seus copos de Spiggit's. Apesar da suspensão da van ser suspeita e tornar difícil beber em copo ali, em geral, não era aconselhável tomar Spiggit's diretamente da garrafa.[21] Em primeiro lugar, não era civilizado, pois cerveja sempre tem um gosto melhor no copo. Em segundo, a Spiggit's tendia a deixar um resíduo estranho e nebuloso no fundo de todas as garrafas, muito parecido com aquelas criaturas estranhas que vivem em valas profundas no fundo do mar, esperando para atacar os desavisados. Certa vez, Alegre bebeu um pouco daquele resíduo para fazer um experimento.[22] O efeito imediato foi fazê-lo procurar o conforto de uma privada por tanto tempo, que sugeriram que ele pegasse um financiamento para comprá-la. Três meses depois, como Alegre contava para qualquer um que quisesse ouvir, suas entranhas ainda não estavam totalmente recuperadas, já que em algum lugar de seu aparelho digestivo, a Antiga Peculiar da Spiggit's continuava fermentando intensamente, pois a cerveja

---

[21] Na verdade, como já ficou claro, não era aconselhável tomar Spiggit's de jeito nenhum.

[22] Bem, eu chamo de "experimento", mas seus companheiros anões simplesmente sentaram em cima dele e despejaram o sedimento goela abaixo, logo se afastando para ver o que acontecia. Apesar de, teoricamente, isso ser um experimento, também pode ser considerado tortura, assim como quase qualquer coisa que envolva a ingestão involuntária da Antiga Peculiar da Spiggit's.

tinha o tipo de vida longa que costumava ser mais associada à radiação letal. Ele ainda estava propenso a ataques de cegueira temporária, às vezes era incapaz de lembrar o próprio nome e dava arrotos explosivos, o que levara a um dos incidentes em que havia sido acusado de incendiário depois de arrotar um pouco perto demais de uma chama.

Então, Resmungos, Nervoso e Sonolento seguravam seus copos de cerveja com firmeza, (pois se a Spiggit's fosse derramada na pele ou na roupa, e deixada ali por mais de cinco segundos, tendia a provocar queimaduras) e se perguntavam como arranjariam dinheiro para comer e beber sem o sr. Merryweather para ajudá-los. Isso era um tanto urgente, já que só tinham mais doze fardos de Spiggit's nos fundos da van, com duas caixas de biscoito e alguns sanduíches que pareciam ter estragado. Alguém sugeriu que se livrassem das caixas de biscoito para conseguirem espaço para mais cerveja, mas o conselho mais sábio prevaleceu e, assim, eles se livraram de apenas uma das caixas e mantiveram os sanduíches.

– É o nosso fim – disse Nervoso. – Vou ter que voltar para o meu emprego antigo.

– E o que você fazia? – perguntou Sonolento.

– Era desempregado.

– Isso tomava muito tempo?

– O dia inteiro. Mas eu tinha folga nos fins de semana.

– Que bom. Senão você iria ficar exausto.

– E você?

Sonolento estremeceu.

– Não gosto nem de pensar nisso. Programas infantis na tevê.

– Não!

– Pois é. Lembra daquele programa *Carnudo e os Macarrões*?

– Aquele que era feito numa tigela de sopa?

– Esse mesmo. Eu era a Ervilha Eva.

– Não me lembro de você falando muito.

– Eu era uma ervilha. As ervilhas estão entre os vegetais mais quietos porque não tem muito ar dentro daquelas vagens. As cenouras não calam a boca e nem me fale dos brócolis. Eu odiava ser uma ervilha. E a fantasia tinha um cheiro estranho. A Ervilha Eva anterior a mim tinha morrido dentro dela.

– É mesmo?

– É, ela pegou alguma coisa na sopa. Passávamos horas naquela sopa. Era horrível. Bem, ela pegou uma doença na sopa e morreu, mas só descobriram depois do fim de semana. Pensaram que a fantasia estivesse vazia, então a guardaram de volta na vagem e a deixaram lá. Aquela fantasia nunca mais teve o mesmo cheiro depois disso.

– E nem era para ter, não é? – disse Nervoso. – Não dá para deixar um morto numa fantasia de ervilha durante um fim de semana inteiro e esperar que ela não feda um pouco. É questão de senso comum. Um dia, talvez. Dá para se livrar do cheiro de morto de um dia, mas não de um fim de semana. E você, Resmungos, o que fazia antes?

– Vovos – respondeu Resmungos.

– Ah – disse Nervoso.

– Não entendi – falou Sonolento.

– Ele disse que fazia superposição de voz – explicou Nervoso, tentando esconder sua confusão parecendo mais confuso. – Para comerciais e trailers de filmes e coisas do tipo, sabe?

Houve um momento de silêncio enquanto os anões assimilavam aquilo.

– É um emprego legal, se você conseguir arranjar um – disse Sonolento um tempo depois.

– Tem que ter talento para isso – falou Nervoso, que tinha desenvolvido mais uma ruga na testa enquanto tentava descobrir exatamente a trajetória da carreira de Resmungos.

– Anglebog – concordou Resmungos.

– É mesmo – comentou Nervoso, num tom neutro. – Uma boa pronúncia é essencial.

– E você, Alegre? – quis saber Sonolento. – O que você vai fazer?

– Fazer? – perguntou Alegre. – Fazer? Escutem o que vocês estão dizendo, cambada! Ainda não estamos acabados. Já passamos por épocas piores do que esta. Já fomos presos, deportados e quase vendidos como escravos. Temos que ser otimistas. Tenho certeza de que existe uma oportunidade depois daquela curva.

Ele foi tão convincente, que os anões ergueram os copos e brindaram.

Na verdade, não existia uma oportunidade depois daquela curva. O que existia era uma viatura meio escondida, na qual o oficial Peel e o sargento Rowan, da força policial de Biddlecombe, verificavam a velocidade dos carros e tomavam chá de uma garrafa térmica.

– Que chá delicioso – disse o sargento Rowan. – Como você faz para ele ficar tão gostoso?

– Mel – respondeu o oficial Peel.

– Fantástico. Eu nunca teria pensado nisso.

– Mel – continuou o oficial Peel – e... elfos. Com cerveja.

O sargento Rowan cheirou o chá.

– Não, não estou sentindo o cheiro de elfos, nem de cerveja. De mel, sim, mas de gente pequena, não.

– Não foi o que eu quis dizer, sargento. Há elfos naquela van. E eles estão tomando cerveja.

O sargento Rowan semicerrou os olhos para a lateral da van que passava e viu copos de cerveja sendo erguidos por mãos pequenas.

– Os Elfos do Sr. Merryweather – leu em voz alta.

Ele pensou por um momento. Não, não podia ser. Não aquele bando. Completamente diferente. Só que parecia a mesma van. E até pareciam os mesmos...

Anões.

– Oficial, pare aqueles anões!

Sonolento se mexeu no assento.

– Podemos parar em algum lugar? Preciso ir ao banheiro.

– É, e um lanche cairia bem – disse Nervoso. – Estou morrendo de fome.

– Não temos onde parar por aqui, rapazes – falou Alegre. – Mas aquela é a saída para Biddlecombe. Podemos achar algum lugar por lá.

Ele saiu da via expressa sem notar a viatura que os perseguia e logo se viu na estrada Shirley Jackson, que levava ao centro de Biddlecombe. Enquanto dirigia por ali, passou por uma van que vendia sorvete e por um garotinho com um bassê numa coleira. Alegre gostava de cachorros pequenos. Sendo daquela altura, tinha que tomar cuidado com os grandes.

Agora havia luzes azuis nos retrovisores central e lateral. Que estranho, parecia haver uma luz azul em toda parte. Aquilo era...

– Errei! – gritou a sra. Abernathy. – Errei o menino.

Ela encarava, determinada, o pedaço de vidro através do qual vinha monitorando os passos de Samuel Johnson e seu pequeno vira-lata. Tinha canalizado toda a sua energia para aquilo, decidida a levá-lo até ela e, em vez disso, um veículo qualquer entrou na frente. A sra. Abernathy se concentrou de novo, já sentindo que uma parte de seu poder havia diminuído.

– Cuidado – sussurrou ela para si mesma. – Cuidado...

A sra. Abernathy ergueu as mãos como se o menino já se encontrasse ali, à sua frente, e ela estivesse prestes a enforcá-lo. Então, raios duplos de luz azul jorraram de seus dedos e atravessaram o vidro. Ela estava ciente de que houve algum tipo de impacto no mundo dos homens e a intensidade desse impacto a fez piscar com força. Quando ela abriu os olhos, Samuel Johnson ainda estava em Biddlecombe, só que agora tinha parado de andar e olhava ao redor, muito confuso.

Samuel estava intrigado. Poderia jurar que, havia apenas alguns instantes, uma van levando homenzinhos estava prestes a passar por ele, mas agora ela parecia ter desaparecido. Então, uma viatura da polícia havia se aproximado e desaparecido também. E não tinha uma van vendendo sorvete por ali? O menino vinha pensando em comprar um, apesar de estar um pouco frio. Talvez ele estivesse estudando demais ou precisasse trocar os óculos.

Alguma coisa girava na rua, à sua frente. Ela parou enquanto ele se aproximava. Era uma garrafa de Antiga Peculiar da Spiggit's. Uma luz azul fraca dançava sobre a tampa da garrafa, levando-a a explodir e espirrar cerveja pela rua toda. Havia mais luz azul no para-lama de um carro ao lado, e no portão do jardim à esquerda e numa poça de óleo no chão, uma poça na qual ele podia ver seu reflexo e o de Boswell.

E a sra. Abernathy.

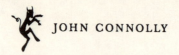

– Ah, não – disse Samuel quando a sra. Abernathy estendeu as mãos para acabar com aquilo. Feixes de luz azul brotaram das pontas de seus dedos e emergiram da poça, envolvendo Samuel e Boswell. Por um segundo, houve apenas um frio horrível e, de repente, cada átomo do corpo de Samuel parecia estar sendo arrancado de seu vizinho e o menino caía. Caía na escuridão e além.

DEZ

Quando Os Anões do Sr. Merryweather Fazem Uma Descoberta Desagradável

OI SONOLENTO quem acordou primeiro. Ele era chamado de Sonolento por sua capacidade de tirar um cochilo a qualquer momento. Conseguia cochilar em montanhas-russas, num transatlântico naufragando ou enquanto punham fogo em seus dedos dos pés – e cochilara mesmo em todas essas situações. Sonolento era do tipo de cara que conseguia tirar um cochilo no meio de outro cochilo.

Ele esticou os braços e bocejou. Era como se seu corpo tivesse sido esticado por um instrumento de tortura, desmembrado e, em seguida, juntado por alguém que não se preocupava muito se todos os pedaços estavam ou não no lugar certo. Sob circunstâncias parecidas, outros teriam se perguntado o porquê daquilo, mas Sonolento vinha tomando a Antiga Peculiar da Spiggit's por algum tempo e estava acostumado a acordar se sentindo daquele jeito.

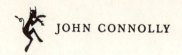

Ele olhou pela janela e viu o que pareciam ser imensas dunas de areia branca à frente. Coçou a cabeça enquanto tentava lembrar aonde deviam estar indo quando – bem, quando o que quer que tenha acontecido aconteceu. Será que tinham um compromisso à beira-mar? Sonolento gostava do mar. Decidiu deixar os outros dormindo e ir esticar as pernas.

O céu sobre sua cabeça estava cheio de nuvens escuras com tons avermelhados, então ele imaginou que fosse o nascer ou o pôr do sol e que pudesse chover nesse meio-tempo. Respirou fundo, mas não sentiu o cheiro do mar. Também não ouviu o mar. Sonolento tentou se lembrar se havia um deserto nos arredores de Biddlecombe e concluiu que não. Havia uma praia ali perto, em Dunstead, mas era, em grande parte, de pedras e carrinhos de compras velhos, não se parecendo nem um pouco com aquele lugar. A areia sob seus pés era muito branca e muito fina. O céu, porém, era estranho. As nuvens ficavam mudando de formato e de cor, de modo que, às vezes, o céu parecia estar cheio de rostos com tons alaranjados de lareira e avermelhados de chaminé. Se não achasse bobagem, teria dito que aquele céu estava pegando fogo. Havia, com certeza, um cheiro de queimado no ar, e não era dos bons. Cheirava como se alguém tivesse largado vários bifes numa churrasqueira enorme por tempo demais e depois deixado que apodrecessem.

Sonolento começou a subir a primeira duna, na esperança de descobrir onde estava, assobiando no caminho. Havia mais dunas. Ele subiu outra, depois outra. Quando chegou ao topo da terceira duna, parou de assobiar. Parou de fazer tudo, na verdade, a não ser olhar fixamente.

Ao longo de todo o horizonte em chamas se estendendo à sua frente, havia mesas, às quais sentavam-se homenzinhos vermelhos com chifres na cabeça. Cada uma das mesas tinha um buraco em um dos lados e nesses buracos outros homenzinhos vermelhos enfiavam pedaços de uma coisa branca que saíam do lado mais distante das mesas como areia fina e branca. Um terceiro grupo de homenzinhos vermelhos ia de um lado a outro em meio às mesas, pondo a areia em baldes e levando-os dali enquanto os homenzinhos sentados anotavam com cuidado em livros grandes os detalhes da operação.

À direita, numa mesa muito maior, sentava-se um homem alto com uma capa preta de rajadas escarlate. Diferente dos companheiros dali de baixo, sua pele era muito pálida, e os chifres, maiores, pareciam ter sido polidos até brilhar. Ele tinha um bigode fino sobre o lábio superior e uma barba protuberante na ponta do queixo. Era o tipo de barba usada por alguém "Nem um Pouco a Fim de Fazer o Bem", e que não se importa com quem soubesse disso. Era uma barba que invocava imagens de Esquemas Cruéis, de mulheres sendo Amarradas a Trilhos de Trem e órfãos sendo Desprovidos de Suas Heranças. Era uma barba que gritava "Sou Todo Errado e Não se Engane Quanto a Isso".

Sobre a mesa, perto de onde as botas pretas pontudas do cavalheiro barbado estavam então cruzadas, havia uma placa que dizia: "A. Bodkin, o Demônio-no-Comando".

Sonolento notou que A. Bodkin, o Demônio-no-Comando, estava lendo um jornal chamado *Tempos Infernais*.[23] A manchete era:

---

[23] Não costuma haver muito o que ler no *Tempos Infernais*: o clima está sempre quente, com possibilidade de bolas de fogo; todos estão péssimos, bravos ou atormentados; e seu time de futebol preferido está perdendo a partida mais recente porque, no Inferno, *os dois* times sempre perdem. E continuam perdendo. Até uma decisão controversa nos pênaltis. Na prorrogação. E a prorrogação dura uma eternidade.

O Grande Malevolente Considera o Próximo Passo

"A Vitória Será Nossa", diz o chanceler Ozymuth. "Quem duvidar disso será desmembrado."

Um subtítulo menor anunciava:

Ação Contra a Sra. Abernathy

"Alguém tem que assumir a responsabilidade pelo fracasso da invasão", diz o chanceler Ozymuth, "e decidi que esse alguém deve ser ela."

Esse tal de chanceler Ozymuth parece estar em todas, pensou Sonolento. Ele podia não ser o mais esperto dos anões, mas desenvolvia a desconfortável suspeita de que nada estava muito certo por ali.

– Bom dia – disse ele, e depois pensou melhor. – Boa tarde. Humm, boa noite?

A. Bodkin olhou para onde Sonolento estava parado. Ele inflou as bochechas e soprou o ar de dentro da boca do jeito entediado e cansado do mundo típico dos gerentes medianos de todo lugar, cujas vidas estão prestes a ser perturbadas logo quando estão quase alcançando a parte boa de alguma coisa e, portanto, nunca chegam a experimentar a parte boa de nada, o que os deixa ainda mais entediados e cansados do mundo.

– Sim? – disse A. Bodkin. – O que foi?

– Só estava me perguntando o que todos aqueles caras estão fazendo.

A. Bodkin abaixou o jornal.

– Caras? *Caras?* Eles não são "caras". São operadores demoníacos altamente treinados. E não apenas um bando de diabinhos marrentos com marmitas. Caras. Tsc!

Bodkin voltou para o jornal, resmungando sobre sindicatos, pausas para ir ao banheiro e demônios sortudos por terem um trabalho.

– Certo, mas o que eles estão fazendo? – insistiu Sonolento.

A. Bodkin mexeu o jornal como quem está muito ocupado e não quer ser incomodado. Então, ao se dar conta de que o baixinho irritante perto de sua mesa não estava prestes a ir embora, abaixou o jornal de novo, conformado, e disse:

– Bem, é óbvio, não é? Eles estão moendo os ossos dos mortos.

– Moendo? – perguntou Sonolento.

– É.

– Ossos?

– É, é.

– Mortos?

– É. Dificilmente iriam moer os ossos dos vivos, não é? Seria muito nojento.

– Certo – falou Sonolento. Ele enfiou as mãos nos bolsos e chutou a areia, distraído, depois lembrou que aquilo não era areia e pediu desculpas. – Deve ser legal ter um negócio, suponho.

Ele mordeu o lábio inferior e pensou por um momento.

– Que lugar é este, exatamente? – perguntou.

– Ah, você não está perdido, está? – falou A. Bodkin. – Mais um, não. Quero dizer, por que é tão difícil entender isso direito? Você é mau, morre, vem para o Inferno, é julgado, arranjamos um trabalho para você em algum lugar. Depois desse tempo todo, já era para os camaradas da Matriz fazerem isso com perfeição. Tsc! Francamente! Bem, você vai ter que ir sozinho para a Central de Julgamentos. Estou ocupado demais, humm, supervisionando para ajudá-lo.

Ele ergueu o braço esquerdo e consultou uma ampulheta que usava no punho para mostrar o quanto estava ocupado. A areia escorria do vidro de cima para o de baixo, mas o nível de areia do vidro de cima não diminuía e o do vidro de baixo não aumentava.

– Só mais uma coisinha – disse Sonolento. – Para falar a verdade, duas coisinhas. Coisas pequenas. Na realidade, não são pequenas. São um tanto grandes.

Ele soltou um riso, nervoso.

– Então continue – mandou A. Bodkin. – Mas é melhor que isso acabe aqui. Você está atrapalhando o meu trabalho. A produção já caiu nesse tempo em que estamos conversando. Se eu não ficar de olho nesse bando, vão começar a protestar, pedir intervalos para tomar chá e folga para visitar a tia ou ir ao dentista. Veja só. Estão a ponto de se revoltar!

Sonolento olhou para o bando em questão. Pareciam tão propensos a se revoltar quanto A. Bodkin parecia propenso a cuidar de um bebê sem roubar o carrinho dele.

– Essa coisa de estar morto – falou Sonolento. – O que você quis dizer com isso exatamente?

– Opa, sinto muito – falou A. Bodkin, que não parecia sentir muito coisa nenhuma. – Quer dizer que você não sabia? Que tragédia. Tragédia mesmo. – Ele sufocou uma risada de deboche. – Bem, para ser sincero, você está morto. Não está mais vivo. Esticou as canelas. Se houver um par de botas por aí, foi você quem bateu. Se você fosse vestir um paletó, seria um de madeira. E a segunda coisa?

– Hã? – disse Sonolento, ainda tentando aceitar a primeira coisa, que não soava nada boa. – Ah, você comentou alguma coisa sobre Inferno.

– Sim.

– Isso seria... Por quê?

– Porque é onde você está.

– *No* Inferno?

– Já ouviu falar de algum outro?

– Não, mas pensei que o Inferno não existisse.

– Agora você sabe que está errado. Satisfeito?

– Não, não posso dizer que estou. Não me *sinto* morto.

Ele se beliscou. Doeu.

A. Bodkin olhou para ele, curioso.

– Sabe, você também não *parece* estar morto – falou. – Os mortos costumam parecer minimamente mortos. Você sabe, pálidos, faltando um membro ou outro, buracos de bala, sangue, *bleh.* – A. Bodkin deixou sua língua bifurcada pender de dentro da boca e fez o branco dos olhos se mostrarem numa razoável impressão de alguém cujos melhores dias ficaram para trás e que não tem mais que se preocupar em escovar os dentes pela manhã. – Mas você não me parece nem um pouco assim.

Sonolento já se afastava.

– Foi bom conversar com você – disse ele. – Boa sorte com essa coisa de ossos. Até qualquer hora. Tchaaauuu!

O anão descia a duna devagar. Olhou para trás apenas uma vez e viu A. Bodkin acariciando a barba, pensativo, como quem previa uma coisa ruim para alguém.

Sonolento começou a correr.

ONZE

Quando Samuel Chega e Nurd Parte

AMUEL sentiu Boswell lamber seu rosto. Tentou afastar o cãozinho, mas ele parecia insistir em acordá-lo. Isso, o menino não queria fazer. Os braços e as pernas doíam. A cabeça também. Ele se perguntou se estava adoecendo.

Então se lembrou: vans desaparecendo, uma luz azul, o rosto da sra. Abernathy numa poça...

Sra. Abernathy.

Samuel abriu os olhos.

Estava deitado de lado na margem de um rio escuro e lamacento que corria, viscoso, em direção a um bosque de árvores retorcidas. Sob sua bochecha, havia um solo duro, coberto por uma grama escura e esparsa. Ele ficou de joelhos e Boswell latiu, aliviado. Samuel envolveu o cão nos braços e o acariciou, o tempo todo olhando ao redor e tentando entender onde estava. Ele se lembrava de ter caído e da consciência de estar caindo, mas, quando tentou amparar a queda, acabou caindo mais depressa. Houve um momento de compressão e muita dor, e, depois, nada.

Sobre Samuel, havia nuvens negras riscadas por um vermelho ardente. Era como olhar para o coração de um vulcão, e o menino experimentou uma sensação de tontura quando, por um instante, o lado de cima se transformou no de baixo e o de baixo se transformou no de cima, e ele teve uma visão de si mesmo se ajoelhando no fundo de uma grande esfera suspensa numa fornalha. Teve que lutar contra a vontade de cair para trás e se segurar no chão. Em vez disso, abraçou Boswell mais forte e disse:

– Tudo bem, tudo bem. – Mas tentava convencer a si mesmo tanto quanto ao animal.

Ele sabia que a sra. Abernathy tinha feito aquilo. Aquilo significava que só podiam estar num lugar: o Inferno. De algum jeito, ela havia arrastado os dois do mundo deles para o dela, e só podia ser com um propósito: queria vingança. Já estaria procurando por eles.

Apesar de ter acabado de completar treze anos e de não ser mais considerado uma criança, Samuel queria chorar. Queria sua mãe; queria seus amigos. Em Biddlecombe, quando enfrentara a ira da sra. Abernathy, fizera isso cercado de construções conhecidas e com o apoio daqueles que amava e que também o amavam. Ali, ele estava sozinho, a não ser pela companhia de Boswell, e mesmo em meio ao medo e à dor, ele desejou ter se lembrado de soltar a coleira de Boswell antes de ser transportado, o que diz muito sobre o tipo de menino que Samuel era. Seu cãozinho leal não deveria estar ali, mas, ao mesmo tempo, Samuel agradecia por Boswell ter ido com ele, pois havia pelo menos um ser ao seu lado naquele lugar horrível.

Não, isso não era inteiramente verdade. Boswell não era o único ali que se importava com ele. Havia mais alguém. A pergunta era: como Samuel poderia encontrá-lo?

* * *

Absinto deu um tapinha no ombro de Nurd.

– Mestre, por que paramos?

O carro, ainda disfarçado de pedra, vinha fazendo um bom progresso através do Vale de Jornadas Infrutíferas, à medida que Nurd se afastava o máximo possível da caverna na qual andavam se escondendo. O vale era formado por enormes pedaços de pedra marrom sobre as quais o carro não deixava rastro. A oeste (ou talvez fosse ao sul, já que conceitos como direção tinham pouco ou nenhuma importância num lugar no qual a realidade lutava para se manter firme), foram parar na Floresta Deformada, onde aqueles que haviam sido vaidosos quanto à aparência, desprezado os que não consideravam tão bonitos quanto eles próprios, eram condenados a passar o resto da vida como árvores feias. Aquele caminho, porém, ficava perto demais da Montanha do Desespero para o gosto de Nurd. Assim, tomaram outro rumo, ou o que esperavam ser outro rumo, dado que o Inferno tinha o costume de frustrar essas expectativas, de modo que você podia partir do ponto A com as melhores intenções e acabar se encontrando rapidamente de volta ao Ponto A sem sequer ter desviado de uma linha reta. Por fim, queriam chegar às Montanhas Favo de Mel, onde poderiam se esconder antes que a Sentinela ou, pior, sua ama, viesse atrás deles.

Agora, porém, Nurd tinha parado o carro e olhava fixamente ao longe, do jeito perturbado de quem acha que pode ter deixado o gás ligado, apesar de não conseguir se lembrar de já ter tido um fogão a gás.

– Mestre? – disse Absinto, cada vez mais preocupado.

A testa de Nurd franziu e uma única lágrima escorreu por uma das bochechas enquanto ele sussurrou:

– Samuel?

* * *

A sra. Abernathy não era a única habitante do Inferno que mudara ao experimentar o mundo dos homens em primeira mão. Nurd também passara por essa transformação. Para começar, estava um pouco mais gentil com Absinto do que o de costume, e não apenas porque Absinto sabia como manter o carro funcionando. Durante seu longo período de banimento, Nurd passara muito tempo se lamentando, se queixando e reclamando da vida. Quando não estava fazendo isso, estava batendo na cabeça de Absinto por achá-lo irritante. Desde que voltara para o Inferno, porém, começara a vê-lo como, na falta de uma palavra melhor, um amigo. É verdade que Nurd teria preferido um amigo que não fosse tão chegado a balançar o dedo perto de seu nariz, convidando-o a olhar o que acabava de ser extraído de algum orifício em seu corpo, mas ele não podia se dar ao luxo de escolher.

Do mesmo jeito, Nurd abandonara qualquer ideia de governar outro mundo ou de se tornar um demônio sério. Não que um dia tivesse sido muito chegado a isso, para começo de conversa, mas agora havia dispensado o título que ele mesmo inventara, "o Flagelo de Cinco Deidades", e decidido não procurar outro emprego como demônio,[24] já que estava muito mais feliz sem incomodar absolutamente ninguém.

---

[24] Nem mesmo empregos de demônios muito sem graça como o Torre de Vigia, o demônio das pessoas que tocam a campainha justo quando você está prestes a servir o jantar; Que Nojo, o demônio de coisas mortas encontradas no creme hidratante, também responsável pela mosca que pousou na sua sopa; Boia, o demônio das coisas que flutuam quando você não quer que elas flutuem; Tibum, o demônio das coisas que afundam quando você não quer que elas afundem; e Gangue e Torto, os demônios responsáveis por estragar os planos mais bem-elaborados dos ratos. Os ratos os odeiam para valer. Se não fosse por esses dois, os ratos governariam o mundo.

O crucial, porém, era que Nurd também trouxera consigo uma ligação física e emocional com Samuel Johnson, a primeira pessoa a ser gentil com ele e o primeiro amigo que jamais teve. Se os dois vivessem no mesmo mundo, seriam inseparáveis. Só que eram separados pelo tempo, pelo espaço e pelas dificuldades da travessia entre os mundos, entre as dimensões. Apesar de todos esses obstáculos, um guardava a lembrança do outro no coração e, às vezes, quando dormiam, tinham a sensação de terem conversado nos sonhos. Não passava um dia sem que um pensasse no outro e esses sentimentos têm um jeito de transcender as barreiras que a vida coloca no caminho das pessoas. Uma energia invisível ligava aqueles dois seres, o menino e o demônio, exatamente como conecta todos aqueles que têm sentimentos profundos por alguém, e a natureza dessa ligação de repente tinha se alterado para Nurd. Ele a sentiu mais intensa do que antes e soube de imediato que Samuel estava por perto. O menino estava naquele mundo, naquele lugar fétido onde se dizia que toda esperança chegava ao fim. Mas isso não era mais verdade, pois agora Nurd tinha a esperança de tempos melhores, de uma existência melhor, e era Samuel quem lhe acendia esse sentimento.

Por outro lado, se Samuel estava ali, não podia ser por vontade própria. Nada ia para o Inferno por vontade própria. Até as entidades presas ali desejavam estar em outro lugar ou deixar de existir por completo, pois aquilo seria infinitamente preferível a passar a eternidade no abismo.

A sra. Abernathy vinha caçando, sem lhe conhecer a identidade, Nurd, o misterioso motorista do carro que acabara com a esperança de fuga do Grande Malevolente. No entanto, Nurd sabia que Samuel era o prêmio que ela mais queria. De alguma forma, a sra. Abernathy tinha dado um jeito de levar o menino para lá. Até onde Nurd sabia, Samuel já podia muito bem ter sido capturado, e ele teve uma visão apavorante de seu amigo, preso e acorrentado, sendo levado até o Grande Malevolente para ser castigado por sua participação em tudo o que acontecera. Mas mesmo que Samuel ainda não estivesse sob o domínio da sra. Abernathy, o Inferno ainda assim estava cheio de outros seres fedidos que apreciariam a oportunidade de provar uma criança humana. Alguém teria que salvar Samuel e esse alguém era Nurd.

Só que o demônio não tinha muita experiência em salvar alguém que não fosse ele próprio e já estava com dificuldade para não se tornar um prisioneiro da sra. Abernathy mesmo sem tentar evitar que mais alguém fosse capturado. Também não se considerava muito esperto, corajoso nem astuto. Mas como a maioria dos que pensam assim, Nurd era muito mais brilhante, corajoso e sagaz do que achava. Simplesmente ainda não havia tido muitas oportunidades de provar isso a si mesmo nem aos outros.

– Mestre? – chamou Absinto pela terceira vez, agora recebendo uma resposta.

– Samuel está aqui – disse Nurd. – Temos que encontrá-lo.

Absinto não se mostrou surpreso. Se seu mestre dizia que Samuel, que ele não conhecia, mas de quem já tinha ouvido falar em várias ocasiões, estava em algum lugar do Inferno, Absinto se sentia feliz em acreditar nisso. Por outro lado, ele se mostrou um pouco assustado quando Nurd virou o carro cento e oitenta graus, apontando para a direção da qual acabavam de vir.

– Humm, Mestre – disse ele –, o senhor falou que esse caminho vai dar em sofrimento, tortura, comida ruim e num certo desmembramento nas mãos da sra. Abernathy.

– Falei mesmo, Absinto, mas só a sra. Abernathy pode ter trazido Samuel para cá. Então, onde quer que ela esteja, é onde ele vai estar também. – Nurd pisou fundo, forçando o motor. O carro se levantou um pouco, como um cavalo ansioso pelo começo de uma grande corrida. Então Nurd soltou o freio e eles partiram.

Absinto olhou para o mestre, admirado. O antigo Nurd era covarde, interesseiro e determinado a evitar danos pessoais a todo custo. Esse novo Nurd era corajoso, altruísta e, ao que parecia, disposto a ter os membros arrancados do corpo o quanto antes.

Pensando bem, refletiu Absinto enquanto os dois partiam, acelerados, rumo a seu destino, acho que eu preferia o antigo.

DOZE

Quando Sonolento é o Portador de Más Notícias

LEGRE acabava de acordar quando Sonolento alcançou de volta a van.

– Que foi? – perguntou Alegre, esfregando a testa como quem sente dor. – Batemos no quê?

Dos fundos da van, Sonolento ouviu diversos murmúrios, bocejos e barulhos corporais desagradáveis enquanto Nervoso e Resmungos voltavam da Terra do Sono.

– Me escute com atenção – disse Sonolento. – Qual saída da via expressa você pegou exatamente?

– Hã? A saída para Biddlecombe. Todos nós concordamos, certo?

– E era isso o que placa dizia? Biddlecombe?

– É, Biddlecombe.

– Por acaso não dizia, tipo, "Inferno", não é?

Alegre olhou para Sonolento, desconfiado, e sentiu seu hálito.

– Você já andou bebendo? Tudo bem você tomar uma ou dez para ajudar a dormir, sabe? Mas pelo menos espere até comer seu cereal antes de começar a mandá-las para dentro de manhã. Seu fígado vai acabar ficando como a sola de um sapato. Marque minhas palavras.

– Eu não bebi – falou Sonolento. – Tem alguma coisa muito, muito errada. – E apontou através do para-brisa para a grande extensão de dunas pálidas à frente.

Alegre olhou fixamente para a paisagem por um momento, antes de descer da van com Sonolento, Nervoso e Resmungos logo atrás. Ele apertou os lábios e contornou a van inteira, procurando, esperançoso, por algum sinal de torre de igreja, lanchonete ou bar.

– Que nada. Isso não pode estar certo – disse Alegre. – Devemos ter pegado a saída errada em algum lugar.

– Onde, no Purgatório? – falou Sonolento. – Estamos no Inferno.

– Não é tão ruim assim – disse Nervoso. – Um pouco tostado, admito, mas não vamos nos desesperar aqui. – Ele se ajoelhou, pegou um punhado de areia fina e observou enquanto ela escorria por seus dedos. Resmungos fez o mesmo.

– Vejam, devemos estar perto do mar – disse Nervoso. – É areia.

– Não é, não – falou Sonolento.

– Claro que é. O que mais seria?

– Chereia – disse Resmungos, levando um punhado de grãos ao nariz e cheirando, com receio.

– Isso mesmo – falou Sonolento. – Não tem cheiro de areia. É porque isso não é areia.

– Então, o que é? – perguntou Alegre.

Sonolento fez um gesto com o dedo, como quem diz "sigam-me", e os outros o seguiram.

Os quatro anões deitaram nos flancos de uma das dunas, com a cabeça por sobre o topo e espiaram os diabinhos enfiando ossos nas laterais de suas bancadas de trabalho.

– São ossos – falou Nervoso. – Estamos deitados sobre pedaços de ossos. Bem confortável, na verdade. Quem diria?

– De quem são esses ossos? – perguntou Alegre.

– Sei lá – respondeu Sonolento. – Aquele cara ali parece estar no comando, mas acho que nem ele sabe.

Os anões olharam para A. Bodkin, curiosos. Ele falava a um velho telefone de disco preto.

– Esse cara é maluco – disse Alegre. – Aquele telefone não está ligado a fio nenhum.

– Acho que isso não importa – falou Sonolento. – Tenho a sensação de que as regras normais não se aplicam aqui.

Eles continuaram observando A. Bodkin, que ficava um tanto animado. Apesar de não conseguirem ouvir com clareza tudo o que ele dizia, era evidente que estava incomodado com o surgimento inesperado de Sonolento ao lado de sua mesa e com o fato de o anão não parecer estar morto.

– Então ele é um demônio – falou Nervoso.

– É – disse Sonolento.

– E todos aqueles são demônios também.

– Parece que são diabinhos, mas acho que dá no mesmo.

– Então aqui *é* o Inferno.

– É o que venho tentando lhes contar.

– Como viemos parar no Inferno? O que fizemos para merecer isso?

Houve silêncio enquanto os outros três anões davam ao cérebro de Nervoso uma oportunidade de alcançar a boca.

– Aaaaaah – falou Nervoso, enquanto todas as razões que justificavam a ida dos quatro para o Inferno flutuavam em sua mente, como lixo em maré alta. Ele deu de ombros. – É justo, eu acho. Mas não me lembro de ter morrido. Pensei que isso fizesse parte do acordo.

– Talvez seja como Alegre disse – comentou Sonolento. – Batemos em alguma coisa e morremos no acidente.

– Mas acho que não batemos em nada – falou Alegre. – A van parecia bem. Para ser mais objetivo, *eu* me sinto bem. Se estivesse morto, tenho certeza de que estaria me sentindo péssimo. E provavelmente estaria fedendo um pouco. Bom, um pouco mais.

– Então, não estamos mortos – disse Nervoso. – E se não estamos mortos, este não pode ser o Inferno.

– Não sei, não – falou Sonolento. – A. Bodkin parecia ter certeza disso.

– Devia estar tirando uma com a sua cara – disse Nervoso. – Ele parece alguém que acharia esse tipo de coisa engraçado.

De repente, uma enorme coluna de chamas pálidas surgiu ao lado da mesa de A. Bodkin, erguendo-se da areia até as nuvens negras acima. Seu surgimento era tão inesperado, que até os diabinhos em suas mesas pararam de transformar ossos em poeira por um instante para ver o que estava acontecendo.

O rosto de uma mulher apareceu nas chamas, e seus olhos eram duas órbitas de um azul muito brilhante.

– Ela não me é estranha – falou Alegre. – Já vi essa mulher antes.

– Ela estava na primeira página do jornal dele – contou Sonolento. – Parecia estar encrencada.

– Mas não vi o jornal dele – falou Alegre.

– Shhh – pediu Nervoso. – Quero ouvir.

Ouvir o que aquela mulher tinha a dizer acabou não sendo um problema, afinal. Sua voz soou como um trovão, tão alta, que machucou os ouvidos dos anões.

– **BODKIN** – disse ela. – **O QUE VOCÊ DESCOBRIU?**

– Ei, fale mais baixo, querida – disse Alegre. – O cara está bem do seu lado.

A. Bodkin parecia confuso.

– Sra. Abernathy – falou. – Eu não esperava vê-la.

– **TENHO CERTEZA DE QUE NÃO** – disse a sra. Abernathy. – **MESMO ASSIM, ESTÁ ME VENDO. VOCÊ REPORTOU UM INTRUSO. ERA UM MENINO? ME CONTE.**

– Para ser sincero, eu adoraria ajudar, mas não sei se posso responder à sua pergunta. Isso realmente precisa passar pelos canais oficiais.

A sra. Abernathy fechou a cara. Seus lábios recuaram, expondo dentes que começaram a crescer, cada vez mais longos e afiados, enquanto os anões observavam. Seu rosto inchou e ela era uma mulher e um monstro ao mesmo tempo, apesar de a mulher ainda parecer a mais apavorante dos dois.

– Opa, resposta errada, amigo – falou Alegre. – Agora ele vai dizer que isso é assunto de homem e que ela não devia preocupar a linda cabecinha com isso.

– Que nada. Ele não pode ser tão idiota assim – disse Nervoso.

– Sra. Abernathy – falou A. Bodkin. – Eu realmente sou obrigado a insistir. Esse é um assunto para o Conselho de Demônios Seniores. Humm, ou seja, o conselho de demônios que são, ahn, completamente irredutíveis no conceito de, humm, demonismo num sentido não feminino.

– Retiro o que disse – falou Nervoso. – Ele é tão idiota assim.

A. Bodkin, porém, tendo decidido levar o pé à boca, agora estava determinado a comê-lo, talvez com uma porção de meias ao lado.

– A senhora precisa entender que desde a sua... transformação e subsequente, ah, perda de prestígio, o gerenciamento sênior nos informou que a senhora não deve mais ser incluída no processo de tomada de decisões. – A. Bodkin deu seu sorriso mais condescendente, que era, de fato, muito condescendente. – Tenho certeza de que a senhora tem questões muito mais importantes para resolver – prosseguiu ele –, como...

– E ele está arriscando tudo – disse Nervoso.

– Minha nossa – falou Alegre, fechando os olhos com as mãos. – Não consigo nem olhar.

– ... se embelezar, por exemplo – continuou A. Bodkin – ou fazer alguma coisa bonita para...

O exato propósito da alguma coisa bonita em questão se perdeu numa torrente de fogo, branco de tão quente, que jorrou da boca da sra. Abernathy e engoliu o infeliz A. Bodkin, devorando-o por completo e deixando apenas um par de botas pretas fumegantes no lugar em que ele estivera.

A coluna de fogo se moveu, ficando de frente para os diabinhos sentados.

– **E AÍ, MAIS ALGUÉM GOSTARIA DE DIZER QUE ISSO NÃO É DA MINHA CONTA?** – perguntou a sra. Abernathy.

Milhares de cabeça balançaram ao mesmo tempo.

– **ALGUÉM PREFERE ME DIZER SE VIU UM MENINO AQUI? UM MENINO COM UM CACHORRO?**

A duas fileiras da frente, um dos diabinhos levantou a mão.

– **SIM?**

– Por favor, senhora, era do tamanho de um menino, senhora, mas não era um menino, senhora – disse o diabinho.

– Aah, que fofoqueiro – falou Sonolento. – Se esse cara não estivesse com todos os parceiros dele, eu lhe daria uma bofetada.

– **O QUE VOCÊ QUER DIZER COM ISSO?**

– Era um homenzinho, senhora. O sr. Bodkin achou que ele não estava morto, senhora, então, reportou a presença dele, senhora.

– **E ESSE HOMENZINHO ESTAVA SOZINHO?**

– Sim, senhora. Até onde o sr. Bodkin soubesse, estava, sim, senhora.

– **MUITO BEM. QUAL É O SEU NOME?**

– Não tenho nome, senhora. Sou só um diabinho, terceira classe, senhora.

– **BEM, CONSIDERE-SE PROMOVIDO. DE AGORA EM DIANTE, PODE SE CHAMAR B. BODKIN. A MESA É SUA.**

– Ah, muito obrigado, senhora. Serei um B. Bodkin muito bom, senhora. Marque minhas palavras.

O diabinho se levantou de sua bancada de trabalho e foi para a mesa principal, enquanto a coluna de fogo se estreitava até desaparecer por completo. Ele enfiou os pés nas botas fumegantes de A. Bodkin. Lentamente, começou a aumentar de tamanho e sua aparência começou a mudar. Em poucos segundos, passou a ter uma semelhança chocante com o A. Bodkin original, com a barbicha asquerosa, o ar de superior e tudo mais.

– Voltem logo ao trabalho, cambada – mandou B. Bodkin. – Acabou o espetáculo.

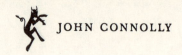

Ele se acomodou no novo assento, pôs os pés sobre a mesa e pegou o jornal. Num dar de ombros coletivo e conformado, os outros diabinhos voltaram a moer, carregar e registrar os pedaços de osso.

– Vocês viram isso? – perguntou Nervoso. – O que este lugar precisa é de uma boa revolução de operários.

– Você pode organizar as massas outra hora – disse Alegre enquanto os anões escorregavam duna abaixo, em direção à van. – Temos que descobrir um jeito de ir para casa. Agora lembro onde vi aquela mulher. Foi em Biddlecombe. Ela apareceu no meu para-brisa, em seguida veio um clarão azul e, depois, só sei que viemos parar aqui. – Ele fez uma pausa e coçou o queixo. – E havia um menino com um bassê.

O anão olhou para trás, para o caminho pelo qual tinham passado, como se esperasse ver a coluna de chamas se erguendo acima deles e ouvir a voz daquela mulher horripilante perguntando sobre um menino e seu cachorro. Aos poucos, Alegre começava a juntar as peças do quebra-cabeça em sua mente.

– Eu me pergunto – disse ele. – Eu me pergunto, eu me pergunto, eu me pergunto...

TREZE

Quando Encontramos um Carneiro e Velhos Amigos se Reúnem

AMUEL tinha vencido o medo e, com a coleira de Boswell na mão, decidira procurar um esconderijo. Como o abrigo mais próximo era a floresta de árvores retorcidas e desfolhadas, foi para lá que os dois seguiram. O cãozinho se arrepiou todo quando chegaram mais perto da floresta e cravou o traseiro no chão. Para Boswell, nada naquela terra tinha um cheiro bom, um barulho bom ou uma aparência boa, mas aquela floresta parecia particularmente desagradável.

– Venha, Boswell – falou Samuel. – Também não gosto muito daqui, mas é uma péssima ideia ficarmos num lugar aberto em que qualquer um possa nos ver. E não apenas qualquer um, se é que você sabe do que estou falando.

Boswell contraiu as orelhas e abaixou a cabeça. Sua vida já tinha sido tão normal: acordar, sair para farejar e fazer xixi, comer alguma coisa, brincar por um tempo, tirar um cochilo, acordar e repetir tudo isso. Se tivesse ouvido a expressão *vida de cão* usada para dizer que a existência de alguém vinha sendo um tanto dura, ele teria ficado um pouco preocupado. Para Boswell, a vida de um cão era muito boa. Eram os humanos quem complicavam as coisas. Os humanos e aquelas criaturas repugnantes com chifres e dentes grandes e um fedor de queimado. Seus sentidos estavam inundados pelo cheiro daquelas criaturas naquele momento. Aquele era o lugar em que elas viviam e Boswell o odiava.

Samuel puxou a coleira e, relutante, Boswell seguiu trotando ao lado do dono. Os galhos das árvores se encontravam sobre sua cabeça como se elas se esticassem, umas às outras, em busca de consolo, entrelaçando as extremidades. Os troncos eram salpicados de furos que pareciam olhos e bocas, caras contorcidas em expressões de agonia. O menino ouviu as folhas sussurrando como se uma brisa tivesse soprado através delas por um instante.

Mas não havia brisa nem folha alguma.

– Menino – chamou uma voz baixa. – Menino, me ajude.

– Menino – disse outra, dessa vez uma voz de mulher. – Me liberte.

– Menino...

– Menino...

– ... me ajude...

– Não, eu aqui, me ajude...

– Menino, já estou aqui há tanto tempo, tanto, tanto tempo...

As bocas nas árvores se esticavam e abriam, e os olhos reviravam em suas órbitas de madeira. Os galhos se mexiam, se estendendo, tentando alcançá-lo. Um rasgou sua jaqueta. O outro tentou puxar a coleira da mão dele.

– Menino, não nos deixe...

– Menino, escute...

Atrás de Samuel, a floresta se fechou, as árvores formando um muro impenetrável através do qual ele não poderia recuar. Samuel pegou Boswell no colo, protegendo-o com a jaqueta, e começou a correr, mesmo com os galhos cortando seu rosto, rasgando sua calça e tentando derrubá-lo. Os dois não deviam ter ido para lá. Ele tinha cometido um erro, mas não dava para voltar atrás. Samuel manteve a cabeça baixa, mal conseguindo ver ande ia, e as vozes insistiam em chamá-lo o tempo todo: implorando, ameaçando, prometendo. Qualquer coisa, ele poderia ter qualquer coisa que desejasse, se ao menos fizesse aquela dor passar.

Uma presença surgiu à sua frente e uma voz disse:

– Para trás!

No mesmo instante, as árvores ficaram em silêncio e imóveis. Samuel olhou para a frente e viu um animal encurvado com a boca deformada, dentes gastos e chifres velhos e retorcidos brotando da cabeça coberta de pelo branco desgrenhado. O menino levou um ou dois segundos para perceber que o animal era um carneiro que tinha aprendido a andar sobre duas patas. Os cascos da frente haviam sofrido mutações, ampliando-se para formar dois pares de dedos ossudos, um dos quais segurava um cajado comprido. Seu pelo era embaraçado e imundo, fedendo a umidade e fumaça.

Das profundezas da floresta, veio outra voz, sinistra e máscula.

– Que direito você tem de reclamá-lo? – perguntou.

Os galhos das árvores se separaram como súditos diante de um rei, e Samuel foi confrontado por um enorme carvalho cheio de nós, com um complexo sistema de raízes que lhe trazia a desconfortável lembrança de serpentes se contorcendo. Aquela era a árvore que havia falado. Tinha dois buracos no tronco, como olhos, e um corte torto como boca, através do qual saía um gás fedido quando ela falava. O fedor era de vegetais podres e, o pior: da lenta decomposição dos não vegetativos.

– Que direito *você* tem? – retrucou o carneiro. – É só um menino.

– Ele poderia nos ajudar. Nos libertar.

– E como ele poderia fazer isso? Vocês são coisas aflitas. Ele não pode ajudá-las.

– Dê um machado ao menino e deixe que ele nos corte. Deixe que nos reduza a lascas e serragem.

– E depois? Ainda acreditam que as regras dos mortais se aplicam a vocês? O Grande Malevolente simplesmente começaria de novo, refazendo-lhes em formatos ainda mais grotescos só para se divertir. Isso não acabará com a sua dor. Só irá aumentá-la.

– Então nos dê o menino para nos fazer companhia. Podemos admirar a beleza dele e nos lembrarmos do que fomos um dia.

O carneiro deu uma risada, como um balido baixo.

– Dar o menino a vocês para ele apodrecer lentamente em suas entranhas ou para vocês poderem descarregar um pouco de sua fúria nele? Esse menino está perdido, mas não renegado. Ele não pertence a este lugar. E não pertence a vocês.

O Grande Carvalho parecia rosnar e Samuel enxergou as profundezas de sua alma torturada e aflita.

– Não vamos nos esquecer disso, Velho Carneiro – disse ele. – Nossas raízes estão cada vez mais compridas, e nossos galhos, mais afiados. Chegamos cada vez mais perto e, logo, você irá acordar na sua cabana e descobrir que está cercado por nós. Nossos braços irão arrastá-lo e nós exploraremos seu corpo com nossas raízes por diversão.

– Já sei, já sei, já sei – disse o carneiro, desdenhoso. – O Velho Carneiro já ouviu tudo isso antes. Vocês são árvores, caso ainda não tenham notado. Crescem tão devagar que até o Grande Malevolente já deixou de achar seu sofrimento divertido. Continuem encarando suas poças de água parada e se lembrando do que foram um dia. Essa criança não tem mais nada a tratar com vocês.

Ele cutucou Samuel com o cajado.

– Venha, meu menino – falou. – Deixe essas árvores com os resmungos delas.

Samuel fez o que o carneiro disse, mas, ao partir, não resistiu e olhou para trás, para o grande carvalho. Por um instante, poderia ter jurado que viu algumas de suas raízes brotarem do chão. Mas então a floresta se fechou ao redor da árvore antiga e o menino não conseguiu mais vê-la.

Enquanto isso, Os Elfos do Sr. Merryweather, ou Anões, ou qualquer que seja o nome que tivessem escolhido agora, estavam diante de um problema sério.

Alguém tinha roubado a van.

– E você tem certeza de que foi aqui que a deixou? – perguntou Nervoso. – Sabe, muitas dessas dunas são quase iguais.

– Não use esse tom comigo – disse Alegre. – *Nós* deixamos a van aqui. Todos nós. Não só eu. E é claro que foi aqui que *nós* a deixamos. Dá para ver as marcas de pneu.

– A chave ainda estava na ignição? É muita idiotice sair e deixar a chave na ignição. É um convite para os ladrões.

Se um vulcão pudesse assumir a forma de um ser humano pequeno e então fosse fotografado prestes a entrar em erupção, não seria muito diferente de Alegre naquele momento. Quando o anão falou, porém, era de uma calma impressionante. De uma calma perigosa, como alguém talvez pensasse.

– Estava – respondeu ele. – Deixei a chave na ignição.

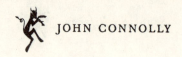

– Então isso foi um certo descuido, não foi?

– Bem, talvez tivesse sido... SE ALGUÉM TIVESSE SAÍDO DIRIGINDO A VAN!

Os anões olharam para o espaço que havia sido, até recentemente, ocupado por uma van amarela reluzente decorada com a pintura de uma pessoinha feliz que não era nem um pouco parecida com eles, nem nos tempos áureos – que definitivamente não incluíam aquele momento. Dava para ver quatro marcas na areia no lugar no qual os pneus da van estavam antes, mas não havia nenhum rastro indicando a direção em que ela poderia ter ido. Ao mesmo tempo, os quatro anões levantaram a cabeça, protegeram os olhos com as mãos e examinaram o céu fechado na esperança de avistar o veículo.

– Não acredito que alguém tenha roubado a van – falou Sonolento. – Quero dizer, não é como se a tivéssemos deixado numa favela com as portas abertas. Isto é um deserto. Que tipo de vida bandida levam por aqui?

– É o Inferno – argumentou Nervoso, de cara fechada. – Deve estar cheio de gente que roubaria seus pés se eles não estivessem presos às suas pernas.

– É verdade – disse Nervoso. – É assim que um lugar adquire a fama de não tratar bem os visitantes.

– Leaseraneem – falou Resmungos.

– Você tem razão – disse Alegre. – Nunca há um policial por perto quando precisamos.

O que era um tanto irônico, já que (a) os anões do sr. Merryweather não eram do tipo que gostaria de atrair a atenção da polícia em momento algum; e (b) em geral, não eram os anões do sr. Merryweather que precisavam da ajuda da polícia, e sim as outras pessoas que precisavam ser protegidas dos anões do sr. Merryweather.

Naquele instante, como se tivesse lhes escutado, uma viatura da polícia apareceu no topo de uma duna ali perto, com as luzes azuis acesas.

– Puxa – disse Alegre. – Como eles são eficientes por aqui. Isso eu tenho que reconhecer.

Nervoso semicerrou os olhos para ver o carro, que descia com cuidado pela lateral da duna.

– Sabe, posso estar enganado, mas acho que conheço esses policiais.

A viatura parou. As portas se abriram. De um lado, desceu o sargento Rowan, e, do outro, o oficial Peel. Os dois olharam zangados para os anões e naqueles rostos estava estampada a lembrança de incidentes de agressão; embriaguez; uso não autorizado de veículos, inclusive o de uma ambulância e um ônibus; incêndio criminoso; arrombamento e invasão, especificamente no Pequeno Mundo de Maravilhas Animais de Biddlecombe e a retirada de um pinguim e dois furões de lá; uso de um pinguim e dois furões como armas perigosas; e, por último, mas de maneira alguma menos grave, roubo do capacete de um policial, mais precisamente do oficial Peel, permitindo que um pinguim e dois furões o fizessem de banheiro público. O que esses incidentes tinham em comum era que todos eles haviam envolvido, em maior ou menor grau, um ou mais dos, sim, isso mesmo, anões do sr. Merryweather.

– Ah, não – disse Alegre, quando seu cérebro registrou os dois policiais e todas as lembranças infelizes relacionadas a eles. – É verdade. Aqui só pode ser o Inferno.

CATORZE

Quando as Forças da Lei e
da Ordem Se Reforçam

SARGENTO Rowan e o oficial Peel estavam muito, muito infelizes. Para começo de conversa, haviam sido arrastados através de um portal interdimensional, o que tinha doído bastante. Então, recobraram a consciência bem a tempo de ver um demônio de pele rosada com três cabeças, olhos demais e uma boca no estômago roubar o megafone no teto da viatura, antes de fugir usando-o como chapéu na cabeça do meio. Logo depois, um demônio menor, carregando um balde de areia branca, passou pelos dois, acenou e desapareceu no topo de uma duna. Fora seguido por vários outros, todos idênticos e carregando baldes de areia branca. Tentativas de envolvê-los numa conversa, incluindo frases introdutórias como "Quem é você?", "Que lugar é este?" e "O que você está fazendo com esse balde?" não renderam resposta alguma.

– Quer saber de uma coisa, oficial? – disse o sargento Rowan enquanto a infinita procissão de demônios passava, cada um cumprimentando os dois com um aceno animado.

– Não quero saber, sargento.

– O quê?

– Digo, não quero ouvir o que o senhor está prestes a dizer porque sei o que está prestes a dizer e sei que não é uma coisa que quero ouvir. Então, se der no mesmo para o senhor, acho melhor eu tapar as orelhas com os dedos e cantarolar uma canção feliz.

E foi o que ele fez, até o sargento Rowan forçá-lo a parar.

– Rapaz, não sejamos dramáticos demais – falou o sargento Rowan. – Temos que encarar a verdade.

– Não quero encarar a verdade. A verdade é repugnante. A verdade está subindo aquela duna segurando um balde. A verdade tem três cabeças e roubou nosso megafone.

– O que significa que...?

O oficial Peel olhou como se fosse começar a chorar.

– O senhor vai me dizer que o portal se abriu de novo e que todo tipo de criaturas horríveis está atravessando para o nosso mundo.

O sargento Rowan sorriu para o oficial.

– Eu não ia lhe dizer nada disso, rapaz.

– É mesmo?

– Não, não é isso o que está acontecendo aqui.

– Tem certeza?

– Absoluta.

– Ah! – exclamou o oficial Peel. Ele sorriu, aliviado. – Ah, graças a Deus. Ufa, como sou bobo, não é?

– Aposto que sim, rapaz.

– Eu já estava aqui, todo preocupado com a possibilidade de o portal ter se aberto e de os monstros aparecerem e tentarem nos comer, e de os mortos ganharem vida de novo e, o senhor sabe, aquela coisa toda. O Peel tolo de sempre, não é?

– Você, o tolo de sempre – disse o sargento Rowan. – Os monstros não vão atravessar o portal para o nosso mundo.

– O senhor tirou um peso das minhas costas – falou o oficial Peel, que, então, pensou no que tinha acabado de ouvir. – Mas e aquele que roubou nosso megafone? E os carinhas vermelhos com os baldes?

– Eles não atravessaram o portal. Nenhum deles.

– Como não?

– É que já estão aqui. Fomos nós que atravessamos o portal, oficial, e não eles. Estamos no Inferno.

Levando tudo em conta, pensou o sargento Rowan, o oficial Peel tinha recebido a notícia muito bem, depois que passou o choque e ele se acalmou. Os dois haviam decidido se afastar do trem estável de demônios carregadores de baldes, educados, mas relativamente reservados, e procurar alguém que fosse capaz de responder a uma pergunta direta. E foi assim que se depararam com quatro anões parados numa área plana entre as dunas, coçando a cabeça e olhando fixamente para o céu. Os dois policiais reconheceram os anões no mesmo instante, e o humor deles melhorou de imediato. Podiam estar no Inferno, mas não estavam sozinhos. E se havia quatro indivíduos que o sargento Rowan e o oficial Peel ficariam mais felizes de ver no Inferno do que os anões do sr. Merryweather, eles ainda não tinham conhecido essas pessoas, e era provável que nunca conhecessem.

– Ora, ora, ora – disse o sargento Rowan, observando com prazer enquanto os quatro anões procuravam, em vão, um jeito de escapar. – O que temos aqui?

– Acredito que sejam os famosos Anões do Sr. Merryweather, sargento – falou o oficial Peel.

– É mesmo? Minha nossa. Me corrija se eu estiver errado, oficial, mas não são os mesmos anões que roubaram seu capacete e deixaram dois furões fazerem suas necessidades nele?

– Dois furões *e* um pinguim, sargento – corrigiu o oficial Peel.

– Ah, sim, o pinguim. Quase me esqueci daquele pinguim. Phil, não era?

– Isso mesmo, sargento. Phil, o Pinguim. Que deixou meu capacete com um cheiro ruim. – Ele riu da própria rima. A ideia de se vingar dos anões do sr. Merryweather lhe trazia uma animação sem fim.

O sargento Rowan olhou ao redor.

– Os anões estão aqui, mas cadê o sr. Merryweather? – Ele voltou a atenção para os anões e apontou para Alegre. – Você, sr. Alegre da Calça Curta. Você é o líder desse bando heterogêneo, mas onde está o apresentador do espetáculo?

– Ele nos abandonou – respondeu Alegre.

– Não dá para culpá-lo – falou o sargento Rowan.

– Ele não nos ama mais – disse Sonolento.

– Me admira ele ter amado um dia – comentou o sargento Rowan.

– Prifowig – falou Resmungos.

– Que seja – disse o sargento Rowan.

– Não passamos de pessoinhas – choramingou Nervoso. Ele fez sua melhor cara triste, arregalou os olhos e tentou, sem êxito, forçar uma lágrima. – Somos muito pequenos e estamos sozinhos no mundo.

Seus companheiros anões abaixaram a cabeça, espiaram por entre as sobrancelhas e acrescentaram um tremor nos lábios.

– Não, vocês não estão sozinhos no mundo – disse o sargento Rowan, o consolo pesando nas palavras. Ele pôs a mão no ombro de Nervoso. – Vocês têm nós dois agora. E estão presos.

QUINZE

Quando Alguma Coisa Sobre a Origem Deste Mundo É Revelada Através do Velho Carneiro

VELHO Carneiro conduziu Samuel e Boswell por ervas daninhas e arbustos espinhentos, abrindo caminho com o cajado quando a passagem estava bloqueada. As árvores que havia ali, na extremidade da floresta, pareciam menores. O Velho Carneiro as descreveu como "recém-chegadas". Apesar de ainda terem rostos nos troncos, estavam mais confusas do que zangadas ou odiosas, e seus galhos eram fracos e pequenos demais para representar uma ameaça.

– Coisas feias crescem depressa por aqui – explicou o Velho Carneiro. – Toda vez que o Velho Carneiro anda, tem que abrir caminho de novo. A floresta se impõe sobre ele, mas o Velho Carneiro não irá deixá-la vencer.

Eles avistaram uma cabana de pedra em forma de colmeia, com frestas como janela e uma entrada estreita fechada por uma porta feita de galhos e gravetos. Um traço fino de fumaça saído de um buraco no telhado, serpenteava para cima. Sobre eles, as nuvens escuras colidiam e se espalhavam, emitindo clarões brancos, vermelhos e alaranjados pelo céu. Como na floresta, Samuel acreditava ser capaz de identificar rostos nas nuvens, as bochechas inchando, as bocas gritando trovões, formando-se, redemoinhando e formando-se de novo num grande tumulto de barulho e luz.

O Velho Carneiro acompanhou o olhar do menino.

– Elas já foram pessoas um dia, assim como as árvores – disse ele. – O céu está cheio das almas dos coléricos, transformadas em nuvens de tempestade pelo Grande Malevolente para que possam brigar e se enfurecer por toda a eternidade.

– E as árvores?

– As árvores são as almas dos vaidosos. Tudo aqui tem um propósito, um papel a desempenhar. O Grande Malevolente oferece a cada alma uma escolha: juntar-se ao exército dele e virar um demônio ou se tornar uma parte da essência deste mundo. A maioria escolhe se juntar a ele, mas aqueles no céu e na floresta estavam enfurecidos demais ou ensimesmados demais até para servi-lo, então, o Grande Malevolente encontrou um castigo adequado para eles.

– Coitadas dessas pessoas – disse Samuel, e Boswell ganiu, concordando.

O Velho Carneiro balançou a cabeça.

– Você tem que entender que só as piores pessoas vêm parar aqui. Pessoas cuja raiva as fez matar e que não sentiram a menor culpa ou dor depois desse ato; pessoas tão obcecadas consigo mesmas que deram as costas para o sofrimento alheio; pessoas cuja ganância levou outros à fome e à morte. Essas almas têm que ficar aqui porque não encontrariam paz em outro lugar. Aqui, elas são compreendidas. Aqui, suas falhas têm um significado. O lugar delas é aqui.

O Velho Carneiro abriu a porta e gesticulou para Samuel passar. O menino parou na entrada. Já tinha idade o bastante para saber que não devia confiar em estranhos, e o Velho Carneiro era um estranho realmente muito estranho. Por outro lado, o Velho Carneiro os salvara das árvores, e os dois precisavam da ajuda de alguém se quisessem evitar a sra. Abernathy e voltar para casa.

Samuel entrou na cabana. Não havia móvel nem fotografia nem sinal de habitação a não ser pelo cheiro remanescente do próprio Velho Carneiro e pelo fogo que queimava num buraco no chão de terra. Lenha preta estava empilhada ao lado, pronta para ser acrescentada à fogueira.

– É... muito bonita – disse Samuel.

– Não é, não – falou o Velho Carneiro –, mas é gentil da sua parte dizer isso. Você deve achar isso estranho vindo de alguém preso nesse reino de chamas, mas o Velho Carneiro sente o frio. O Velho Carneiro nunca tem fome nem sede nem cansaço, mas está sempre, sempre com frio, então, o Velho Carneiro mantém o fogo aceso. O Velho Carneiro alimenta o fogo com lenha da floresta. Quando não encontra galhos caídos no chão, ele os arranca das árvores mais jovens. O Velho Carneiro precisa se aquecer.

– É por isso que as árvores odeiam tanto você? – perguntou Samuel. – Por você cortar os galhos delas?

– Elas odeiam tudo – respondeu o Velho Carneiro –, mas, acima de tudo, odeiam a si mesmas. Ainda assim, o Velho Carneiro já lhes deu muitas razões para se ressentirem dele, é verdade. Pelo menos, atormentá-las faz com que o Velho Carneiro tenha alguma coisa para quebrar a monotonia.

Ele se sentou perto do fogo, cruzando as pernas traseiras sob o corpo e esticando as dianteiras para a frente a fim de aquecer os cascos. Samuel e Boswell se sentaram do outro lado e observavam o Velho Carneiro através das chamas.

– O que você fez para acabar vindo para cá, se não for rude perguntar? – quis saber o menino.

O Velho Carneiro olhou para outro canto.

– O Velho Carneiro foi um mau pastor – falou. – O Velho Carneiro traiu o rebanho dele.

E não disse mais nada.[25]

Samuel estava cansado e com fome. Procurou nos bolsos e encontrou uma barra de chocolate e uma maçã pequena. Não era muito. Apesar de o Velho Carneiro ter falado sobre não ter mais apetite, Samuel lhe ofereceu um pedaço de cada. O Velho Carneiro, porém, ignorou completamente o chocolate e cheirou a maçã.

– O Velho Carneiro se lembra de maçã – falou com tristeza na voz e nos olhos pálidos. – O Velho Carneiro se lembra de pera, ameixa e romã. O Velho Carneiro se lembra de... tudo.

– Você pode comer um pouco, se quiser – disse Samuel.

---

[25] Com isso, podemos supor que o Velho Carneiro era algum tipo de ministro de igreja ou padre. Quem sabe? Ele pode até ter sido um papa, pois houve papas muito desonestos ao longo dos anos. Alexandre VI, um dos infames Bórgias, foi papa de 1492 a 1503, teve pelo menos sete filhos e era descrito como um lobo faminto. Bento IX (que reinou em vários momentos de 1032 a 1048) foi papa em três ocasiões, mas renunciou o papado em duas delas em troca de muito ouro, antes de ser pressionado a deixar Roma, em 1048. Por fim, Estevão VI (896-897) desgostava tanto de seu predecessor, Formoso, que mandou desenterrarem o defunto para julgá-lo. Condenado, Formoso teve as vestimentas retiradas, dois dedos cortados e, então, foi enterrado de novo. Estevão, porém, ainda estava bravo com Formoso, e ordenou que ele fosse desenterrado de novo e o corpo fosse jogado no rio Tibre. É provável que Estevão tivesse mandado mergulhadores encontrarem o corpo para poder fazer mais alguma coisa com ele se não tivesse sido estrangulado em 897, sugerindo que Estevão não era lá grande coisa como papa, também.

O Velho Carneiro parecia tentado, mas depois recuou, como se desconfiasse de que Samuel tinha algum plano para envenená-lo.

– Não, o Velho Carneiro não quer. O Velho Carneiro não está com fome. Comam você e o seu cachorrinho. Comam.

O Velho Carneiro cruzou os braços e encarou o fogo, perdido nos próprios pensamentos. Samuel deu um pedaço de chocolate para Boswell, depois comeu a maçã, já que Boswell não era muito fã de frutas.

– Como podemos voltar para o nosso mundo? – perguntou Samuel, quando terminou a maçã e se cansou do silêncio. Notou que Boswell tinha adormecido com a cabeça em seu colo. Ele acariciou o cachorro, que abriu os olhos, abanou o rabo uma vez e depois voltou a dormir.

– Não podem – disse o Velho Carneiro. – Nada jamais sai daqui. Nem mesmo o Grande Malevolente pode sair, e ele bem que tentou.

– Mas conseguiram invadir meu mundo. Se fizeram isso uma vez, podem fazer de novo.

A boca do Velho Carneiro entortou no que deve ter sido um sorriso.

– A sra. Abernathy – falou. Ele soltou uma gargalhada ruidosa. – Um demônio obcecado em ser humano não é mais um demônio. Perdeu o poder, o prestígio. Outro tomará o lugar dela, a menos que ela consiga encontrar um jeito de compensar o fracasso. – Ele olhou para Samuel como quem sabia de alguma coisa. – Como você chegou aqui, menino?

Samuel começou a lhe contar tudo, aí parou.

– Tinha uma luz, uma luz azul. Que brilhou enquanto eu voltava para casa com Boswell e acordei aqui.

– E você não viu mais nada, só uma luz?

– Isso é tudo – mentiu Samuel. Ele decidiu não comentar com o Velho Carneiro que conhecia a sra. Abernathy. Não sabia explicar por quê, mas tinha certeza de que não seria uma boa ideia.

O Velho Carneiro assentiu com a cabeça e ficou em silêncio de novo. A colmeia de pedra estava quente demais e a fumaça deixava Samuel sonolento. Suas pálpebras pesaram. Ele viu que o Velho Carneiro o observava e sentiu a intensidade do olhar da criatura, mas estava muito cansado. Deitou, fechou os olhos e logo adormeceu.

Samuel sonhou. Sonhou que o Velho Carneiro estava de pé sobre ele, espalhando um pó nas chamas. Veio um cheiro azedo, amargo, e então um rosto apareceu no fogo, com olhos pretos e mandíbula de inseto. No sonho, o Velho Carneiro perguntou:

– Onde está a sua ama?

E a criatura no fogo respondeu com uma série de estalos e sibilos que o Velho Carneiro pareceu entender.

– Quando a sua ama voltar, diga que o Velho Carneiro tem um prêmio para ela. O Velho Carneiro está cansado deste exílio e quer um lugar de honra na mesa dela. Se ela se reerguer de novo, o mesmo deve acontecer com o Velho Carneiro. Diga isso a ela.

O rosto nas chamas desapareceu e o Velho Carneiro se sentou de novo. Esse foi o sonho de Samuel. Mas quando ele abriu os olhos, o cheiro azedo ainda estava em suas narinas, e o Velho Carneiro não estava sentado exatamente no mesmo lugar que ocupava antes do menino adormecer.

– Descanse mais – disse o Velho Carneiro. – Você vai precisar da sua energia. O Velho Carneiro levará você até alguém que talvez seja capaz de ajudar, mas, primeiro, temos que esperar.

– Por que temos que esperar?

– É perigoso demais sair agora. Mais tarde será mais seguro.

Samuel se levantou e Boswell se levantou também.

– Acho que Boswell e eu devemos ir embora – disse o menino. – Já passamos bastante tempo aqui.

– Não, não – falou o Velho Carneiro. – Por favor, sente-se. O Velho Carneiro tem coisas para lhe contar. Coisas importantes. Você tem que ouvir.

Samuel, porém, já guiava Boswell até a porta, apesar de não ter dado as costas para o Velho Carneiro. A criatura se endireitou depressa e, sob a luz do fogo, seus olhos adquiriram um brilho vermelho.

– Você tem que ficar! – disse ele. – O Velho Carneiro tem que se reerguer!

Um trovão iluminou o céu, seguido por um relâmpago, como se as almas em conflito tivessem ouvido o grito do Velho Carneiro. Samuel, entretanto, pensou ter identificado outro barulho encoberto pelo grande tumulto: um barulho de moedor, queixoso, como um motor poderoso funcionando.

De repente, o Velho Carneiro se mexeu. Agarrou o cajado e tentou bater em Samuel, errando a cabeça do menino por pouco.

– Ninguém sai daqui! – gritou o Velho Carneiro. – Ninguém sai daqui até a Dama Negra chegar!

Ele fez menção de bater com o cajado de novo, mas, em vez disso, girou-o nos cascos, usando-o para fazer Samuel tropeçar, e o menino caiu com força no chão. Boswell avançou e latiu, mas agora o Velho Carneiro estava de pé sobre os dois, erguendo o cajado, pronto para acertar o crânio de Samuel.

Então o cajado foi tomado dos cascos do Velho Carneiro e desapareceu através de um buraco no telhado, puxado para cima por uma extensão de madeira semelhante a uma cobra. A cabana começou a desabar: pedras despencaram do teto e fissuras apareceram nas paredes. Galhos e raízes pretas abriram caminho à força, enrolando-se nas pernas, no pescoço e no corpo do Velho Carneiro. A porta explodiu para dentro e Samuel viu o rosto do Grande Carvalho exibindo um sorriso largo e um olhar malicioso.

– Velho Carneiro – disse a árvore. – Eu avisei. Já éramos atormentados o bastante antes de você aumentar nosso sofrimento. Agora, vamos aumentar o seu.

O Velho Carneiro lutou para se soltar, mas a árvore antiga era forte demais para ele. Mais pedras se deslocaram e uma abertura surgiu perto do lugar em que Samuel estava deitado. O mais depressa que pôde, ele segurou Boswell sob o braço esquerdo e passou pelo buraco. Lá fora, ficou de pé e correu até chegar numa rocha grande o bastante para que servisse de esconderijo. Só então arriscou olhar de volta para a casa.

O Grande Carvalho erguia-se como uma torre sobre as pedras espalhadas da cabana do Velho Carneiro. Seus galhos se agitavam, selvagens, e suas raízes se retorciam e se curvavam. O Velho Carneiro se perdia no alto, distante do chão, com a cara assustada perto das feições do Grande Carvalho, que ria dele, debochando. Mais atrás, as árvores contorcidas balançavam e gritavam enquanto o Grande Carvalho pegava seu prêmio e voltava para a floresta. O fogo nas ruínas deu lugar às cinzas e se apagou pela última vez.

DEZESSEIS

Quando o Inferno Recebe Um Estranho e os Cientistas Ficam Mais Curiosos

ÃO ERA a primeira vez que Os Anões do Sr. Merryweather e as forças da lei e da ordem discordavam.

– Você não pode nos prender – disse Alegre.

– Discordo totalmente – falou o sargento Rowan. – Posso prender e já prendi.

– Mas alguém roubou nossa van. Não é justo você nos prender quando tem um criminoso por aí dirigindo uma van roubada.

– Mas tem quatro criminosos bem aqui – disse o Sargento Rowan. – Mais vale um anão na mão do que dois numa van ou qualquer coisa do tipo.

– Humm, sargento... – falou o oficial Peel.

– Agora não, oficial. Estou curtindo o meu momento de triunfo.

– É importante, sargento.

– Isto aqui também.

– Não, é muito importante.

O sargento Rowan, ainda segurando o colarinho de Alegre com firmeza, se virou para o oficial Peel e disse:

– Está certo, então, o que é...

Ele parou de falar. Olhou ao redor.

– Oficial, onde está a nossa viatura? – perguntou.

– Era exatamente isso, sargento: sumiu. Alguém roubou.

O sargento Rowan voltou sua atenção para os anões e todos eles ergueram as mãos num gesto de inocência que, pela primeira vez na vida, era sincero.

– Não fomos nós – disse Nervoso.

– Bem feito – falou Alegre. – Eu avisei que tinha um ladrão por aqui.

– Ninguém viu nada? – perguntou o sargento Rowan.

– Nós estávamos ocupados demais sendo presos, sargento – disse Sonolento. – Nossos direitos foram desrespeitados.

– Nejunern – falou Resmungos.

– É verdade – concordou Nervoso. – Você não tem jurisdição nenhuma no Inferno. Só o ato de tocar em nossos colarinhos já pode ser considerado agressão. Vamos processá-lo.

O sargento Rowan ergueu o punho sugerindo que, já que seria processado por alguma coisa, pretendia aproveitar isso ao máximo e acrescentar graves lesões corporais num anão à lista de crimes.

– Calma, calma – disse Alegre. – Isso não está ajudando ninguém. Escutem, todos nós queremos a mesma coisa aqui, não é? Queremos encontrar nossos veículos e ir para casa.

O rosto de Sonolento de repente foi tomado por uma expressão de grande pesar.

– A birita! – exclamou ele.

– O quê? – perguntou o oficial Peel.

– A última Spiggit's estava na van. Já era. Ah, a humanidade!

Sonolento se jogou de joelhos no chão e começou a soluçar, comovendo o oficial Peel o bastante para que ele lhe desse um tapinha nas costas e lhe oferecesse um lenço de papel.

– Não fique assim, não – disse ele. – Deve ter sido para a melhor. Aquela coisa faz você ficar louco. E cego.

Sonolento começou a se recompor. O oficial Peel o ajudou a ficar de pé. Juntos, eles ouviram "(How Much Is) That Doggie in the Window?", que quer dizer "(Quanto Custa) Aquele Cachorrinho da Vitrine?", sendo mal tocada no que parecia uma buzina de bicicleta.

– Acho que aquela cerveja toda está me fazendo ouvir coisas também, oficial – disse Sonolento.

– Não, também estou ouvindo e nunca tomei uma gota de Spiggit's – falou o oficial Peel.

– Todos nós estamos – disse o sargento Rowan quando uma van que vendia sorvete surgiu de trás de uma duna ali perto e estacionou ao lado deles. No teto do veículo havia um boneco de plástico com um boné, segurando um sorvete de plástico e sorrindo de forma assustadora. Os escritos em vermelho no boné o anunciavam como o "Sr. Doce Feliz".

O motorista da van abriu a janela. Ele usava óculos muito espessos que o faziam parecer uma coruja de casaco branco.

– Olá – disse ele. – Para que lado fica o mar?

– O quê? – perguntou Nervoso.

– O mar: onde fica? – O motorista semicerrou os olhos, tentando enxergar Nervoso. – Ei, filho, quer um sorvete? É só uma libra. Com granulado, duas libras.

Nervoso, que estava prestes a bater no motorista por confundi-lo com uma criança, descobriu um jeito mais imediato de descarregar sua raiva.

– Com granulado, duas libras? Você só pode estar brincando. O granulado é feito de quê? Ouro?

– Chocolate de alta qualidade, filho. Só o melhor.

– Escute, espero tomar um banho de chocolate se estou pagando uma libra a mais por ele. E pare de me chamar de "filho". Sou um anão.

– Claro que é, filho. A propósito, seja um bom rapaz: para que lado fica o mar?

Nervoso voltou a olhar para seu companheiro.

– Eu vou pegar esse cara – falou. – Estou falando sério. Se ele me chamar de "rapaz" ou "filho" de novo, vou deixá-lo todo granulado. Eu juro.

Os outros três anões, o oficial Peel e o sargento Rowan se juntaram em torno da van.

– Vou querer um de chocolate, por favor – pediu o oficial.

– Não é hora disso, oficial – falou o sargento Rowan. – E o senhor é...?

– Sou Dan – respondeu o motorista. – Dan, Dan Sorveteiro da Van, na verdade. Mudei meu nome legalmente quando comprei a van. Achei que seria uma boa publicidade.

– Certo, sr. Dan. O senhor faz ideia de onde está?

– Numa praia.

– Não. Não é uma praia.

– Ah, pensei que a maré estivesse baixa – disse Dan.

– Onde, no Saara? – falou Alegre.

– Realmente me pareceu um pouco grande – admitiu Dan.

– O senhor está no Inferno – disse o sargento Rowan.

– Que nada – disse Dan. – Estou perto de Biddlecombe.

– Não está mais. Se lembra de um clarão azul? Da sensação de que cada átomo do seu corpo estava sendo arrancado?

– Mais ou menos – disse Dan. – Pensei que só tivesse feito uma curva estranha.

– E o senhor fez mesmo: para o Inferno. Aconteceu a mesma coisa conosco.

Dan pensou naquilo por um tempo.

– O Inferno é quente, não é?

– Morno, pelo que dizem as más línguas – falou Sonolento.

– Então é um bom lugar para vender sorvete – disse Dan, animado.

Os anões e os policiais o encararam. Estava claro que Dan, Dan Sorveteiro da Van, era um otimista incurável. Se você lhe dissesse que seus sapatos estavam pegando fogo, ele teria aproveitado para derreter marshmallows.

– O que você fazia antes de vender sorvete? – perguntou Nervoso.

– Eu era agente funerário – respondeu Dan.

– Que bela mudança de ares!

– Ah, é fantástico. Eu saio. Conheço pessoas. Acho que conhecia pessoas quando era agente funerário também, mas nas conversas, meio que só eu falava. – Ele deu uma buzinada feliz. – Já que ninguém quer sorvete, então eu já vou.

– Espere aí, espere aí – disse o sargento Rowan. – O senhor não parece ter entendido a gravidade da situação. O senhor está no Inferno. O oficial Peel e eu já temos experiência nisso e podemos dizer, com uma certa autoridade, que seu tempo como vendedor de sorvete será muito curto aqui e provavelmente irá terminar com alguma coisa enorme mordiscando seu corpo como se fosse um picolé.

– O senhor não vai gostar disso – falou o oficial Peel, sério. – Vai doer.

– Além do mais, o senhor deve ter notado que o oficial Peel e eu estamos sem condução e, portanto, somos obrigados a requisitar a sua van para nos conduzir.

– Que ótimo – disse Dan. – Gosto de companhia.

– E quanto a nós? – perguntou Alegre.

– Vocês podem requisitar outra van de sorvetes – falou o oficial Peel.

– É mesmo? E, na sua opinião, quais são as chances de outra van de sorvetes aparecer por aqui?

– Eu diria que poucas – respondeu o oficial Peel. Ele não parecia se incomodar muito com esse fato.

– Qual é? Vocês não podem nos deixar aqui. Alguma coisa pode acontecer conosco.

– Assim espero.

– Isso não é muito legal da sua parte.

– Deviam ter pensado nisso antes de encorajar Phil, o Pinguim, a se aliviar no meu capacete.

O sargento Rowan interveio.

– Oficial, por mais que eu esteja tentado a concordar com você, acho que é nossa responsabilidade, como policiais, garantir a segurança dos civis, mesmo de civis tão desagradáveis e com mentes criminosas como os desse bando. Certo, todos lá para trás. Vou me sentar aqui na frente com o sr. Dan e vamos dar um jeito de voltar para casa, está bem?

Todos fizeram o que o sargento Rowan sugeriu porque, com o sargento, era assim. Apesar de estarem presos num lugar em geral considerado o último em que alguém gostaria de se encontrar, sem fazer a menor ideia de como chegaram ali nem de como sair, estavam dispostos a acompanhar o sargento Rowan porque ele tinha Autoridade. Tinha compostura, que significa "Seriedade", para aqueles que não têm um dicionário à mão.

E tinha um cassetete enorme que mostrava de propósito aos anões, para encorajá-los a fazer a escolha certa. Em situações como aquela, como o sargento Rowan descobrira, mostrar um cassetete enorme sempre ajuda.

Enquanto isso, de volta àquele quartinho supostamente sendo usado para guardar produtos de limpeza, o professor Hilbert estava envolvido numa conversa animada com Victor e Ed. Acabara de ter uma conversa parecida com o professor Stefan, consequência de uma pequena perda de energia que havia acontecido pouco tempo depois que o Colisor foi religado. Hilbert achava que o professor Stefan tinha ficado um tanto histérico diante da possibilidade de todos aqueles demônios começarem a aparecer de novo, apesar disso vir tanto de seu compreensível medo de ser devorado quanto da preocupação com o fato de que, se o portal para o Inferno realmente se abrisse pela segunda vez, alguém daria um jeito de culpá-lo pelo incidente. O professor Hilbert tinha precisado de todas as suas habilidades diplomáticas para convencer o professor Stefan a não desligar o Colisor de novo, ou, pelo menos, ainda não. Agora, no quartinho de material de limpeza com Victor e Ed, ele empregava suas outras habilidades, mais especificamente as relacionadas a pressionar sutilmente a equipe para conseguir o que queria.

O professor Hilbert acreditava na teoria dos "mundos ocultos", na ideia de que poderiam existir outros universos além do nosso em algum lugar além do campo de nossas percepções. Ele também achava que os físicos de partículas passavam tempo demais preocupados com a natureza dos átomos, a refração da luz e outras questões relativamente banais relacionadas a este mundo que realmente existe, e muito pouco tempo especulando sobre a natureza de mundos que poderiam existir por aí.

É o seguinte: sabemos que tudo o que podemos ver ao nosso redor é feito de partículas bastante elementares e que várias forças, como a gravidade, ajudam a manter todo o processo de existência fluindo bem sem ninguém boiando no éter ou se desfazendo espontaneamente em um amontoado de átomos. Imagine, porém, que houvesse outras partículas e outras forças operando paralelas a nós, mas que ainda não fôssemos capazes de percebê-las porque estão além dos limites de nossos poderes. Isso indicaria que o cosmos é muito mais complicado e interessante do que parece ser.

De certa maneira, já sabemos que existem forças ocultas trabalhando em nosso universo, porque apenas quatro por cento das coisas do cosmos são visíveis para nós. Cerca de setenta por cento do que resta são chamados de "energia escura" e são a força que faz nosso universo expandir e as galáxias se afastarem, aceleradas, umas das outras. Os outros vinte e cinco por cento são chamados de "matéria escura", detectáveis apenas por seu efeito na massa e na gravidade das galáxias. Então, a matéria escura poderia fazer parte do mundo oculto, e onde há matéria, há, teoricamente, planetas e vida – vida escura –, presumindo que as forças envolvidas sejam intensas o bastante para manter tudo isso junto, assim como acontece em nosso universo. E o que sabemos sobre a matéria escura? Bem, ela não esfria porque, se esfriasse, liberaria calor e seríamos capazes de detectá-lo.

Humm. Um mundo oculto. Vida escura. Calor. Vê aonde o professor Hilbert queria chegar com isso? Ed e Victor viam e, só para o caso de restar alguma dúvida, o professor escreveu a palavra em letras grandes numa folha de papel e mostrou aos dois. A palavra era:

INFERNO

– Suponham – falou o professor Hilbert – que o portal não tenha de fato nos conectado ao Inferno, porque essa coisa toda sobre Inferno e o Capeta é simplesmente um absurdo. É um mito. O Inferno não existe nem esse "Grande Malevolente". O que teríamos, em vez disso, é um mundo de matéria escura, cheio de vida escura, e o único jeito de nos conectarmos a ele é através do Colisor. Se o desligarmos, estaremos dando as costas para a maior descoberta científica desta ou de qualquer era, e pondo em risco o futuro do CLI.[26] Isso vai dar em Prêmio Nobel. Marquem minhas palavras.

– Vamos receber o Prêmio Nobel também? – perguntou Ed.

---

[26] O Colisor Linear Internacional era o passo seguinte proposto nas tentativas dos físicos de entender a origem deste universo e, possivelmente, de outros. Seria um túnel em linha reta de trinta e um quilômetros de comprimento, no qual elétrons e pósitrons (elétrons de antimatérias) seriam disparados de lados opostos, alcançando acelerações de 99.9999999998 por cento da velocidade da luz antes de colidir. As colisões seriam mais precisas do que no Grande Colisor de Hádrons e, portanto, potencialmente mais propensas a fornecer respostas para aquelas importantes questões científicas: o que aconteceu no Big Bang? Quantas dimensões existem no espaço? Qual é a origem e o propósito das diferentes partículas subatômicas? E como é o bóson de Higgs, ou seja, teoricamente, a partícula que dá massa e gravidade à matéria? Até aí, tudo bem, mas o GCH já tinha custado sete bilhões de dólares e era provável que o CLI custasse o mesmo. Em termos científicos, isso é um pouco como os seus pais economizando ao máximo para comprar o console de videogame de última geração para você e você lhes dizer que vai sair um console novo daqui a seis meses, mas que, até lá, esse mesmo serve. Cambada ingrata, esses cientistas...

– Não – respondeu o professor Hilbert –, mas, se eu ganhar, vou lhes dar um dia de folga e uma cesta de muffins.

– E quanto à perda de energia? – perguntou Victor, sabendo que as chances dos dois compartilharem da glória no Prêmio Nobel em potencial do professor Hilbert eram as mesmas de passarem a ter penas e ganhar o primeiro prêmio numa competição de papagaios.

O professor Hilbert sorriu daquele jeito louco que os cientistas sorriem logo antes de relampejar e o monstro feito de pedaços de gente morta ganhar vida e começar a procurar a quem culpar por ligá-lo na eletricidade e acendê-lo como uma árvore de Natal.

– Mas essa é a melhor parte! – disse ele. – *Devíamos* estar perdendo energia!

– De um vácuo? – Victor não parecia convencido.

– É como eu disse ao professor Stefan – falou Hilbert. – Estamos procurando o bóson de Higgs, certo?

– Certo – disse Victor, pensando que Hilbert tinha enlouquecido de vez.

– E sabemos que o bóson de Higgs pode ser, teoricamente, o elo entre o nosso mundo e o universo escondido?

– Está bem. – Enlouquecido completamente.

– E estamos supondo que se o bóson de Higgs existir mesmo, ele está presente em algum lugar depois das explosões do Colisor?

– Com certeza. – Olhe só para ele: doido a ponto de tacar pedra na lua.

– Bem, e se a perda de energia for natural? E se o bóson de Higgs estiver se decompondo no Colisor, mas se decompondo em partículas de outro mundo? Matéria escura. O Colisor registraria essa decomposição como perda de energia, quando, na verdade, é a natureza das partículas que mudou. Não há nenhuma perda de energia porque elas ainda estão ali. Só não podemos vê-las.

Victor encarou o professor Hilbert, boquiaberto. O professor podia ser louco, mas Victor começava a desconfiar de que ele era um louco *brilhante*, pois aquela era uma teoria muito, muito interessante.

– O senhor contou tudo isso ao professor Stefan? – perguntou Ed, que se sentia como Victor a respeito das ambições do professor Hilbert, mas se contentava em ser uma peça na engrenagem daquela operação para ganhar o Prêmio Nobel, em parte porque ele era um cara modesto, sem pretensões, e também porque gostava muito de muffins.

– Quase tudo – disse o professor Hilbert,[27] e Victor e Ed perceberam que, na cabeça do professor, haveria apenas um nome na menção feita pelo comitê do Prêmio Nobel, e ele não arriscaria essa possibilidade compartilhando muito do que pensava com qualquer um que pudesse ter letras demais depois de seu nome.

---

[27] Traduzindo da mentira para a verdade, isso quer dizer "Não, não contei absolutamente nada a ele e o que contei foi só o bastante para me permitir continuar perseguindo meu objetivo sem deixá-lo preocupado com o terno que deveria usar na cerimônia do Prêmio Nobel, já que ele não vai. Só eu vou. Só eu. Você tem algum problema com isso? Não, eu achei que não. É meu, todo meu! Ha ha ha ha ha ha ha!" *Os risos dão lugar à loucura. Homens em jalecos brancos chegam com promessas de uma bela cela acolchoada, três refeições por dia em forma de pílulas e nenhuma desagradável ponta afiada na qual você possa esbarrar o joelho ou se machucar.*

Traduções parecidas de outros campos da vida que você precisa saber incluem: "O cheque foi depositado." (Um cheque pode ter sido depositado, mas não é o seu, e ele não vai para a sua conta). "Vou pensar." (Não preciso pensar, porque a resposta é não). "Você não me parece ter envelhecido um dia!" (Você realmente não parece ter envelhecido um dia – e sim dez anos, e isso enxergando sob uma luz fraca). "Você pode sentir uma espetadinha". (Só a morte vai doer mais do que isso e não vai demorar tanto). E a mais popular: "É totalmente seguro. Não está nem ligado..." geralmente dita momentos antes de uma eletrocussão, da perda de um membro devido ao uso incorreto de um cortador de grama e de as pessoas serem explodidas por fornos a gás.

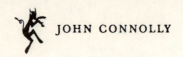

– Então não devemos nos preocupar com a perda de energia? – perguntou Victor.

– Não.

– E o senhor não acha que existe o risco do portal para o Inf... humm, esse mundo escondido se abrir de novo?

– A perda de energia está longe de se comparar à da última vez – disse o professor Hilbert, que, na verdade, não estava respondendo a pergunta de forma alguma.

Ed e Victor olharam um para o outro.

– Duas cestas de muffins – falou Ed. – Para cada um.

O professor Hilbert deu um sorriso de tubarão.

– Vocês são duros na barganha...

DEZESSETE

Quando as Verdadeiras Faces dos Conspiradores São Reveladas (E Que Cambada Feia!)

SRA. ABERNATHY estava como o diabo gosta: sentada em sua câmara, ouvindo enquanto uma multidão de demônios bajulavam as pessoas certas para conseguir chegar até ela, na tentativa de voltar a desfrutar de sua boa vontade. Até Chelom, o grande demônio-aranha, e Naroth, o mais inchado dos demônios-sapo, que tinham fugido depois do fracasso da invasão, agora procuravam um lugar ao lado dela mais uma vez. A sra. Abernathy queria castigá-los por sua deslealdade, mas se continha. Já bastava voltarem para ela, que precisava deles. Precisava de todos eles. Depois, ela se desfaria violentamente de alguns dos que a haviam abandonado, só para lembrar aos outros dos limites de sua tolerância.

O plano original da sra. Abernathy era atingir Samuel e Boswell e trazê-los direto para sua toca. Infelizmente, ela não tinha contado com inúmeros fatores, como:

a) a dificuldade de acertar um alvo em outra dimensão;
b) um sorveteiro;
c) uma viatura de polícia;
d) uma van cheia de homenzinhos desconhecidos.

A sra. Abernathy tinha ficado exausta ao levar todos eles para o Inferno e passado um tempo inconsciente. Quando acordou, descobriu que era incapaz de localizá-los, pelo menos até o insuportável A. Bodkin ter tentado mandar um recado para seus superiores, um recado que ela conseguiu interceptar. Agora, tinha uma noção de onde pelo menos alguns daqueles em que havia mirado poderiam estar e, portanto, de onde teria chances de encontrar Samuel Johnson. Mas, como estava no Inferno – que, como já estabelecemos, tendia a não levar a sério conceitos como direção e geografia – era como se alguém tivesse dito que quase com certeza havia uma agulha no palheiro, e depois apontado um campo enorme com palheiros enormes. Ah, o campo sobe e desce e também atravessa distâncias muito grandes. E ainda é um pouco diagonal.

Portanto, a sra. Abernathy precisava de ajuda para procurar o menino, e por esse motivo decidiu não torturar de imediato aqueles que antes tinham lhe dado as costas. Em vez disso, ouvia as súplicas e as desculpas e depois os despachava em busca de Samuel Johnson. Em grande parte, não tinham nada de interessante para lhe contar, mas havia algumas exceções. Uma delas estava agora de pé, à sua frente. Na verdade, *de pé* talvez seja forte demais para o que a criatura estava fazendo, já que, a rigor, havia escorrido sob o olhar da sra. Abernathy e, naquele instante, tinha simplesmente parado de escorrer, apesar de diversas substâncias ainda pingarem de seus poros de um jeito que sugeria que era apenas uma questão de tempo até que escorresse um pouco mais. Ela lembrava uma lesma transparente com a ambição de ser algo mais interessante, dificultada pelo fato de que era, e sempre seria, feita de um material gelatinoso, com um metro de altura e, portanto, interessante apenas para outras coisas feitas de gelatina e um pouco menores do que ela. Dois olhos que não piscavam tinham sido instalados no que era, por enquanto, a parte da frente, e logo abaixo havia uma boca sem dentes. A criatura usava uma cartola preta, que ergueu ao cumprimentar a sra. Abernathy, usando um tentáculo lentamente formado de seu corpo especialmente com esse propósito e logo depois reabsorvido.

– Boa tarde, madame – disse a criatura. – Fico feliz em vê-la por cima de novo, como era antes.

– E o senhor é...? – perguntou a sra. Abernathy.

– Crudford, Esq., madame. Trabalho nas Covas do Desânimo. Só que não me encaixo muito bem ali. Não sou do tipo desanimado. Sempre fui uma massa gelatinosa animada. O copo está sempre meio cheio, é o que costumo dizer. Quando somos feitos de gelatina e temos apenas uma cartola em nosso nome, as coisas só têm como melhorar, não é?

– Alguém podia tomar a sua cartola – disse a sra. Abernathy.

– Concordo, concordo, mas, para começo de conversa, essa cartola nem era minha. Eu a achei, então, teoricamente, nem seria um prejuízo muito grande, não é?

– Seria se eu pegasse essa cartola, forçasse o senhor a entrar nela e depois assasse os dois numa enorme fogueira.

Crudford pensou naquilo.

– Mas eu ainda teria a minha cartola, certo?

A sra. Abernathy concluiu que, num futuro próximo, era melhor fazer Crudford, Esq. servir de exemplo para evitar que os outros tivessem uma perspectiva tão radiante.

– E então, o que o senhor pode fazer por mim, antes que isso aconteça? – perguntou a sra. Abernathy.

– Bem, posso escorrer. Tenho trabalhado muito nisso. Desenvolvi minhas habilidades começando pelos pingos, passando pelo afinamento, até chegar num fluxo estável. Dá para dizer que dominei a técnica. Mas reconheço que é uma habilidade de aplicação limitada na maioria das circunstâncias, se é que a senhora me entende. Ainda assim, para o alto e avante.

– Sr. Crudford, se eu pisasse no senhor, doeria?

– Doeria. Só que a senhora ficaria com gosma no sapato.

– É um preço que estou disposta a pagar, a menos que o senhor me dê uma boa razão para não fazer isso.

– Suponhamos que eu lhe contasse sobre o chanceler Ozymuth, madame, e o que ele anda tramando contra a senhora – disse Crudford, que ficou satisfeito ao ver a expressão da sra. Abernathy mudar de profundo desgosto para desgosto moderado, combinada com uma porção extra de interesse.

– Prossiga.

– Acontece que eu estava lá na última vez que a senhora nos visitou, quando tentou conversar com o nosso mestre, o Grande Malevolente. É uma das vantagens de escorrer, sabe? Dá para escorrer por qualquer lugar, se encaixar em todo canto e ninguém nunca percebe. De qualquer forma, eu estava lá e vi o que aconteceu depois que a senhora foi embora.

– E o que aconteceu?

– Alguém surgiu das sombras. O duque Abigor. Ele cumprimentou o chanceler Ozymuth por estar se saindo muito bem em manter a senhora afastada do Grande Malevolente e em dizer ao nosso mestre o quanto a senhora é má. O que não se justifica nem um pouco, claro. Quero dizer, a senhora é má, mas no melhor sentido possível. Depois, o duque Abigor foi embora e, como eu não tinha nada melhor para fazer do que escorrer mais um pouco, o segui até as profundezas da terra, até chegarmos a uma sala de reuniões. Todos estavam esperando por ele.

– Todos quem?

– A maioria dos Grandes Duques do Inferno. Estavam sentados numa mesa grande, e o duque Abigor se juntou a eles, na cabeceira. Começaram a falar sobre a senhora. O estranho, madame, é que agora estão lá de novo. Só achei que a senhora fosse gostar de saber. Digamos que eu estava animado com isso...

O duque Abigor se mostrava muito desinteressado, uma conquista não desprezível, já que sua expressão-padrão tendia a ser de desinteresse, mesmo quando ele estava interessado, uma situação não muito comum.

– Me conte de novo – falou, enquanto o duque Duscias tremia diante dele.

– Ela descobriu um jeito de alcançar o mundo dos homens – disse Duscias. – Puxou alguma coisa do mundo deles para o nosso e agora está a procurando.

O duque Abigor não era tolo. Você não consegue sessenta legiões de demônios sob o seu comando sendo um idiota. Duscias, por outro lado, era um tolo, mas era feito de tolo por Abigor e, portanto, as vinte e nove legiões de Duscias estavam, para todos os efeitos, sob o comando de Abigor também.

– É o menino – disse Abigor. – Esse é o único motivo que a faria correr o risco de abrir um portal sem o conhecimento de nosso mestre. Se ela pegar o menino, pode apresentá-lo ao Grande Malevolente para que ele se divirta, tornando a ser seu braço esquerdo. Nossas chances de governar desaparecerão e ela se voltará contra nós.

– Mas como? – falou Duscias. – Ela não tem como saber do nosso plano. Nos mantivemos bem escondidos.

– Alguém contará a ela, seu idiota. Se ela der um jeito de serpentear até nosso mestre e reconquistar sua confiança, os demônios farão fila para nos trair, desde que isso aumente as chances de serem promovidos.

Outras figuras começaram a entrar em fila na sala de reunião, com as cabeças escondidas por enormes capuzes pretos, que elas deixaram cair para trás, revelando seus rostos: duque Guares, comandante de trinta legiões; duque Docer, comandante de trinta e seis legiões; duque Peros, também comandante de trinta e seis legiões; e duque Borym, comandante de vinte e seis legiões. Esses eram os cabeças, os que tinham apostado sua reputação e uma provável eternidade de dor, se fracassassem, na capacidade do duque Abigor de convencer o Grande Malevolente de que ele deveria assumir o lugar da sra. Abernathy como Comandante dos Exércitos Infernais. O problema para todos os envolvidos era que a sra. Abernathy não havia sido exatamente dispensada do cargo, já que o Grande Malevolente apenas se recusava a vê-la e ainda estava perdido na loucura de seu sofrimento. Portanto, os duques se propunham a um ato de traição não só contra o próprio general, mas também contra o Grande Malevolente em si.

– Já devíamos ter prendido a sra. Abernathy há muito tempo – disse o duque Docer, quando explicaram a situação a ele. – Nós a deixamos em paz e o resultado é que ela nos passou para trás.

– Não poderíamos ter prendido a sra. Abernathy – falou o duque Abigor com toda a paciência que era capaz de invocar. O duque Docer era um soldado e não tinha astúcia. Vencera cada batalha em que lutara atacando e dominando seus inimigos na base da força e agora passava a maior parte do tempo procurando novos inimigos para não se entediar, mesmo que, para isso, precisasse se indispor com aliados.[28] Ele não reconheceria uma estratégia nem que ela estivesse diante de seus olhos. – Há muitos que ainda não trouxemos para o nosso lado.

– Mas as hordas do Inferno também não são muito chegadas à sra. Abernathy – disse o duque Peros. – A maioria ficaria satisfeita se ela fosse embora.

– Podem não gostar dela, mas também não gostam de mim – falou o duque Abigor. – Podem temê-la e odiá-la, mas ela é uma força que conhecem e entendem. Sou um desconhecido, assim como todos vocês.

– Temos a força de mais de duzentas legiões – argumentou o duque Docer. – Isso é tudo o que precisam saber e entender.

– Não basta! – exclamou o duque Abigor. – Não vamos partir para a guerra sem ter certeza da vitória e não sabemos de que lado o Grande Malevolente irá ficar quando sair do luto. Se dermos um passo em falso, corremos o risco de sermos vistos como traidores, e não preciso lembrar a vocês qual é o castigo para uma traição como essa.

Diante disso, os duques ficaram em silêncio. Todos eles já tinham visto Cocytus, o grande lago de gelo mais ao norte, onde os traidores eram mantidos congelados por toda a eternidade. Se tivessem sorte, talvez recebessem permissão para deixar a cabeça para fora do gelo, mas, como traidores não só do reino como também do Grande Malevolente, o mais provável era que ficassem inteiramente imersos no frio e na escuridão, um destino que nenhum deles desejava.

---

[28] O Mal, ao contrário do Bem, está em guerra constante com os que mais se assemelham a ele, e a ambição é o seu estímulo.

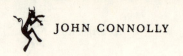

– Mas o Grande Malevolente não... – O duque Guares procurou as palavras certas e se contentou com: – Está bem. Ele pode nunca mais sair do luto. O que fazemos então? Deixamos este reino que construímos a partir da pedra e do fogo cair na decomposição e no conflito?

O duque Abigor olhou para o duque Guares com receio. Guares era quase tão inteligente quanto ele e Abigor às vezes se perguntava se Guares já tinha descoberto seu grande plano. Era verdade que o Grande Malevolente lhes parecia perdido, mas Guares e os outros esperavam todos os dias que ele recuperasse o que passava por sanidade e voltasse a governar o Inferno. Só Abigor desejava que o Grande Malevolente permanecesse mergulhado em mágoa e fúria. Além do mais, Abigor queria que a mágoa e a fúria crescessem tanto que faria com que o Grande Malevolente mergulhasse numa loucura eterna da qual nunca sairia. Era por isso que Abigor havia trazido o chanceler Ozymuth para aquela causa, pois Ozymuth se certificava de que o Grande Malevolente fosse excluído de qualquer contato com outros demônios e sussurrava em seu ouvido que tudo estava perdido, perdido para sempre, e que a culpa era da sra. Abernathy.

– Vamos encontrar o menino, Samuel Johnson, antes dela – disse o duque Abigor. – Vamos achá-lo, trancá-lo onde ninguém nunca irá descobri-lo e negar que sabemos qualquer coisa sobre seu paradeiro. A última esperança da sra. Abernathy de retomar o lugar dela como o braço esquerdo de nosso mestre terá acabado. Nós seremos capazes de alegar que ela não é mais apropriada para comandar os Exércitos Infernais, e que um substituto temporário deve ser nomeado por questões de urgência até nosso mestre recuperar o juízo. Todos vocês indicarão meu nome como o candidato mais adequado e nossos oponentes não terão tempo de reagir. Se tentarem, acabamos com eles.

– E a sra. Abernathy? – perguntou o duque Guares.

O duque Abigor deu um sorriso, mas um sorriso tão desagradável, que ainda lhe fazia parecer um demônio desinteressado, só que um que acabava de ser presenteado com uma cabeça numa bandeja e que gosta muito de cabeças.

– Ela não é uma traidora? Uma traidora por falhar em alcançar a vitória que procurávamos no mundo dos homens, uma traidora por trazer o menino que provocou nossa derrota para este reino, o nosso reino, e depois perdê-lo? Ela será julgada e condenada. Vamos levá-la para Cocytus, acorrentar uma pedra ao pescoço dela e jogá-la através do gelo. Vamos deixá-la congelada para sempre como um aviso para aqueles que nos prometerem novos mundos e depois nos decepcionarem.

O duque Abigor olhou para seus coconspiradores e cada um, por sua vez, assentiu com a cabeça, concordando. Depois, um por um, deixaram a sala de reunião, sendo o duque Abigor o último a sair, até tudo ficar quieto novamente.

O silêncio foi interrompido por um barulho de gororoba caindo.

– Perdão – disse Crudford. – Escorri.

– Limpe-se – disse a sra. Abernathy. Ela havia visto e ouvido tudo, agachada atrás de uma fenda na parede de pedra. A expressão em seu rosto era indecifrável, mas Crudford, sensível às emoções, detectou medo, surpresa e decepção.

E ira: uma ira pura, canalizada e controlada.

– Me saí bem, madame? – perguntou Crudford.

– O senhor se saiu muito bem – disse a sra. Abernathy. – Por isso, vou até lhe arranjar uma cartola nova.

As feições pegajosas de Crudford se abriram num sorriso. Uma cartola nova: era mais do que ele tinha se atrevido a esperar.

DEZOITO

Quando Aqueles que Serão de Grande Ajuda para Samuel Começam a Se Reunir

SENTINELA achou uma caverna tranquila, onde pensou no que o Velho Carneiro tinha dito. Acabou saindo para procurar a sra. Abernathy, mas, quando tentou falar com ela, viu que estava soterrada pelas atenções dos demônios que haviam retornado e se amontoavam à sua volta, ansiosos para recompensá-la pela falta de fé que tiveram nela. As palavras dos demônios eram uma massagem no ego ferido de sua ama, e embora a Sentinela pudesse ter forçado a passagem por entre a massa de corpos fedidos para alcançá-la, ela não o fez. Em parte porque pôde ver o prazer que a sra. Abernathy sentia enquanto se prostravam diante dela, mas havia também um lado da Sentinela que ainda se perguntava sobre o menino e a sabedoria de sua ama ao arrastá-lo para o Inferno.

Além do mais, a notícia de que o menino poderia ter sido encontrado quase havia feito com que se esquecesse da borracha queimada que tinha descoberto na planície. Quase, mas não completamente, pois a Sentinela tinha passado o período entre uma coisa e outra tentando identificar os demais cheiros que havia percebido em meio às pedras, comparando-os com a memória olfativa em seu cérebro estranho e extraterrestre. A Sentinela era uma entidade à parte, mesmo entre os diversos seres fétidos e demoníacos que habitavam as várias camadas do Inferno. Tinha se vinculado ao que agora era sua ama logo após a formação do Inferno e o surgimento dos demônios mais velhos. Ninguém se lembrava exatamente de como a Sentinela passara a existir. Sua origem era um mistério para todos. Nem mesmo a sra. Abernathy a entendia de verdade: sabia apenas que fazia o que ela mandava e que, quando tantos haviam lhe dado as costas, só a Sentinela permanecera fiel a ela.

Porém, a Sentinela não obedecia apenas à sra. Abernathy. Desde que passara a existir, reportava-se diretamente ao Grande Malevolente, já que ele não confiava em ninguém nem em nada e, apesar de seu poder, desconfiava de todos ao seu redor.[29] Mas a Sentinela tinha passado tanto tempo com a sra. Abernathy. que suas lealdades se confundiram. Apesar de ainda servir o Grande Malevolente, não lhe contava tudo. Não sabia explicar por quê; só entendia por instinto que o conhecimento sozinho não é poder,

---

[29] Um provérbio escocês diz que “Os fazedores do mal são os que temem o mal”. Em outras palavras, aqueles que fazem coisas ruins ou pensam mal dos outros, naturalmente, esperam que os outros façam mal a eles. A maldade nunca descansa em paz. Então, por um lado, devemos quase sentir pena dos maus, pois eles estão destinados a passar a vida com medo, numa prisão do coração. Ou, como disse Voltaire, o escritor francês: “O medo vem depois do crime e é sua punição”.

mas o conhecimento *secreto* é. Logo passou a julgar por conta própria o que o Grande Malevolente precisava saber e o que poderia ser escondido dele com segurança. Nesse sentido, a Sentinela servia a dois mestres, o que nunca é uma boa ideia.

Sua situação tinha sido complicada pelo rebaixamento do Grande Malevolente ao sofrimento e à loucura, o que significava que, mesmo que a Sentinela quisesse se reportar a ele, não conseguiria, pois sua voz não poderia ser ouvida com todo o lamento que envolvia a Montanha do Desespero, e o chanceler tomava o cuidado de controlar todos os acessos. Mas também, até agora, havia pouco o que reportar: a sra. Abernathy tinha passado a maior parte do tempo indo e voltando pelo caminho entre sua toca e a do Grande Malevolente, em busca de uma audiência que nunca lhe era concedida e, depois, remoendo isso sozinha em sua câmara até chegar a hora de fazer a caminhada de novo. Quando não estava em sua peregrinação ou remoendo o ocorrido, vigiava Samuel Johnson pelo vidro e lançava maldições no menino, as quais ele não conseguia ouvir. Coubera à Sentinela tentar rastrear o veículo que destruíra o portal, mas toda vez que a criatura voltava sem novidades, o interesse da sra. Abernathy pelo veículo parecia diminuir ou, pelo menos, era o que a Sentinela pensava. Quando, por fim, a Sentinela apareceu com evidências da presença do veículo, ficou surpresa ao descobrir que a sra. Abernathy estivera planejando em segredo, o tempo todo, abrir o portal de novo, nem que fosse só para arrancar Samuel Johnson do mundo dele e transportá-lo para o Inferno. Ela era mesmo uma mulher muito incomum, mesmo deixando de lado o fato de que, na verdade, era um demônio cheio de tentáculos disfarçado, uma das razões pelos quais as lealdades da Sentinela se dividiam entre ela e o Grande Malevolente.

A Sentinela farejou o ar, recriando os cheiros que havia percebido na planície. Tinha sentido presenças por ali, observando-a, mas não sabia ao certo se elas estavam relacionadas à substância preta nas pedras. Suas narinas fundas se contraíram.

Um cheiro antigo, quase esquecido, acompanhado por outro, mais aguçado, mais pungente. Os cheiros eram conhecidos. A Sentinela revirou suas lembranças, voltando cada vez mais no tempo, até chegar, por fim, a um par de figuras encolhidas e sua ama de pé sobre elas em sua forma antiga e monstruosa, banindo-as para sempre para a Terra Devastada.

Muito pouco surpreendia a Sentinela. Ela já tinha visto tanta coisa, que era quase incapaz de se surpreender. Mas, ao se dar conta de quem havia sido o responsável pela destruição do portal, quase caiu para trás, chocada.

Nurd.

Nurd, o Flagelo de Cinco Deidades.

Nurd, que, para começo de conversa, mal justificava o termo *demônio*, de tão incapaz de fazer o mal.

Nurd traíra todos eles.

Enquanto isso, Nurd e Absinto estavam de pé num elevado, observando uma pequena van atravessando devagar e contente o Deserto de Ossos enquanto tocava "(How Much Is) That Doggie in the Window?". Nurd e Absinto sabiam que aquela canção se chamava "(How Much Is) That Doggie in the Window?" porque pelo menos mais quatro vozes cantarolavam junto, acrescentando "au-au" cada vez que a palavra *vitrine* era mencionada, e "abana-abana" ao trecho "aquele que abana o rabo".

– O que é um cachorrinho? – perguntou Absinto. – E por que eles querem um?

– Um cachorrinho é uma criatura que late, como Boswell, o bassê de Samuel Johnson – respondeu Nurd. – Ele faz "au-au".

Esse da música parece ter também um rabo que abana e acho que isso o torna mais desejável.

– Parecem mesmo querer muito esse cachorrinho – comentou Absinto.

– Só que não me parece uma boa ideia sair gritando isso – falou Nurd. – O tipo de coisa que vive por aqui e abana o rabo costuma ter um corpo grande que também abana e uma cabeça que abana com dentes afiados que abanam.

– Se vem do mundo dos homens, então, talvez Samuel também esteja lá dentro.

Nurd balançou a cabeça.

– Não. Eu já teria sentido se ele estivesse tão perto. – Nurd se esforçou para ler o que estava escrito na lateral da van. – Tem alguma coisa sobre sorvete escrita na lateral. E doce.

– Doce? – perguntou Absinto.

– Doce – respondeu Nurd.

Eles olharam um para o outro. Seus rostos se iluminaram e os dois disseram ao mesmo tempo:

– Jujuba!

Poucos segundos depois, já perseguiam a van de sorvetes em alta velocidade.

O oficial Peel queria muito morrer. Mais do que isso, queria morrer e levar quatro anões com ele. E talvez um motorista de uma van de sorvetes, por precaução. Vinha ouvindo "(How Much Is) That Doggie in the Window?" havia umas quatro horas e estava prestes a enlouquecer.

– Parem de cantar – disse ele aos anões.

– Não – falou Nervoso.

– Parem de cantar.

– Não.

– Parem de cantar.

– Diga "por favor".

– Por favor.

– Não.

O oficial Peel bateu no vidro que ligava a parte de trás da van à cabine da frente, na qual o sargento Rowan e Dan, Dan Sorveteiro da Van, estavam sentados.

– Pela última vez – implorou ele –, deve ter um jeito de desligar essa música.

Dan deu de ombros.

– Já falei. Ela liga automaticamente com o motor. Nunca consegui descobrir como fazê-la parar sem estragar os fios.

– Você está estragando os *meus* fios – disse o oficial Peel. – Posso pelo menos sentar aí na frente com vocês?

– Sinceramente, não tem espaço suficiente – falou o sargento Rowan, que não gostava de se apertar.

– Então por que não trocamos de lugar por um tempo e o senhor senta aqui atrás?

– Com essa cantoria toda? Acho que não. Aqui na frente já está ruim o bastante.

Alegre se serviu de outro sorvete. Já tinha tomado doze, mas graças à natureza do terreno, que às vezes sacolejava, só tinha conseguido comer nove, enquanto os outros três estavam espalhados em seu rosto e suas roupas.

– Que sorvete gostoso – falou pela décima terceira vez.

– Ei, espero que você pague por tudo isso – disse Dan.

– Vou pôr na minha conta.

– Você não tem uma conta.

– Ah, você só me avisa agora? Devia ter dito isso antes de eu começar a tomar todos esses sorvetes. Agora é um pouco tarde demais, não acha?

– Ele tinha razão sobre o chocolate também – disse Sonolento, que vinha comendo punhados de granulado. – É de muito boa qualidade.

Nervoso e Resmungos começaram a cantar a música dos cachorrinhos de novo. Pelo menos, Nervoso, sim. Resmungos podia estar cantando a música dos dinossauros que ninguém teria notado. O oficial Peel, de paciência esgotada, estendia as mãos para estrangular um ou os dois anões quando Dan parou a van, pois agora havia algo para distrair todos eles da música.

– Que interessante – disse Sonolento. Ele e os outros três anões, cada um mastigando feliz o ganha-pão de Dan, pularam da van, e, logo em seguida, vieram os dois policiais e o próprio sorveteiro.

Estendidas à frente, estavam milhares e milhares de pequenas bancadas de trabalho, cada uma ocupada por um diabinho. Entre as mesas, circulavam outros diabinhos carregando baldes de osso moído. Eles despejavam o osso moído num buraco na ponta de cada mesa, os diabinhos sentados giravam uma alavanca, vinha um barulho de moagem e, então, da outra ponta das mesas, surgiam ossos limpos e intactos, que os demônios com baldes levavam de volta por onde tinham chegado.

– Bem, isso explica muita coisa – disse Alegre. – Mais ou menos.

Havia uma mesa maior, mais distante, à direita. Os anões deixaram os policiais e Dan e foram até lá. Um demônio de uma semelhança impressionante com o recentemente evaporado A. Bodkin estava sentado, tirando uma soneca. Sua placa dizia: "Sr. D. Bodkin, o Demônio-no-Comando."

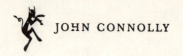

– Licença – disse Alegre, dando um tapinha na bota de D. Bodkin.

D. Bodkin acordou devagar e encarou Alegre.

– O que foi?

– Você sabe de onde vem toda essa areia?

– Que areia?

– A areia que faz os ossos.

D. Bodkin olhou para Alegre como se o anão tivesse acabado de perguntar por que o céu era cinza e negro com explosões de chamas roxas e vermelhas que o iluminavam. Sempre foi assim e pronto.

– Tem alguma coisa errada com você? – perguntou D. Bodkin. – Olhe à sua volta: é *só* areia. Dificilmente vamos ficar sem, não é?

Os anões começaram a dar risadinhas. D. Bodkin, desconfiando ser o alvo de uma piada que não entendeu, e não sendo muito chegado a humor, nem em seus melhores dias, olhou bravo para eles.

– Está vendo aquele lugar de onde todos os demoniozinhos carregando baldes estão saindo? – perguntou Nervoso.

– Estou falou D. Bodkin.

– Você devia dar uma volta por lá. Tem um cara que iria adorar conhecê-lo. É um pouco parecido com você. Digamos que seja um parente perdido.

– É mesmo?

– Garanto. Você e ele têm muito o que conversar. Os dois estão no mesmo ramo, de certa maneira.

– Bem, então vou até lá – falou D. Bodkin. – Estava com vontade de esticar essas pernas velhas. Não saio da minha mesa faz aaaaah...

Ele deu uma olhada na ampulheta em seu punho, que, como o modelo do sr. A. Bodkin, era projetada para passar a areia de um vidro para o outro com muita eficiência, sem jamais esvaziar o de cima nem encher o de baixo. Aquele relógio, porém, parecia ter parado, talvez devido a um entupimento. D. Bodkin se mostrou perturbado e deu um tapinha no vidro com a garra indicadora.

– Estranho. Acho que meu relógio não está funcionando. – Ele deu uma sacudida no punho e disse: – Ah, agora, sim.

Nervoso se inclinou para a frente e notou que a areia do vidro de baixo agora corria para o vidro de cima, mas, como antes, nenhum vidro esvaziava nem enchia.

– Realmente, você já está nessa mesa há tempo demais – falou Nervoso, olhando para trás, para seus companheiros anões, e girando um dos dedos devagar em torno da têmpora direita, na indicação universal de que uma pessoa tem alguns parafusos a menos. – Um intervalo lhe fará bem. Vamos ficar de olho nesse bando até você voltar.

– Vocês não vão roubar nada, não é? – perguntou D. Bodkin. – Estarei muito encrencado se alguma coisa sumir. Verbas, vocês sabem. Tenho que prestar conta de cada clipe de papel hoje em dia.

Nervoso era o retrato da inocência ferida.

– Estou magoado – disse ele, piscando para expulsar uma lágrima imaginária.

O anão tateou o bolso em busca de um lenço para assoar o nariz, achou um, olhou para ele, concluiu que a única coisa mais contagiosa do que aquele lenço era a própria doença e o pôs de volta onde encontrou. – Tão magoado que não sei o que dizer.

– Isso é calúnia. É mesmo – falou Sonolento.

– Só estamos tentando animar o seu dia e você ainda diz uma coisa desagradável como essa sobre nós – disse Alegre.

– Nós é que fomos vítimas de um roubo – falou Nervoso. – Por falar nisso, você viu uma van em algum lugar por aqui? Quatro rodas, foto na lateral de um cavalheiro bonito e sorridente um pouco parecido conosco...

– Não – respondeu D. Bodkin.

– E uma viatura de polícia: quatro rodas, luzes azuis?

– Não, mas queria ter visto. Parece muito interessante.

– Humm – falou Nervoso. – Como isso nos ajuda...

Ele e os outros anões cruzaram os braços e olharam com expectativa para D. Bodkin. Alegre batia o pé, impaciente.

– Bem, estamos esperando – disse Alegre.

D. Bodkin acabou entendendo a deixa.

– Lamento muito pelo que acabei de dizer – falou. Parecia constrangido. Os chifres em sua cabeça ficaram muito vermelhos. Ele pôs as mãos para trás e fez pequenos desenhos na areia com os pés, envergonhado. – Não devia ter perguntado se vocês iriam roubar alguma coisa. É que todo cuidado é pouco, sabe? Afinal, estamos no Inferno. Todo tipo de sujeito podre vem parar aqui.

– Está desculpado – falou Nervoso. – Agora pode ir. Diga ao outro cara que mandamos um “oi”.

– Está bem – disse D. Bodkin, que começou a seguir a fila de carregadores de baldes de ossos.

Os anões acenaram para ele.

– Cara legal – falou Alegre.

– Adorável – disse Nervoso enquanto D. Bodkin desaparecia subindo uma duna. – Este mundo precisa de mais demônios como ele.

– Otários, você quer dizer? – perguntou Alegre.

– Exatamente – respondeu Nervoso. – Completa e inteiramente otários.

De volta à van, Alegre contava o saque.

– São quinze lápis, um apontador de lápis, um grampeador, uma borracha, uma caneca com os dizeres "Você Não Tem Que Ser Diabólico Para Trabalhar Aqui, Mas Isso Ajuda" e alguns selos – falou.

– Você esqueceu de contar a mesa – disse Sonolento.

– E uma mesa – confirmou Alegre. Ele enfiou a cabeça para fora da lateral da van e deu uma olhada na mesa, que tinham amarrado ao teto com uma corda que encontraram no kit de emergência de Dan.

– Vocês têm certeza de que o demônio disse que poderiam levar isso tudo? – perguntou o oficial Peel. Ele estava um tanto desconfiado, mas pelo menos os anões tinham parado de cantar por um tempo.

– Claro. Ele nos disse que estava se demitindo. Que aquele emprego não tinha futuro. Falou que estaríamos lhe fazendo um favor.

– Bem, se vocês têm certeza disso... Mas, de qualquer forma, não sei por que vocês acham que precisam de uma mesa.

– Não questione a necessidade – disse Nervoso. – Se não está aparafusado, aceitamos. E se está aparafusado, damos um jeito de desaparafusar e aceitamos também.

O oficial Peel franziu a testa. Uma nuvem de poeira parecia segui-los. Quando ela chegou mais perto, ele viu que era precedida de uma pedra em alta velocidade.

– Vejam aquilo – falou. Ele abaixou o vidro que separava a frente da van da que era usada para servir os sorvetes. – Sargento, estamos sendo perseguidos por uma pedra.

– Não é sempre que vemos uma pedra rolando morro acima – disse Nervoso. – Isso é muito incomum.

– Está nos alcançando – falou Sonolento.

– Pare a van – mandou o sargento Rowan. Dan seguiu a instrução e todos eles ouviram.

– É o barulho de um motor, sargento – disse o oficial Peel.

– É mesmo, oficial – disse o sargento Rowan quando a pedra estacionou ao lado da van, as portas se abriram e o que parecia um furão com sarnas desceu. Logo depois, veio um demônio com uma capa, botas grandes e um sorriso de expectativa no rosto verde.

– Dois pacotes de jujubas, por favor – disse Nurd. – E um sorvete com granulado.

Ele agitou uma moedinha de ouro no ar ao mesmo tempo em que a cabeça do oficial Peel apareceu na janela por onde Dan atendia os clientes.

– Ora, ora, ora – disse o oficial. – Vejam só quem está aqui.

O queixo de Nurd caiu. Absinto, prestativo, o pegou e o pôs de volta no lugar.

– Ah não – falou Nurd.

– Temos quatro – disse o oficial Peel –, mas eles não estão à venda.

DEZENOVE

Quando Encontramos Alguns dos Outros
Infelizes Habitantes do Inferno

AMUEL e Boswell, assustados e exaustos, atravessavam o cenário do Inferno. Havia passagens de pedra enormes que cruzavam abismos cheios de fogo e lagos escuros em cujas profundezas nadavam formas aterrorizantes, com barbatanas e caudas que vinham à tona quando caçavam e eram caçadas. O menino e o cãozinho viram demônios grandes e pequenos, às vezes ao longe, às vezes de perto, mas até aqueles em que os dois tropeçavam pelo caminho lhes davam pouca ou nenhuma atenção. Pareciam supor que, se Samuel e Boswell estavam ali, era porque havia um motivo para isso e que os dois eram, portanto, problema de algum outro demônio e não deles.

Mas não havia muito o que ver, pois o Inferno parecia, em grande parte, inacabado para Samuel e Boswell. É verdade que o céu sobre suas cabeças continuava furioso e o menino às vezes tinha a sensação de que as nuvens olhavam para baixo e zombavam dele antes de retomar o conflito sem fim de barulho e luz. Vastas extensões do Inferno, porém, tinham pouco ou absolutamente nada a oferecer.[30] Havia apenas terra, pedras rachadas ou pequenos montes de grama curta e escura sob seus pés, sem uma erva daninha sequer para dar vida ao cenário.

Depois de um tempo, o chão começou a se inclinar para cima e os dois subiram um pequeno morro. Ao chegarem ao topo, viram um enorme banquete disposto sobre uma mesa que tanto se estendia que Samuel a perdia de vista em meio à nevoa branca e sombria, sempre espreitando o horizonte. O menino, porém, conseguia ver sobre a mesa todo tipo de comida que se possa imaginar, de pães a sobremesas e tudo entre uma coisa e outra, com empoeiradas garrafas de belos vinhos intercaladas com tigelas e louças. Era um banquete sem comparação, mas, apesar de Samuel e Boswell estarem famintos, o que viram não abriu seu apetite. Talvez porque a comida, independente do tipo, fosse de um cinzento monótono e uniforme ou porque, mesmo chegando mais perto, não conseguiam detectar nenhum cheiro vindo dela.

---

[30] Como o Inferno era enorme e só uma parte dele estava ocupada, o Grande Malevolente já tinha desistido havia muito tempo de tentar decorar cada centímetro de um jeito apropriado. Afinal, você só consegue passar um determinado tempo erguendo enormes montanhas negras assombrosas, ameaçadoras, e construindo grandes covas de fogo nas quais os demônios labutam, antes de pensar: "Bem, para que me dar ao trabalho?" Portanto, a maior parte do Inferno é como aquele quarto de despejo na sua casa, aquele que seu pai vive prometendo transformar em escritório, mas que, em vez disso, enche de caixas com livros não lidos, contas velhas e aquela bicicleta ergométrica que ele comprou e agora alega que não funciona direito porque é dura demais para pedalar, mas ficará boa quando ele tiver tempo de consertá-la e, de qualquer forma, essa bicicleta custou uma fortuna. Pais: eles simplesmente foram feitos assim.

Ou pode ter sido o comportamento dos que desfrutavam do banquete, pois as cadeiras estavam lado a lado ao longo do comprimento e da largura da mesa, tão próximas que não havia espaço para mais ninguém se espremer ali. Todos os lugares estavam ocupados por pessoas magras e fracas, que insistiam em enfiar comida à força na boca e se enchiam de vinho enquanto suas mandíbulas mastigavam, incansáveis, carnes trituradas pela metade, com um líquido cinzento pingando do queixo e manchando a roupa.

Samuel e Boswell agora estavam perto o bastante do banquete para serem notados pelo homem sentado na cabeceira. Ele usava um smoking com uma gravata-borboleta torta. Os botões da camisa estavam abertos e uma barriga inchada escapava pela abertura. Contudo, não era a barriga de um gordo. Samuel já tinha visto pessoas pobres e famintas na televisão e sabia que subnutrição crônica fazia a barriga inchar. Aquele homem passava fome, apesar de ter mais do que o suficiente ali. Enquanto Samuel observava, o homem deixou uma coxa de frango comida pela metade e começou a mastigar um bife suculento, ainda que com cor de ardósia. Quando um prato acabava, outro aparecia, assim, nunca havia um prato vazio na mesa.

Ele avistou Samuel, mas não parou de comer.

– Fora daqui – falou. – Não tem o bastante para mais ninguém.

– O que tem mal dá para nós – disse uma mulher à esquerda do homem, que comia caviar com uma colher de madeira enorme, enfiando os pequenos ovos de peixe na boca. Ela usava um vestido de festa bordado e, na cabeça, tinha uma peruca branca salpicada com cristais. – E você não foi convidado.

– Como é que você sabe? – perguntou Samuel.

– Porque, se você tivesse sido convidado, haveria uma cadeira para você, mas não há, então, não foi. Agora vá embora. Não sabe que não deve interromper os outros quando eles estão comendo? Você está me fazendo falar de boca cheia. Isso é falta de educação.

– E ela está cuspindo um pouco – disse um homem alto e careca, sentado de frente para a mulher. – Se não quiser esse caviar, eu como.

O homem esticou o braço para pegar a tigela, mas a mulher bateu a colher com força na mão dele.

– Arranje o seu! – disse ela com rispidez.

– Mas essa comida não tem cheiro – falou Samuel, mais para si mesmo.

– Não tem cheiro – disse o homem de smoking. – Nem gosto. Nem textura. Nem cor. Mas estou com *tanta* fome, sempre com *tanta* fome. – Ele acabou com o bife e passou para uma tigela de doce, usando a mão para pegar bocados de gelatina, bolo e creme. – Estou com tanta fome, que poderia comer você. E o seu cachorro.

E, pela primeira vez em séculos, já que ele estava na mesa fazia muito, muito tempo, o homem de smoking parou de comer e começou a pensar. Tinha uma nova fome nos olhos enquanto examinava Samuel do jeito que um cozinheiro deve examinar um porco que lhe é oferecido pelo açougueiro, medindo e pensando nos melhores cortes. A mulher ao lado voltou o olhar para Samuel, com a boca aberta e caviar caindo da língua. O homem alto e careca deixou de lado uma cabeça de peixe e pegou uma faca afiada.

– Comida de verdade – sussurrou. – Carne fresca.

Aquelas palavras foram ouvidas pelo idoso ao lado e pela senhora enrugada, cujas arcadas desdentadas só conseguiam chupar a carne dos ossos; e pelas crianças vestidas como príncipes e princesas; passando de um para o outro ao longo da mesa, até que, como os convidados distantes e famintos no banquete, se perderam em meio à névoa.

– *Carne fresca, carne fresca, carne fresca...*

Samuel pegou Boswell no colo e se afastou da mesa. O homem de smoking pôs as mãos nos braços da cadeira, preparando-se para levantar, mas descobriu que não conseguia ficar de pé. Tentou mexer a cadeira, como se esperasse arrastá-la em direção a Samuel, mas ela não saía do lugar. Suas mãos tentaram chegar até o menino, mas ele estava além do alcance. O careca alto com a faca afiada uivou, furioso, cortando o ar com a lâmina como se seus membros pudessem, de algum jeito, se esticar o bastante para cortar a carne de Samuel.

A mulher de peruca tentou ser mais esperta.

– Venha aqui, garotinho – sussurrou ela, oferecendo-lhe um pedaço de chocolate cinzento. – Vou protegê-lo deles. Já tive um garotinho um dia. Não machucaria uma criança.

Samuel, porém, não era bobo. Ficou longe do alcance da mulher, apertando Boswell com firmeza.

– Pelo menos deixe seu cachorro para nós – disse o homem de smoking. – Ouvi falar que carne de cachorro é muito gostosa.

Ao longo da mesa inteira, os convidados levantavam a voz, gritando ameaças, promessas, chantagens, qualquer coisa que pudesse convencer Samuel a se aproximar ou a entregar Boswell, mas o menino simplesmente recuava, nunca tirando os olhos deles, com medo de que, se o fizesse, descobrissem um jeito de se libertar da prisão de suas cadeiras. Então, um por um, os convidados foram sendo vencidos pelo apetite, até retomarem a refeição insossa e farta; todos menos a mulher de peruca, que encarava as costas de Samuel, repetindo uma e outra vez para si mesma:

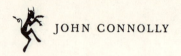

– Já tive um garotinho um dia, há muito tempo... – E só quando Samuel chegou de novo ao topo do morro é que ela voltou para o caviar e se perdeu mais uma vez no banquete.

Samuel e Boswell seguiram em frente. Viram um enorme cavalo de madeira pegando fogo e, ao seu redor, guerreiros gregos, imersos em melancolia. Receoso, Samuel se aproximou, mas os guerreiros não se mexeram e, quando tentou falar com eles, não responderam.

– O que você quer, menino? – perguntou uma voz. Samuel se virou e viu uma mulher surgir da areia: primeiro a cabeça, depois o corpo, até ela estar de pé diante dele, com grãos caindo do cabelo, das mãos e do vestido. Quando Samuel olhou mais de perto, viu que ela não havia simplesmente se erguido da areia: ela *era* areia, com texturas e tons diferentes se combinando para dar a impressão de roupas, de cor e de vida. Só os olhos não eram feitos de areia. Eles emitiam um vermelho intenso e ardente, e Samuel se deu conta de que estava olhando para um demônio.

– Esse é... o cavalo de Troia, não é? – perguntou Samuel.

– É.

– E esses são os homens que conseguiram ter acesso à cidade.

– São. Aquele que está sentado sozinho, separado dos outros, é Ulisses. – Ela disse o nome em voz baixa. – O cavalo foi ideia dele.

– Por que eles estão aqui?

– Porque foi um gesto enganoso. Não foi nem um pouco honesto.

– Mas foi inteligente.

– Uma mentira pode ser inteligente, mas continua sendo uma mentira.

– Mas não dizem que no amor e na guerra vale tudo? Ouvi isso em algum lugar.

– Dizem? Quem diz?

– Não sei. As pessoas.

– Isso é o que os vitoriosos alegam, não os derrotados; os poderosos, não os fracos. “Vale tudo”. “Os fins justificam os meios”. É nisso que você acredita?

– Não sei.

– Você ama alguém?

– Gosto de uma menina.

– Você mentiria para conquistar o amor dela?

– Não, acho que não.

– Acha que não?

– Não, eu não faria isso.

– E se alguém contasse uma mentira sobre você para ela para colocá-la contra você? Acharia isso válido?

– Não, claro que não.

– Você já ouviu falar que o esporte é uma guerra disfarçada?

– Não, mas acho que pode ser verdade.

– Você trapaceia em algum jogo?

– Não.

– Por quê?

– Porque não é certo. Não é.

– Não é válido?

– Não, não é válido.

– Então, *não* vale tudo no amor e *não* vale tudo na guerra.

– Acho que não. – Samuel estava incomodado. Olhou para os guerreiros, mas nenhum deles parecia ter prestado a menor atenção em sua conversa com o demônio. – Ainda assim, me parece um castigo duro.

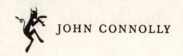

– E é mesmo – disse o demônio, com um certo pesar na voz.

– Quem decidiu? – perguntou Samuel. – Quem decidiu que eles deviam vir para cá?

– Eles decidiram – respondeu o demônio. – Eles escolheram. Agora vá, menino. A melancolia deles é contagiosa.

Os grãos de areia nos olhos da mulher formaram uma lágrima que escorreu por seu rosto. O demônio se afundou novamente no chão, e Samuel e Boswell deram as costas para o cavalo em chamas e continuaram sua jornada.

VINTE

Quando Conhecemos o Ferreiro

CENÁRIO árido começou a mudar, só que não para melhor. Agora era salpicado de objetos que pareciam vir de outro mundo, do mundo de Samuel: uma armadura vazia e enferrujada; um avião biplano alemão da Primeira Guerra Mundial; um submarino perfeitamente de pé, equilibrado nas hélices; e um rifle, a maior arma que Samuel já tinha visto, tão comprida que ele levaria uma hora ou mais só para contorná-la a pé, feita de milhões e milhões de armas menores, todas fundidas juntas para criar uma espécie de escultura gigante.

Quando Samuel examinou o rifle, viu que algumas partes pareciam estar vivas, retorcendo-se como cobras de metal, e se deu conta de que o rifle ainda estava se formando, que armas passavam a existir no ar ao seu redor e, aos poucos, eram absorvidas pelo todo.

Um homem enorme surgiu de trás da torre de tiros de um tanque que havia sido descartada. Usava um macacão preto e sujo e uma máscara de soldador no rosto. Na mão direita, segurava um maçarico que queimava com uma chama branca de tão quente. Ele apagou a chama e empurrou a máscara para cima a fim de mostrar o rosto. Era barbado e seus olhos brilhavam com o mesmo fogo branco do maçarico, como se ele tivesse passado tempo demais vendo os metais serem dissolvidos.

– Quem é você? – perguntou. Sua voz era áspera, mas não havia hostilidade em seu tom.

– Meu nome é Samuel Johnson e este é Boswell.

Os olhos brancos se voltaram para baixo, para o pequeno bassê.

– Um cachorro – disse o homem. – Fazia muito tempo que eu não via um cachorro.

Ele estendeu a mão enluvada. Boswell recuou, acanhado, mas a mão foi rápida demais. Agarrou-lhe a cabeça, acariciando-a com uma delicadeza surpreendente.

– Que cachorro bonzinho – falou o homem. – Que cachorrinho bonzinho.

Ele soltou Boswell, meio que para o alívio do cachorrinho bonzinho em questão.

– Já tive alguns cachorros – contou o desconhecido. – Um homem deve ter um cachorro.

– Você tem nome? – perguntou Samuel.

– Também já tive um nome, mas esqueci qual é. Ele não tem utilidade, pois faz tanto tempo que ninguém vem aqui. Agora sou o Ferreiro. Trabalho com metal. É o meu castigo.

– Que lugar é este? – perguntou Samuel.

– É o Ferro-velho. O lugar de coisas quebradas que nunca deveriam ter sido feitas. Venha dar uma olhada.

Samuel e Boswell acompanharam o Ferreiro sob a arma em transformação, passaram por fileiras e mais fileiras de aviões de combate e carros blindados, até que apareceu uma enorme cratera e, ali dentro, havia espadas e facas; metralhadoras e pistolas; tanques e navios de guerra e porta-aviões; toda arma concebível que pudesse ser usada para fazer mal aos outros. Como a arma gigante, o conteúdo da cratera crescia cada vez mais, de modo que toda aquela massa de metal rangia, chiava, tinia e retinia.

– Por que essas coisas estão aqui? – perguntou Samuel.

– Porque elas tiraram vidas e o lugar delas é aqui.

– Então, por que você está aqui?

– Porque eu projetava essas armas, as deixava nas mãos daqueles que iriam usá-las contra inocentes e não me importava com isso. Agora, destruo todas.

– E aquela arma enorme, a que continua crescendo?

– É para me lembrar – disse o Ferreiro. – Não importa o quanto eu trabalhe duro, nem quantas armas destrua, aquele rifle continua crescendo. Contribuí para a criação delas em vida e agora não me permitem esquecer isso.

– Sinto muito – falou Samuel. – Você não me parece má pessoa.

– E eu não pensava que era – disse o Ferreiro. – Ou simplesmente não pensava. E você, por que está aqui?

Samuel ainda tinha receio de contar a verdade sobre sua situação, ainda mais depois de seu encontro com o Velho Carneiro, mas alguma coisa no Ferreiro conquistou a confiança do menino.

– Fui arrastado para cá. Uma mulher... um demônio... chamado sra. Abernathy quer me castigar.

O Ferreiro abriu um sorriso.

– Então você é o menino. Até eu, neste lugar horrível, já ouvi falar de você. – Ele procurou no macacão e pegou uma página de jornal, que entregou a Samuel. Era um recorte de uma antiga edição do *Tempos Infernais* e mostrava uma fotografia de Samuel abaixo de duas palavras:

O INIMIGO!

O artigo que vinha em seguida, escrito pelo editor, o sr. P. Bodkin, detalhava a tentativa de escapar do Inferno através do portal e o fracasso da invasão por causa da intervenção de Samuel e de um desconhecido, que atravessara o portal dirigindo um carro na contramão. O menino achou o artigo um pouco injusto, contando apenas um lado da história, mas depois imaginou que o editor do *Tempos Infernais* poderia ter arranjado problemas se tivesse sugerido que, para começo de conversa, mandar hordas de demônios invadirem a Terra não era coisa que se faça.

– Imagino que ela esteja procurando por você – disse o Ferreiro.

– Eu também – concordou Samuel.

– Bem, se ela passar por aqui, não falarei nada. Pode contar comigo.

– Obrigado – respondeu Samuel. – Mas quero ir para casa e não sei como.

O menino engasgou com as últimas palavras. Seus olhos esquentaram, mas ele lutou contra as lágrimas. O Ferreiro se virou discretamente para o outro lado por um instante e, quando teve certeza de que Samuel já havia controlado as emoções, voltou sua atenção para o menino novamente.

– Acho que, se a sra. Abernathy trouxe você até aqui, então ela deve ter como mandar você de volta também.

– Mas ela não vai fazer isso – disse Samuel. – Ela quer me matar.

– De qualquer forma, independentemente do poder que ela usou para arrastá-lo para cá, com certeza, ele pode ser usado para mandar você de volta.

– Então tenho que enfrentá-la?

– Você tem que encontrá-la ou ser encontrado por ela. Depois, terá que usar a própria inteligência a seu favor.

– Mas eu sou só uma criança. E ela é um demônio.

– Um demônio que você já derrotou uma vez e pode derrotar de novo.

– Mas tive ajuda da outra vez – disse Samuel. – Tive a ajuda de...

Ele quase disse o nome de Nurd, mas mordeu a língua no último instante. Uma coisa era confiar os próprios segredos ao Ferreiro. Outra coisa completamente diferente era lhe confiar os segredos de Nurd.

– Teve a ajuda de Nurd – disse o Ferreiro, e Samuel não conseguiu esconder seu choque.

– Como você sabe disso?

– Porque ajudei Nurd também. Vi o veículo dele. Estava quebrado e ajudei Nurd e o criado dele, Absinto, a consertá-lo. Aí os dois insistiram em disfarçar o carro, então eu os ajudei nisso também. Saiba que eles pareciam determinados a disfarçar o carro de pedra por razões que ainda não consigo entender muito bem, mas esse Nurd é um cara estranho. Gostei muito dele.

– Ele é meu amigo – falou Samuel. – E se soubesse que estou aqui, me ajudaria.

– Ah, ele sabe que você está aqui – disse o Ferreiro.

– Como?

– Ele sente a sua presença. – O Ferreiro deu um tapinha no peito, exatamente no lugar em que seu coração batera um dia, quando ele estava vivo, e talvez ainda batesse, de algum jeito estranho. – Você não sente a presença dele também?

Samuel fechou os olhos e se concentrou. Imaginou Nurd e se lembrou da conversa que tiveram no quarto do menino, quando o demônio apareceu para ele pela primeira vez. Se lembrou da alegria de Nurd ao provar jujubas e de como se sentiu surpreso por Nurd nunca ter tido a quem chamar de amigo até então. Samuel abriu seu coração para ele e de repente visualizou o demônio e uma criatura estranha parecida com um furão ao seu lado, que só podia ser Absinto. As mãos de Nurd agarravam o volante do Aston Martin que, até recentemente, havia sido o maior motivo de orgulho para o pai de Samuel.

A imagem mudou e Samuel viu Nurd e Absinto parados ao lado de...

Espere aí, aquilo era uma van de sorveteiro?

Samuel chamou Nurd. Chamou com a voz e com o coração. Chamou com toda a esperança que ainda lhe restava e toda a fé que tinha no demônio amante de automóveis que era seu amigo.

Ele chamou e Nurd respondeu.

VINTE E UM

Quando Nurd Pensa em Mudar Seu Nome para Nurd, Azarado em Inúmeras Dimensões

URD, o antigo Flagelo de Cinco Deidades, agora um ser melhor, se perguntava o quanto um demônio podia ser azarado. Primeiro, ele tinha sido banido para a Terra Devastada com Absinto, onde os dois haviam passado muito, muito tempo se conhecendo e desejando não terem se conhecido. Foram eras de monotonia interrompida apenas pela capacidade do corpo de Absinto de produzir os odores mais extraordinários e por Nurd, divertindo-se, ao bater forte na cabeça de Absinto com o cetro em represália. Então, como vários ônibus que chegam juntos depois de você passar horas de pé na chuva esperando por apenas um, Nurd se viu sendo mandado de um lado para o outro por uma abertura no espaço e no tempo em nada menos do que quatro ocasiões, levando seu corpo a ser esticado e comprimido de um jeito extremamente desconfortável, além de ter sido atingido por um aspirador de pó, atropelado por um caminhão, jogado por um esgoto e depois forçado a enfrentar a ira dos exércitos do Inferno ao frustrar os planos do Grande Malevolente de invadir a Terra. Também conseguira irritar dois policiais, exatamente os mesmos que agora o encaravam, furiosos, na companhia de quatro anões com caras hostis e um sorveteiro míope.

Não é nada justo, pensou Nurd. Eu só queria uma vida tranquila, e talvez um pouco de doce e um sorvete.

O oficial Peel pegou seu bloco de anotações de um jeito autoritário, lambeu a ponta do lápis e se preparou para escrever.

– Pronto, sargento.

– Lista de acusações – começou o sargento Rowan –: fugir no momento da prisão; abandonar a cena de um crime, mais especificamente um ataque a uma casa de adoração por vários tipos de mortos; defecar numa viatura da polícia.

– Nunca fiz isso – disse Nurd.

– Você deixou a viatura fedendo – falou o sargento Rowan.

– Caí num esgoto.

– De qualquer forma, nosso carro nunca mais voltou a cheirar como antes. O oficial Peel sente náuseas com frequência.

– E o meu uniforme fica impregnado – disse o oficial Peel. – Usar um uniforme fedido enfraquece a minha autoridade.

Nurd estava tentado a dizer que o principal fator que enfraquecia a autoridade do oficial Peel era o próprio oficial Peel, mas decidiu não fazer isso. Já tinha problemas suficientes.

– O que mais, oficial? – perguntou o sargento Rowan.

– Imigrar ilegalmente? – sugeriu o oficial Peel.

– Muito bem. Entrar indevidamente no país. Entrar na Inglaterra sem um visto apropriado. Entrar na Inglaterra sem um passaporte. Um imigrante ilegal, é o que você é.

– Não sou um imigrante – corrigiu Nurd. – Sou um demônio.

– Não se atenha a detalhes insignificantes. Você era um imigrante clandestino.

– Não imigrei – falou Nurd. – Fui mandado para lá contra a minha vontade.

– Você pode explicar isso ao juiz – disse o sargento Rowan. – Agora, vamos às coisas mais interessantes. Danificar propriedade privada. Roubar um veículo particular. Conduzir um veículo sem a licença apropriada. Dirigir sem seguro. Infringir limites de velocidade. Roubar um veículo policial. Vão jogar fora a chave da sua cela, rapaz. Você passará tanto tempo preso que, quando sair, todos nós vamos estar morando em outros planetas.

Nurd cruzou os braços. Assobiou, coçou o queixo pontudo e depois bateu os dedos nele, de modo a comunicar o seguinte: *Humm, estou pensando aqui e acho que encontrei uma falha fatal em tudo o que você acabou de me dizer.*

– Me perdoem por trazer isso à tona, oficiais, mas eu não sabia que vocês tinham jurisdição no Inferno. Biddlecombe, sim. Inferno, acho que não.

– Agora ele pegou você, sargento – disse Alegre, metendo o nariz onde não foi chamado, folgado e feliz. – O Velho Cara de Lua é como um advogado de porta de cadeia.

– Fique quieto – mandou o oficial Peel. – Você e seu bando também já estão muito encrencados.

– Aaah – falou Sonolento. – Não se esqueça de acrescentar "roubar sorvete" na nossa lista de acusações. Vamos pegar prisão perpétua por isso.

– Escute aqui – disse o sargento Rowan, balançando o dedo para Nurd e dando o melhor de si para ignorar o coro grego[31] de anões. – Você tem muito pelo que responder. Precisa ir até a delegacia se explicar.

– Sabe, na verdade eu ficaria feliz em fazer isso – falou Nurd. – Infelizmente, como você, estou preso aqui no Inferno, e há problemas mais urgentes a serem levados em consideração.

– Que problemas?

– Vocês não são os únicos humanos no Inferno.

– Do que você está falando? Quem mais está aqui?

– Samuel Johnson e o cachorro dele.

O sargento Rowan franziu a testa. Quase dava para Nurd ouvir as engrenagens trabalhando em seu cérebro. O sargento Rowan tinha sido um dos primeiros na cena depois que o portal se fechou, mas nunca conseguira descobrir a história toda. Só sabia que Samuel, de fato, salvara a Terra, com a ajuda de um desconhecido num Aston Martin roubado que...

Que dirigira bravamente em direção ao portal, destruindo-o.

O sargento deu alguns passos para a frente e examinou a rocha móvel. Mais especificamente, examinou as rodas da rocha e, então, espiou o interior do carro disfarçado.

– Oficial Peel, você ainda está com o bloco de anotações aberto? – perguntou.

---

[31] As peças na Grécia Antiga sempre incluíam um grupo de doze a vinte e quatro atores que comentavam o que acontecia no palco e eram conhecidos como "coro". Se você estiver entediado e quiser entreter seus pais (quando digo "entreter", quero dizer "irritar muito") pode fazer seu coro grego de uma pessoa só seguindo seu pai e sua mãe pela casa e fazendo um pequeno comentário sobre as idas e vindas dos dois. Você sabe: "Mamãe pega o leite na geladeira. Mamãe despeja o leite na xícara. Mamãe guarda o leite de volta. Mamãe me manda parar de falar sobre ela desse jeito estranho". Ou: "Papai vai ao banheiro. Papai tira a calça. Papai abre o jornal. Papai me diz para sair daqui ou nunca mais irei receber mesada". As longas noites de inverno passarão voando eu garanto.

– Estou, sargento.

– Sabe aquela página que acabou de encher com todas as acusações contra o sr. Nurd aqui?

– Sei, sargento. Anotei todas com muito capricho, caso o juiz queira ler por conta própria.

– Arranque a página e jogue fora. Ele é um bom rapaz.

– Mas...

– Sem "mas". Faça o que eu mandei.

Com uma relutância considerável, o oficial Peel cumpriu a ordem. Rasgou a página em pedacinhos e os jogou no chão.

– Jogar lixo no chão – disse uma vozinha animada, de algum lugar à altura do umbigo do oficial. – Multa de cinquenta libras.

– Cale a boca – falou o oficial Peel.

– Parece que lhe devo desculpas, senhor – disse o sargento Rowan.

– Não, na verdade, não – falou Nurd. – Fiz todas essas coisas que o senhor disse. Ou, pelo menos, quase todas.

– Bem, acho que o senhor compensou todas elas. Agora, o que está acontecendo com Samuel Johnson?

Nurd deu o melhor de si para explicar que havia sentido a presença de Samuel e que acreditava ter sido a sra. Abernathy a responsável por arrastar o garoto e, como consequência, os policiais, os anões e Dan, Dan Sorveteiro da Van, para o Inferno.

– E o que o senhor sugere que façamos em relação a isso? – perguntou o sargento Rowan.

– Encontramos Samuel e depois tentamos descobrir a localização do portal para mandarmos todos vocês para casa – disse Nurd.

– O senhor parece ter certeza de que existe um portal.

– Tem que existir. Até aqui, algumas regras são obedecidas. Onde quer que o portal esteja, só pode estar perto da sra. Abernathy. Mas tenho uma pergunta para o senhor.

– E qual seria? – perguntou o sargento Rowan.

– Que música *horrível* é essa?

– É "(How Much Is) That Doggie in the Window?" – respondeu o oficial Peel, mal-humorado.

– Au-au – fez Nervoso, mais por força de hábito. (Ele era o anão de Pavlov).[32]

– Já falei – disse Dan. – Não consigo desligar essa música se o motor estiver ligado e estou um pouco preocupado porque, se eu desligar o motor, talvez fiquemos presos aqui.

Enquanto ele falava, Absinto abriu a porta da van, espiou sob o painel e tateou um pouco. No mesmo instante, a música parou.

– Obrigado – disse o oficial Peel. – Muito, muito, muito obrigado. Se você não parecesse um roedor, se não tivesse um cheiro estranho e o que desconfio de que sejam inúmeras doenças facilmente transmissíveis, talvez eu até lhe desse um abraço.

– Essa é a coisa mais legal que alguém já me disse – falou Absinto. Ele fungou e enxugou uma pequena lágrima.

– Que alívio – disse o sargento Rowan. – Agora, onde está Samuel?

---

[32] Ivan Pavlov (1849-1936) foi um cientista russo que marcava a chegada da comida de seus cachorros tocando uma campainha ou, às vezes, dando-lhes um choque elétrico, o que não era muito legal de sua parte. Ele descobriu que os cachorros começaram a produzir saliva mesmo antes de saborear a comida, simplesmente porque tinham ouvido a campainha ou levado um choque. Isso é conhecido como "condicionamento". Você tem que se perguntar, porém, se os cachorros acabaram se cansando um pouco dos choques, das campainhas e da falta de comida, e deixaram sua insatisfação clara para Pavlov. Isso é conhecido como "morder".

Nurd apontou para a esquerda.

– Acho que ele está em algum lugar para lá.

– Então é para lá que vamos. Nos guie, senhor.

Nurd e Absinto voltaram para o carro enquanto os policiais e os anões retornaram para a van de sorvetes com Dan.

– Ei, como era mesmo aquela música? – perguntou Sonolento. Em seguida, vieram as palavras *Ai!* e *Deixa para lá*, enquanto o oficial Peel deixava claro que desaprovava esse tipo de pergunta.

Nurd deu partida no Aston Martin e saiu antes da van, que seguiu, barulhenta, logo atrás.

Absinto deu um tapinha no braço de Nurd.

– Veja só o que achei na van – falou.

Ele tinha um saco de jujubas na mão.

– Se um dia você contar a alguém que eu disse isso, vou negar, mas, Absinto, você é fantástico... – disse Nurd.

VINTE E DOIS

Quando Aprendemos Que Sempre Há Esperança,
Desde Que se Escolha Não Abandoná-la

M SORRISO SE ABRIU no rosto de Samuel pela primeira vez desde que ele havia chegado naquele lugar desolado. O menino se virou para o Ferreiro e disse:

– Você estava certo. Nurd me ouviu. Sei que ele me ouviu!

Mas, em vez de felicitá-lo, o Ferreiro agarrou Samuel e Boswell e os jogou para trás de um tanque russo T-34 caído de lado ali por perto, com as lagartas rasgadas e as vísceras expostas por um buraco que havia sido feito em sua carcaça. Por um instante, Samuel pensou que tinha se enganado quanto ao Ferreiro e que, como o Velho Carneiro, ele estivesse prestes a traí-los, até que o Ferreiro sussurrou para que ficasse quieto e imóvel. Samuel viu formas cruzando o céu, batendo as asas esfarrapadas e vasculhando a terra abaixo com os olhos atentos. Então, o chão começou a tremer e Samuel ouviu o barulho de cascos e uma voz dizer:

– Saudações, Ferreiro.

Samuel espiou pela lateral do tanque, segurando o focinho de Boswell com a mão para impedir que ele latisse. Acima do Ferreiro, havia um cavalo preto, cinco vezes mais alto do que ele, com asas de morcego e olhos amarelos que brilhavam como ouro derretido instalados no crânio. Sangue preto pingava de sua boca no ponto em que ele mordia a rédea e seus cascos soltavam faíscas no chão pedregoso. Sentado na sela, havia um demônio com dois chifres pálidos saindo do crânio, chifres como os de um touro enorme, tão compridos e pesados que parecia quase impossível ele ser capaz de manter a cabeça erguida sobre os ombros. O cabelo era escuro e comprido; a pele, muito pálida; e os olhos brilhavam com uma esperteza e inteligência que faziam a evidente crueldade em suas feições de algum jeito parecer mais horrível. Ele usava uma armadura vermelha e dourada e uma capa vermelha amarrada no pescoço pela presa de algum animal. A capa se agitava atrás dele, apesar de não haver vento para movimentá-la, de modo que parecia ter vida própria, ser uma arma por si só, uma mortalha capaz de sufocar e consumir. A sela do cavaleiro estava pesada de tantas armas: um sabre, uma clava cheia de fincos e uma série de facas com lâminas ornamentadas e retorcidas.

– Meu Senhor Abigor – disse o Ferreiro. – Eu não esperava uma visita tão ilustre.

Abigor puxou as rédeas do cavalo para trás, fazendo-o frear diante do Ferreiro, com os cascos monstruosos a poucos centímetros da cabeça do homem, que não se abalou. Abigor, ao ver que seu esforço para assustar o Ferreiro havia sido em vão, virou o cavalo e deixou seus cascos da frente tocarem o chão de novo.

– Se eu não o conhecesse, teria dito que detectei um tom de deboche em sua voz – falou Abigor.

– Eu não me atreveria, meu senhor.

– Ah, se atreveria, sim, Ferreiro. Suas habilidades para forjar minhas armas lhe garantem somente um pouco de tolerância. Cuidado com a maneira como você a usa.

O Ferreiro se mostrou envergonhado.

– O senhor me obrigou a forjá-las, sob pena de um tormento ainda maior. Do contrário, eu não teria feito isso.

– Eu me lembro de você ter cometido o erro de tentar resistir. Se não me falha a memória, isso passou quando ameacei arrancar seus dedos dos pés.

O Ferreiro retesou a mandíbula e Samuel percebeu a raiva dele. Apesar da aparência apavorante de Abigor, o Ferreiro mal se continha para não agredi-lo. Abigor largou as rédeas e estendeu os braços, como se o desafiasse a atacá-lo, mas o Ferreiro não mordeu a isca e Abigor, mais uma vez, retomou as rédeas.

– Acho que a dor deixa a mente maravilhosamente focada – continuou Abigor. – Você precisa de ajuda nesse quesito de novo, Ferreiro? Eu ficaria feliz em refrescar sua memória, se concluísse que você está escondendo alguma informação de mim.

O Ferreiro levantou a cabeça.

– Não sei do que está falando, meu senhor.

– Procuro um menino. Um intruso. Ele não pode vagar por aí livremente e tenho motivos para acreditar que ele está nesta área.

– Não vi nenhum menino. Não recebo uma visita desde a última vez que Vossa Senhoria veio até mim.

– Pelo que vejo, você não lamenta que tanto tempo tenha passado desde aquele encontro.

– Não irei mentir, meu senhor. O senhor só vem aqui quando precisa de armas, e me dói forjar tais instrumentos. Foi por isso que vim parar neste lugar, e hoje gostaria de não ter sido tão ávido em agradar os homens de poder na minha vida passada.

– O arrependimento, Ferreiro, é uma moeda fraca. Com ele, você não consegue comprar de volta o que mais deseja.

– E o que seria, meu senhor? – perguntou o Ferreiro, percebendo que Abigor esperava que ele fizesse a pergunta.

– O passado – respondeu Abigor. – Você está sendo castigado pelo que fez. Se fosse tão fácil se redimir por suas falhas, o Inferno estaria vazio.

– E isso seria algo tão ruim assim, meu senhor?

– Só para os demônios, Ferreiro. Sem seres como você para humilhar, nossa existência seria muito mais monótona.

Abigor olhou fixamente para as armas e os artefatos espalhados pela areia.

– E no entanto todas as invenções que vocês, humanos, apresentam, todas as habilidades que possuem, levam a apenas um fim. A destruição dos que mais se assemelham a vocês. Às vezes me pergunto se os verdadeiros demônios já não governam a Terra – disse ele.

– Usamos nossas habilidades para outras coisas também – retorquiu o Ferreiro. – Curamos. Ajudamos. Protegemos.

– Ah, é? Mas qual habilidade a sua raça valoriza mais? O desejo de ajudar o próximo ou a capacidade de acabar com sua existência?

O Ferreiro olhou para baixo, incapaz de fitar os olhos de Abigor. Ao fazer isso, viu as pegadas deixadas por Boswell e Samuel na areia. Se mexeu um pouco para que seu corpo as escondesse e, assim, devagar, começou a se afastar de Abigor, apagando as marcas com os pés.

– Você está recuando, Ferreiro – disse Abigor. – Tem tanto medo assim de mim?

– Tenho, meu senhor.

Abigor bateu com o dedo da garra no chifre da sela.

– Sabe, estou tentado a duvidar da sua palavra. Você me odeia quase tanto quanto odeia a si mesmo, mas acho que não tem medo de mim de verdade e sei que não me respeita. Você é um homem peculiar, Ferreiro, mas talvez essa estranheza toda venha com seus dons. E você afirma não ter visto nenhum sinal do menino?

– Não, não vi – disse o Ferreiro. As marcas de patas e de pés agora tinham desaparecido por completo do campo de visão de Abigor. Samuel notou que a voz do Ferreiro havia mudado e que ele não se referia mais ao demônio Abigor como "meu senhor".

– Mas você me contaria se tivesse visto, Ferreiro? Sempre desconfiei de sua lealdade. Às vezes me pergunto como você veio parar aqui. Temo que exista uma centelha de bondade em você, um lampejo de consciência, que ainda não se extinguiu por completo. Alguém poderia até chamar isso de esperança.

– Não tenho esperança alguma. Eu a abandonei na minha vida passada.

Abigor se inclinou para a frente e puxou os lábios para trás, expondo presas brancas perfeitas.

– Mas não abandonou seu talento para armamentos. Uma guerra está por vir, Ferreiro. Você pode achar que os outros esqueceram de você, mas, com a promessa de conflito, será lembrado mais uma vez. Meus rivais virão procurá-lo por suas habilidades. O que você fará quando isso acontecer, Ferreiro?

– Irei me recusar a servi-los.

– Irá mesmo? Acho que não. A capacidade que eles têm de provocar dor é quase tão grande quanto a minha. Quase, mas nem tanto. Mesmo que você fosse leal a mim, o que não é, sua lealdade não bastaria para suportar tanta dor. Então, resolvi demonstrar sabedoria e misericórdia poupando-o do fardo de ser obrigado a me trair para acabar com seu sofrimento.

Abigor pegou o sabre e, num único movimento cortante, decepou a cabeça do Ferreiro. A espada subiu e desceu, subiu e desceu, de novo e de novo, até o Ferreiro ficar todo despedaçado no chão. Seus olhos ainda piscavam e ele ainda conseguia mexer os dedos, agarrando-se à terra como pernas de insetos. Nenhum sangue jorrou dos ferimentos, mas o rosto do homem estava contorcido de agonia. Do céu, veio um diabinho. Ele pegou as mãos do Ferreiro e saiu voando com elas, enquanto Abigor olhava fixamente para baixo, para o trabalho feito por sua espada.

– Mesmo que houvesse alguém para remontá-lo, você não poderia fazer nada sem suas mãos. Adeus, Ferreiro. Não nos veremos de novo.

Com isso, Abigor apressou o corcel. O animal saiu galopando, suas asas começaram a bater, ele se ergueu no céu e desapareceu em meio às nuvens.

Samuel saiu de seu esconderijo e correu até onde jaziam os restos do Ferreiro.

– Você podia ter contado a ele onde eu estava – falou Samuel enquanto acariciava os cabelos da cabeça decepada do Ferreiro. – Podia ter contado, e talvez ele tivesse poupado você. Sinto muito. De verdade.

– Não sinta – disse o Ferreiro. – Pois eu não sinto.

Enquanto o Ferreiro falava, sua expressão mudou. Ele parecia intrigado e seu rosto foi tomado por um brilho suave com leves traços de âmbar, como a luz refletida por um sol que se põe devagar.

– Não há dor – disse o Ferreiro. – Ela passou. – Ele sorriu para Samuel. – Não traí você. Me redimi. Agora existe paz.

Aos poucos, os pedaços de seu pobre corpo despedaçado desapareceram e Samuel e Boswell ficaram sozinhos mais uma vez.

O Aston Martin e a van de sorvetes estavam escondidos sob cogumelos verdes gigantes que tinham brotado numa área de terra úmida e fétida, numa floresta de cogumelos que se estendia por quilômetros. Nurd e Absinto, com os policiais e os anões, observavam enquanto os demônios passavam voando no céu, alguns circulando e descendo e, em seguida, subindo de novo, depois de examinar mais de perto o que quer que tenha atraído sua atenção no chão. Então, um enorme corcel preto irrompeu nas nuvens e passou pelos demônios, seu cavaleiro exigindo deles esforços cada vez maiores. Sua voz alcançou o pequeno grupo estranho que o observava de baixo.

– Encontrem o menino! – gritou ele. – Tragam-no até mim!

– Não gosto da cara dele – falou Alegre.

– Não gosto da cara de nenhum deles – disse Sonolento.

– E então, quem é o machão no cavalo? – Nervoso perguntou a Nurd.

– O duque Abigor – respondeu Nurd. Ele parecia distraído. Havia alguma coisa errada. Só lhe restava supor que Abigor e seus subordinados estivessem procurando Samuel, mas o menino só podia ter sido levado para o Inferno pela sra. Abernathy, e o duque Abigor e a sra. Abernathy se odiavam. Abigor não faria nada para ajudar a sra. Abernathy e, no entanto, ali estava ele, usando seus subordinados para procurar o humano que ela mais odiava. Aquilo só podia significar que o duque queria Samuel para servir ao próprios propósitos.

– De que lado ele está? – perguntou o sargento Rowan.

– Do próprio – respondeu Nurd. – Ele está procurando Samuel.

– Por quê?

– Talvez porque, se ele tiver Samuel, a sra. Abernathy não terá. Samuel é o passaporte dela de volta para o poder, e o duque Abigor não quer que isso aconteça. Ele quer governar. Acho que se descobrisse um jeito de se livrar do Grande Malevolente por conta própria, ele o faria, mas, como não descobre, tem que se contentar em ser o vice-comandante. E para conseguir esse cargo, deve cuidar para que a sra. Abernathy saia de cena. Isso significa acabar com qualquer esperança que ela tenha de recuperar a confiança do Grande Malevolente, e a única forma de reconquistar essa confiança é levar Samuel até ele.

O sargento Rowan olhou para Nurd com um novo respeito.

– Quando foi que o senhor ficou tão esperto?

– Quando me dei conta de que não era tão esperto quanto imaginava – respondeu Nurd. – Precisamos ir. Samuel está por perto. Tenho certeza disso.

Mas, enquanto Nurd falava, sua percepção da presença de Samuel começava a enfraquecer e ele sentiu o espírito do menino se tornando mais fraco. Havia alguma coisa muito errada, e Nurd desejava que o amigo seguisse em frente, que não desistisse.

Aguente firme, Samuel, pensou Nurd. Aguente firme só mais um pouquinho...

Samuel e Boswell haviam deixado para trás a cratera de armas e a lembrança da coragem do Ferreiro. Ao longe, o menino avistava as montanhas. Decidiu tomar aquela direção. Ele e Boswell deviam arranjar um lugar para se esconder por lá, pois estavam vulneráveis demais ali fora, no descampado. Samuel, porém, se sentia muito cansado. Mal conseguia arrastar um pé depois do outro e ainda carregava Boswell, que estava exausto e tinha começado a mancar. As narinas do menino queimavam e seus pulmões doíam de tanto respirar aquele ar nocivo, fedendo a enxofre. Sua cabeça caía como seus ânimos, pois parecia que sua única esperança de voltar para o próprio mundo estava justamente na mulher que ele mais queria evitar. Samuel entendia a lógica do Ferreiro, mas não queria enfrentar a sra. Abernathy de novo. Nada daquilo era justo. Ele desejava nunca ter visto o maldito portal, nem tentado salvar a Terra, nem conhecido Nurd.

O menino balançou a cabeça. De onde viera esse pensamento? Não era verdade. Nurd era seu amigo. Como poderia pensar uma coisa dessas de um amigo? Mas se Nurd era seu amigo, onde estava? Samuel tinha chamado, mas ele ainda não havia aparecido. Talvez Nurd não ligasse para isso e fosse exatamente como todo o resto. Samuel tinha sido abandonado até pelo pai, e sua mãe não fizera nada para impedir isso. Nada. Para que seguir em frente, se nem seus pais se davam ao trabalho de se comportar como deveriam?

Samuel parou de andar. À sua frente, havia uma vasta extensão de puro nada, um vazio que parecia se abrir obscuramente adiante, mas, na verdade, não era nada obscuro, pois, pelo menos, "obscuro" já seria alguma coisa.[33] A passagem no tempo e no espaço

---

[33] Quando vemos cores, o que estamos vendo, na verdade, é uma certa frequência e um certo comprimento de onda de luz atingindo nossos olhos. Fótons, que são unidades de luz, têm que deixar um objeto para percebermos o rosa ou o azul ou aquele tom de marrom estranho que só é encontrado na terra úmida ou nos uniformes escolares. O preto é a ausência de fótons, uma ausência que escolhemos descrever como uma cor. Existe uma escola

para dentro da qual ele e Boswell olhavam agora era uma relíquia de inexistência, o último vestígio de tudo o que não tinha existido antes de o Multiverso ser criado. Olhar para aquilo fazia a cabeça de Samuel doer porque não havia extensão nem largura nem profundidade. Não tinha gravidade e a energia não podia ser transmitida por ali. O que Samuel e Boswell estavam vendo não era apenas o fim desta dimensão e deste universo, mas o começo e o fim de todos os universos e, ao olhar para aquilo, os dois foram tomados por uma grande tristeza, seus ânimos minguaram e o desejo de seguir em frente acabou cessando, pois jovens inteligentes e cães espertos e leais não foram feitos para se deparar com a desolação do absoluto nada. Aos poucos, Samuel deixou-se afundar com Boswell ao seu lado. Juntos, os dois olharam para dentro do Vazio e o Vazio começou a se infiltrar neles.

---

de filosofia conhecida como Existencialismo, que defende a visão de que *tudo* é um monte de nada, na realidade, e, como consequência disso, estamos todos num estado de grande tristeza. Não é de se espantar o fato de os Existencialistas não receberem muitos convites para festas de aniversário.

VINTE E TRÊS

Quando a Sra. Abernathy Perde a Cabeça e Nos Encontramos de Novo com Um Personagem Desagradável que Já Apareceu Antes em Nossa História

VOZ DA SRA. Abernathy se elevou a um grito agudo. Até a Sentinela ficou chocada com o volume e a intensidade do som.

– *Nurd?* – berrou a sra. Abernathy. – Nurd? Você está me dizendo que aquele imbecil, aquela desculpa esfarrapada para um demônio, é o responsável por tudo isso? Mas eu o bani, eu o mandei para a Terra Devastada com o criado idiota dele, onde não poderia mais ser um incômodo. Como isso...? Como foi que...? Quero dizer...

Provavelmente pela primeira vez em sua existência, a sra. Abernathy ficou sem palavras. Nurd? Mas ele era tão insignificante, tão incapaz, ou pelo menos era o que parecia. Como ela poderia ter se enganado tanto a respeito dele? A sra. Abernathy começou a sentir quase uma admiração por Nurd, mesmo que fosse do tipo que vem antes de você começar a provocar muita dor no referido objeto de admiração. A proporção do que Nurd atingira, a grande empreitada que ele conseguira arruinar, era quase inconcebível. Por um instante, a revelação do envolvimento de Nurd afastou a segunda informação da Sentinela – o recado do Velho Carneiro dizendo que Samuel Johnson estava por perto – da mente da sra. Abernathy, mas por pouco tempo.

– Cuido de Nurd depois – disse ela. – Por enquanto, Samuel Johnson é a nossa prioridade. Você deveria ter me procurando antes, Sentinela. Estou decepcionada com você.

Se a Sentinela fosse outro tipo de entidade, talvez tivesse se sentido obrigada a protestar contra aquela injustiça, nem que fosse para encobrir a outra razão que tinha para permanecer calada. Afinal, a sra. Abernathy andava alheia de tantas maneiras, preocupada demais com a própria vaidade e envolvida demais em descobrir a identidade dos que tramavam contra ela até para receber a Sentinela. A criatura não era totalmente culpada por ter levado tanto tempo para transmitir o recado do Velho Carneiro. Ela, porém, não era do tipo que reclamava e, mesmo que o fizesse, a sra. Abernathy não teria escutado. Então, expulsou esses pensamentos da cabeça, ainda que se perguntasse se tê-los já não bastava para torná-la uma reclamona no fim das contas.

A sra. Abernathy se virou e a Sentinela a seguiu. Atrás da toca do demônio havia um pátio, no qual um enorme basilisco[34] cristado

---

[34] Na mitologia, o basilisco era conhecido como o "Rei das Serpentes" por causa de sua crista em forma de coroa. A ele era muito atribuída a capacidade de matar com o olhar, o bafo ou com o som do grito. Dizia-se até que se um soldado perfurasse a pele da criatura com uma lança, o veneno no sangue dela jorraria pela arma e mataria o agressor. Havia rumores de que seu ovo vinha de um sapo ou de uma serpente e havia sido chocado por um galo, proporcionando, assim, uma variação interessante da pergunta sobre o que veio primeiro, o ovo ou a galinha. Na verdade, os cientistas acreditam

se erguia, selado e pronto. Ele sibilou uma saudação à sua ama quando ela o montou. Esporas de osso brotaram nos calcanhares da sra. Abernathy e ela apressou a criatura em direção à Floresta Deformada, com a Sentinela sombreando-a de cima.

Samuel não estava mais nervoso com sua mãe. Na verdade, não conseguia se lembrar de como sua mãe era. Sabia que um dia teve uma mãe, mas não conseguia imaginá-la em sua mente. Do mesmo jeito, seu pai era um borrão, mas não importava. Nada importava. O vazio percorria o menino, acabando com todos os seus sentimentos e memórias, transformando-o numa casca, num ser oco. Ao lado de Samuel, Boswell ganiu e tentou lamber a mão do dono, mas suas forças se esvaíam. O barulho fez Samuel se virar. Ele olhou fixamente para o cachorro e se esforçou para lembrar o nome dele. Bos... alguma coisa? Era isso?

Então até isso se foi, e a luz em seus olhos começou a se apagar.

O basilisco da sra. Abernathy parou à beira da Floresta Deformada, ao lado das ruínas da casa do Velho Carneiro. Ela procurou por entre as pedras, quase esperando ver Samuel Johnson soterrado nos escombros, mas não havia nem sinal do menino nem do Velho Carneiro. Ela examinou o chão, viu o rastro deixado pelo Grande Carvalho e percebeu o que tinha acontecido ali. Com a Sentinela na sua cola, ela entrou na floresta e as árvores recuaram,

---

terem provado agora que alguma forma de galinha veio primeiro, já que uma proteína em especial da casca do ovo só pode ser produzida dentro de uma galinha. Saiba que deve ter sido uma galinha muito surpresa a que botou o primeiro ovo: "*Cocó!* Carijó, querido – *cocó, cocó* –, você não vai acreditar no que acaba de sair do meu traseiro..."

apavoradas, abrindo caminho para que ela e o basilisco chegassem ao Grande Carvalho. Ao contrário das árvores menores, ele não demonstrava o menor medo. Se alguém sentia alguma coisa, era a sra. Abernathy, que parecia ter receio da árvore enorme, com as raízes espiraladas e os galhos retorcidos. A sra. Abernathy podia ser uma encarnação do mal e capaz de atos de imensa crueldade, mas o Grande Carvalho era antigo, forte e perigoso. Os vestígios de sua humanidade o deixavam assim.

O Grande Carvalho também era insano, resultado de um milênio de sofrimento e crescimento deformado e doloroso. A loucura o tornava imprevisível e a sra. Abernathy sabia que não estaria além das capacidades do Grande Carvalho tentar machucá-la ou prendê-la com suas raízes e mantê-la ali por diversão, torturando-a como ele havia sido torturado por tanto tempo, vingando um pouco da própria dor provocando-a em outro. Ela sabia que estava especialmente vulnerável agora que não era mais protegida pelo Grande Malevolente e se sentia satisfeita por ter a Sentinela ao seu lado.

– Fazia muito tempo que você não botava os pés aqui – disse o Grande Carvalho. – Você não era bem-vinda antes e não é bem-vinda agora.

– O que você fez com o Velho Carneiro?

– Nada além do que ele merecia – disse o Grande Carvalho. Seu tronco se abriu abaixo do buraco da boca como um ferimento vertical, revelando um interior oco no qual o Velho Carneiro permanecia suspenso por heras, gemendo baixo enquanto galhos o cutucavam e cortavam e raízes se cravavam em sua pele.

– Havia um menino com ele – disse a sra. Abernathy.

– Menino? – perguntou o Grande Carvalho. – Não vi nenhum menino.

A sra. Abernathy ouviu as gargalhadas das árvores ao redor.

– Não minta para mim. Você está com o menino?

– Não tem menino nenhum aqui – disse o Grande Carvalho, e a sra. Abernathy sentiu que ele falava a verdade.

– Então liberte o Velho Carneiro – falou ela.

– E por que eu deveria fazer isso, se gosto tanto de brincar com ele?

– Preciso conversar com ele e não posso fazer isso enquanto você o machuca.

A hera se desenrolou, as raízes e os galhos recuaram e o Velho Carneiro foi libertado das amarras. Ele atravessou a abertura na árvore e se ajoelhou diante da sra. Abernathy.

– Obrigado – falou, acariciando os pés dela com as patas dos cascos superiores. – Obrigado, ama gentil, obrigado.

– O menino – disse a sra. Abernathy. – Me fale do menino.

– O Velho Carneiro estava guardando o menino para a senhora. O menino e o cachorro dele. Ele estava dormindo e confiava no Velho Carneiro. Aí, o Grande Carvalho chegou, destruiu a casa do Velho Carneiro e o menino fugiu. O Velho Carneiro viu o menino sair rastejando, mas não pôde fazer nada para detê-lo. É tudo culpa do Grande Carvalho. Castigue-o! Castigue-o!

A sra. Abernathy se virou para o Grande Carvalho.

– Isso é verdade?

O Grande Carvalho rangeu e farfalhou.

– O Velho Carneiro tinha nos machucado. É o Velho Carneiro quem tem que ser castigado. Eu não sabia que o menino era seu. Foi... um erro meu.

O Grande Carvalho abaixou dois de seus maiores galhos, como se fossem braços e ele os estendesse, suplicando. De repente, bateram na sra. Abernathy, com galhos menores, afiados como facas, irradiando das pontas. Raízes emergiram do chão sob os pés dela, retorcendo-se em torno de suas pernas. A Sentinela agarrou a sra. Abernathy e tentou alçar voo, mas agora as árvores ao redor tinham se fechado e não havia espaço para as asas da Sentinela se abrirem. O basilisco da sra. Abernathy cuspiu veneno, apodrecendo galhos e raízes no mesmo instante, mas havia muitas árvores, e extensões de heras se enrolaram na boca do basilisco, mantendo-a fechada; terra e sujeira foram jogadas nos olhos do animal, encobrindo seu olhar letal. Enquanto isso, o Velho Carneiro se encolhia na terra, com os cascos dobrados sobre a cabeça, berrando de desespero, alarmado.

Seis tentáculos espessos brotaram das costas da sra. Abernathy, com bicos afiados nas pontas que mordiam os galhos e bicavam as raízes, mas o Grande Carvalho era forte demais e parecia determinado a ferir a sra. Abernathy agora que ela estava a seu alcance. Aos poucos, ela e a Sentinela iam sendo envolvidos. Os braços da Sentinela já estavam presos aos flancos, e a sra. Abernathy, coberta de raízes retorcidas da cintura para baixo.

– Venham para o Grande Carvalho – disse a árvore antiga. – Venham e façam parte de nós.

Os olhos da sra. Abernathy começaram a emitir um brilho branco. Ela abriu a boca, estalou a língua e uma pequena chama azul surgiu entre seus dentes. Inspirou, enchendo o pulmão de ar, e depois exalou. Fogo escapou por seus lábios, uma tempestade de luz e calor que atingiu o coração do Grande Carvalho, incendiando-o tanto por dentro quanto por fora. Ele rugiu de dor e, no mesmo instante, seus galhos e suas raízes começaram a recuar, libertando a sra. Abernathy e a Sentinela. O demônio alado abriu as asas e levou os dois para o alto, para fora da floresta, ao mesmo tempo em que as outras árvores se esquivavam das chamas, gritando de medo enquanto os esforços do Grande Carvalho enviavam centelhas azuis em direção a elas. O basilisco se libertou e abriu caminho por entre as árvores que restavam. O Velho Carneiro fugiu com ele, correndo sobre as quatro patas até se encontrar, por fim, ao lado do que restava de sua casa, onde a sra. Abernathy estava à sua espera.

– O menino – disse ela. – Para que lado ele foi?

O Velho Carneiro apontou para a direita.

– Estava se escondendo atrás daquelas rochas e essa foi a última vez que o Velho Carneiro o viu, mas ele não pode ter ido longe. É uma criança numa terra estranha, acompanhado apenas por um cachorro. Deixe o Velho Carneiro ir junto. O Velho Carneiro pode ajudar a encontrá-lo. O Velho Carneiro está cansado deste lugar.

Ele olhou para trás, para a floresta, enquanto chamas azuis se erguiam do coração dela, e estremeceu.

– Além do mais, o Grande Carvalho irá se recuperar e virá atrás do Velho Carneiro – sussurrou ele.

A sra. Abernathy deu passos largos até o basilisco e montou nele. Ao fazer isso, viu dois demônios pálidos sobrevoando em círculos, atraídos pelas chamas da floresta, e soube que eram de Abigor.

– Vá aonde quiser – falou. – Mas se alguém perguntar sobre o menino, diga que não sabe nada sobre ele. Se você me desobedecer, vou ficar sabendo, vou capturá-lo e deixarei o Grande Carvalho dar um jeito em você.

O Velho Carneiro assentiu com a cabeça e agradeceu de novo. A sra. Abernathy e a Sentinela esperaram os demônios de Abigor descerem na floresta para só então levantar voo, viajando depressa, até o basilisco encontrar um rastro de pegadas e marcas de patas deixadas por Samuel e Boswell.

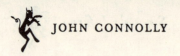

E souberam que o menino estava por perto.

VINTE E QUATRO

Quando Especulamos o Que, Se é Que Existe Alguma Coisa, Poderia Ser Pior do que o Mal

E EXISTE alguma coisa pior do que o Mal, é o nada. Pelo menos, o Mal tem forma, voz e um propósito, ainda que depravado. Talvez algo de bom até possa vir do Mal: um horrível ato de violência contra alguém mais fraco pode levar os outros a agir de modo a garantir que esse ato não se repita, sendo que, antes, eles podiam não saber por que um indivíduo se comportaria dessa maneira ou podiam ter simplesmente escolhido ignorar essas coisas. E o Mal, como vimos com o Ferreiro, sempre traz consigo a possibilidade da própria redenção. Não é o Mal o inimigo da esperança: é o nada.

Do mesmo jeito que Nurd sentiu as forças de Samuel cessarem, também acabou se dando conta de onde o menino estava. Mesmo nas regiões cruéis e malditas do Inferno, havia apenas um lugar capaz de provocar tamanha perda de si mesmo, consumindo toda a substância de um indivíduo, tudo o que ele amava e odiava, tudo o que ele era e seria um dia. Era o Vazio, o Nada, a Eterna Ausência que até o próprio Grande Malevolente temia. Então, Nurd continuou pisando fundo no acelerador e foi se afastando da van de sorvetes, carregada de anões, policiais e um rapidamente decrescente estoque. Mas quando ele chegou mais perto de Samuel, a luz na alma do menino já se extinguia. Nurd se sentiu como se tentasse alcançar a chama de uma vela antes que ela se apagasse pela última vez, como se pudesse protegê-la com as mãos e lhe dar o oxigênio de que ela precisava para sobreviver. Ele sabia que se Samuel continuasse encarando o Vazio, acabaria se perdendo por completo, e ninguém jamais seria capaz de trazê-lo de volta. Samuel e Boswell se tornariam estátuas de carne e osso, ocas no lugar em que um dia seus espíritos estiveram (pois os animais têm espíritos também e não deixe ninguém lhe dizer o contrário). Depois de suportar tantas coisas, de ter sido separado do amigo pelo espaço e pelo tempo, e da vingança da sra. Abernathy acabar lhe oferecendo a chance de reencontrá-lo, Nurd não queria ver a essência do menino sacrificada para a camada de nada que existia sob o caos do Inferno.

Ele dirigiu cada vez mais rápido, até Absinto pôr uma das mãos em seu braço para alertá-lo, pois agora havia pedras pontudas e traiçoeiras sob as rodas do carro. Se o pneu furasse ou, pior, o motor fundisse ou o eixo quebrasse, Samuel e Boswell não seriam salvos. Relutante, Nurd desacelerou enquanto, bem lá no alto, acima de suas cabeças, olhos não vistos observavam seu progresso e o informavam aos outros.

Samuel estava quase totalmente imóvel. Seus olhos não piscavam, seus lábios não abriam e ele mal parecia respirar. Se alguém estivesse observando o menino, porém, teria visto um pequeno sinal de movimento. Pois apesar de tudo que o fazia ser quem era – cada lembrança, cada pensamento, cada centelha de inteligência e excentricidade – estar se fundindo, sua mão direita continuava acariciando o pelo de Boswell e, em resposta, o rabo do cachorro batia muito suavemente no chão, mas não deixava de bater. Se Boswell não estivesse ali, Samuel já teria deixado de existir, não deixando nada além da carcaça de um menino sentado à beira de um mar negro. E se Samuel não estivesse ali, Boswell mal passaria de um animal empalhado se desfazendo. Mas se uma criança ama um animal e esse amor é correspondido, sempre haverá um laço entre os dois: eles são espíritos interligados. E se o Vazio tivesse sentimentos, o que obviamente não era o caso, poderia muito bem ter experimentado uma sensação de frustração diante da incapacidade de acabar com as defesas do menino e do cãozinho. No âmago de cada um, havia uma muralha protegendo o melhor dos dois, mas que enfim desmoronava, como uma represa finalmente se rendendo à inundação, e logo eles se afogariam. Os movimentos da mão de Samuel começavam a ficar mais lentos, e o rabo de Boswell, a bater com menos frequência. Os olhos do menino e do cãozinho escureciam à medida que a noite sem fim caía em seus corações.

Uma mão tocou o ombro de Samuel e, com delicadeza, virou-o na outra direção, para longe da escuridão. Boswell foi pego no colo com cuidado e palavras de conforto foram sussurradas em seu ouvido:

– Bom garoto. Cãozinho leal. Boswell valente.

Samuel ouviu um nome sendo chamado, uma e outra vez, e compreendeu que era o seu.

Ele olhou para a frente e viu quatro anões, dois policiais e um homem vestido de branco lhe oferecendo um sorvete. Viu Boswell sendo segurado pelo que parecia um roedor careca, de macacão, e o cãozinho lambendo o rosto dele.

E viu Nurd. Samuel pôs a cabeça no peito do amigo e, pela primeira vez desde que chegou àquele lugar horrível, se permitiu chorar.

O Velho Carneiro deixou a floresta para trás, mal-humorado e resmungando seus descontentamentos ao longo do caminho, com o olhar voltado para dentro, focado no próprio sofrimento. Às vezes um gesto de bondade é o pior que você pode fazer por um certo tipo de indivíduo, porque ele irá odiá-lo por deixá-lo em dívida com você. A sra. Abernathy havia poupado o Velho Carneiro de seu sofrimento e permitido que ele deixasse o lugar para o qual tinha sido banido, mas o Velho Carneiro queria mais: ele queria influência e reconhecimento. Queria poder. Em vez disso, havia sido deixado vagando no deserto. Ele começou a achar que agora estava pior do que nunca. Afinal, antes tinha um teto sobre a cabeça e lenha para a fogueira, mas o que tinha agora? Nem teto nem lenha, e o frio se instalava em seus ossos. Por isso, ele culpava a sra. Abernathy.

– Ela odeia o Velho Carneiro – sussurrou para si mesmo. – Acha que o Velho Carneiro é um imprestável, mas o Velho Carneiro não é. O Velho Carneiro já foi grandioso um dia e poderia ser grandioso de novo, mas ninguém quer dar ao Velho Carneiro a chance que o Velho Carneiro merece. Coitado do Velho Carneiro! Coitado do Velho Carneiro abandonado!

Ele estava tão mergulhado na própria amargura, que não notou o cavalo alado pousando à sua frente, nem o voo dos demônios que, quietos, aterrissavam ali atrás. Só quando o cavalo bufou como alerta é que o Velho Carneiro olhou para cima e avistou o duque Abigor encarando-o do alto.

– Você está longe de casa, Velho Carneiro – disse Abigor. – Não tinha sido banido e proibido de deixar os arredores da floresta?

– Tinha, sim, meu senhor, mas a sra. Abernathy me libertou.

– É mesmo? E por que ela fez isso?

Lembrando-se da exigência da sra. Abernathy de que ele permanecesse calado sobre as circunstâncias nas quais foi libertado, o Velho Carneiro não disse nada, mas o duque Abigor era tão esperto quanto brutal. Sabia muito sobre o Velho Carneiro e tinha consciência de que, como tantos que haviam sido condenados às Regiões do Inferno, a vaidade era a sua fraqueza. Se Abigor ameaçasse ou torturasse o Velho Carneiro, ele poderia simplesmente suportar o sofrimento com os dentes cerrados, só para provar a Abigor que, mesmo rebaixado, tinha orgulho próprio. Não, havia jeitos mais fáceis de lidar com o Velho Carneiro.

– Bem, deixe para lá – disse Abigor, desinteressado. – Só que me chama a atenção o fato de você não me parecer muito satisfeito, apesar de seu longo período de exílio ter chegado ao fim. Com certeza, tamanho espírito de generosidade, tamanha magnanimidade, por parte da sra. Abernathy merece maior demonstração de gratidão.

Ele observou o Velho Carneiro se retorcer e se contorcer, num espetáculo de mágoas, inveja e ódio.

– Gratidão. – O Velho Carneiro cuspiu a palavra. – Pelo quê? Isso não custou nada a ela e deixou o Velho Carneiro sem nada. O Velho Carneiro tentou ajudar. Não é culpa do Velho Carneiro que...

O Velho Carneiro parou de falar. A sra. Abernathy tinha lhe avisado para não comentar sobre o menino, mas ela não estava ali. Porém, o duque Abigor estava, e o Velho Carneiro se perguntou por que seria. A presença de Abigor poderia lhe render alguma coisa, pensou o Velho Carneiro.

– Continue – disse Abigor. – Estou ouvindo.

– Faz muito tempo que o Velho Carneiro está sozinho, meu senhor – falou o Velho Carneiro, com cuidado. – O Velho Carneiro procura um mestre. O Velho Carneiro seria um bom criado.

– Já tenho mais criados do que preciso. Você teria que me oferecer algo único.

Os olhos amarelos do Velho Carneiro se estreitaram, astutos.

– A sra. Abernathy fez o Velho Carneiro prometer não contar, mas talvez o Velho Carneiro tenha se enganado ao fazer essa promessa.

– Promessas foram feitas para serem quebradas – disse Abigor. – Ainda mais se feitas diante de uma ameaça.

– O Velho Carneiro não deve lealdade à sra. Abernathy.

– Não, não deve. Afinal, como você pode ser fiel a quem o baniu? A maior falha é dela, não sua. E então, o que você pode oferecer para provar sua lealdade a mim?

– Posso lhe oferecer informações – respondeu o Velho Carneiro –, informações sobre uma criança humana.

O basilisco da sra. Abernathy chegou à beira do Vazio logo depois da Sentinela, e ela logo virou a cabeça de sua montaria para o lado oposto ao nada para que nenhum deles passasse tempo demais olhando para lá. Até a Sentinela manteve a cabeça baixa enquanto examinava o rastro no chão. Suas palavras ecoavam na cabeça da sra. Abernathy, pois ela ouvia seus pensamentos.

É do menino e do cachorro. Eles estiveram aqui. Outros vieram e os levaram.

– Outros? – perguntou a sra. Abernathy, em tom exigente. – Quem?

A Sentinela farejou o chão.

Nurd. E humanos. Sete humanos.

– Você consegue rastreá-los?

A Sentinela olhou fixamente para o chão pedregoso, encontrando os pontos em que as pedras haviam sido mexidas, identificando as marcas de veículos com rodas.

Consigo, mas eles são rápidos.

– Então seremos mais rápidos.

Ela continuou, sem sequer checar para ter certeza de que a Sentinela a acompanhava. Por isso, não viu quando ela parou, franzindo a testa vermelha. Está tudo errado, pensou a Sentinela. Tudo fora de controle. Meu mestre está louco e minha ama pode estar ainda mais. Alguma coisa precisa ser feita. Os sinos estão em silêncio há tempo demais. Talvez esteja chegando a hora de eles ressoarem de novo...

Uma vez solta, a língua do Velho Carneiro descarregou todos os segredos. Ele contou ao duque Abigor sobre o menino, o ataque do Grande Carvalho e a ida da sra. Abernathy à floresta. Contou que tinha visto o menino se esconder e em qual direção ele devia ter seguido. Enquanto falava, via o rosto de Abigor obscurecer de raiva.

– O Ferreiro mentiu – disse Abigor. – Ele só pode ter visto o menino, mas não quis falar.

O duque se virou para um de seus demônios, que tinha acabado de pousar, e o mandou recolher os pedaços que ainda restavam do Ferreiro para que pudesse castigá-lo ainda mais. Pediu primeiro as mãos, para esmagá-las de forma que o Ferreiro nunca mais pudesse usá-las, mas o saco que continha as mãos estava vazio. Um segundo demônio, que andava patrulhando o céu em busca de uma pista do menino, aproximou-se, receoso, e contou a Abigor que o Ferreiro havia desaparecido, pois tinha sobrevoado a cratera de armas sem detectar qualquer sinal dele. Também contou que havia um cheiro peculiar no ar: um cheiro de virtude, de decência, de *humanidade*. O Ferreiro, na opinião do demônio, havia desaparecido para sempre. Sua alma não estava mais no Inferno.

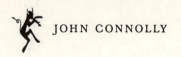

Abigor conteve a raiva. Sempre percebera uma falha no Ferreiro, um resíduo de esperança e decência que deveria ter sido exterminado muito tempo antes, mas nunca poderia ter imaginado que aquilo bastaria para que o Ferreiro se redimisse. Ele não havia sido apenas uma alma cheia de remorso, mas uma alma que se arrependera de verdade, mesmo sem a menor perspectiva de isso acabar com seu sofrimento, pois, com certeza, acreditava que estava condenado ao Inferno por toda a eternidade. Arrependimento, porém, não teria bastado: um sacrifício era necessário. O menino, Samuel Johnson, havia salvado o Ferreiro ao permitir que o fazedor de armas se oferecesse no lugar de outro, num gesto de dignidade. Samuel Johnson era uma Boa Alma, pois só uma como a sua poderia sobreviver num lugar daqueles; sobreviver e oferecer amparo a outra alma. O menino era perigoso, mais ainda do que a sra. Abernathy imaginava. Sua presença poluía o Inferno. Ele precisava ser trancado e escondido. Não podia ser morto: um mortal não podia morrer no Inferno. Nada podia. Aquele era um lugar de infinito tormento, e infinito tormento requeria a ausência de morte.

Uma sombra passou por cima de Abigor e outro de seus demônios pousou ao seu lado. O recém-chegado anunciou que havia seguido duas carroças em movimento que passaram pelo caminho pedregoso que levava ao Vazio, e que tinha visto o menino e seu animal de estimação sendo resgatados. O demônio permanecera com eles até ter certeza da direção que pegavam para então voltar e relatar tudo a seu mestre.

– Depressa! – gritou Abigor. – Para o alto, para o alto! Prendam o menino e tragam-no para mim.

Os demônios levantaram voo, como corvos ao ouvir o barulho de uma arma. O duque Abigor estava prestes a ir atrás deles, no céu, quando o Velho Carneiro cutucou as rédeas do cavalo.

– E quanto ao Velho Carneiro? – perguntou. – Ele lhe contou tudo. E quanto à recompensa do Velho Carneiro?

O cavalo do duque Abigor empinou e um de seus cascos atingiu o Velho Carneiro na cabeça, esparramando-o pelo chão.

– Como posso confiar numa criatura lamentável, capaz de quebrar uma promessa e de trair um mestre para ter outro? – perguntou o duque Abigor. – Só existe uma recompensa para um traidor.

Abigor ergueu o dedo de uma das garras e o Velho Carneiro mergulhou na escuridão por um tempo. Quando ele acordou, estava preso no gelo, com somente a cabeça chifruda acima da superfície do grande e congelado Lago de Cocytus, que se estendia até onde o olho era capaz de enxergar e cuja brancura gelada era quebrada apenas por outros como ele: todos traiçoeiros, traidores da família e dos amigos, de senhores e mestres.

O Velho Carneiro começou a bater o queixo, pois o Velho Carneiro odiava o frio.

VINTE E CINCO

Quando Um Cheiro Conhecido Deixa os Anões Mais Animados

AVIA MUITA COISA que Absinto jamais esperara ver ao longo de sua existência – uma árvore que não quisesse despedaçá-lo, por exemplo, ou um demônio que só estivesse a fim de um bate-papo e de um abraço caloroso, em vez de provocar sofrimento, mágoas e, em geral, se transformar num incômodo –, porém, no topo dessa lista, talvez até acima de Algum Outro Lugar que Não Seja o Inferno, estava Nurd demonstrando um sentimento verdadeiro e positivo. Mas ao ver Nurd e Samuel se abraçarem, ao ouvir os dois começarem a conversar muito rápido sobre tudo o que tinha acontecido desde a última vez que se encontraram e ao ver uma lágrima grande e emocionada cair de um dos olhos de Nurd, escorrer por seu rosto e dar um pequeno salto no ar da ponta de seu queixo, Absinto achou que se era possível Nurd chorar de alegria, então nada era impossível.

– Tem um cisco no meu olho – disse Alegre, enquanto os amigos aproveitavam o reencontro. Ele deu uma leve fungada.

– Muito emocionante – comentou Nervoso, esfregando o nariz na manga de uma camisa que obviamente havia sido usada com o mesmo propósito diversas vezes no passado e, como consequência, lembrava uma pista de corrida de lesmas.

– Ver os outros felizes sempre me dá vontade de tomar um sorvete – disse Sonolento. – É sério.

– Arfle – falou Resmungos, possivelmente concordando.

Os anões olharam esperançosos para Dan, Dan Sorveteiro da Van, que empunhou uma casquinha vazia em direção a eles.

– Não tem mais sorvete – disse Dan. – Vocês tomaram tudo. Eu não imaginava que isso fosse possível. Vocês são uns monstros.

– Ah, bem – falou Sonolento. – Então vou ter que ficar feliz sem um, mas não é a mesma coisa.

Ele voltou a observar Nurd e Samuel.

– Venha, cambada – disse o sargento Rowan em voz baixa. – Não vamos ficar aqui bancando os espectadores.

Um tanto relutantes, porque apesar de tudo eram homenzinhos sentimentais, os anões se viraram.

Samuel e Nurd percorreram uma distância curta, com Boswell trotando, feliz, ao lado dos dois. Sentaram-se numa pedra achatada enquanto um pensava no que o outro tinha acabado de dizer.

– Então você passou esse tempo todo se escondendo? – perguntou Samuel.

– Bem, correndo e me escondendo – respondeu Nurd. – É que não tenho certeza de que a sra. Abernathy sabe que fui eu quem destruiu o portal. Ela sabe do carro, é claro, mas não de mim. Aí, Absinto teve a ideia de disfarçá-lo de pedra.

Samuel olhou para o Aston Martin disfarçado. O exterior de pedra – na verdade, uma fina folha de metal amassada e pintada para parecer uma pedra – era mantido no lugar por suportes instalados sobre a lataria do carro com tela em vez de metal nos vidros, para que o motorista tivesse uma visão clara da frente, das laterais e da traseira. Havia, na verdade, um certo brilhantismo na ideia, desde que ninguém visse o carro em movimento. Mas também, pensou Samuel, aquele era o Inferno e pedras que se movem podiam muito bem existir em suas profundezas, provavelmente com dentes de diamantes para ajudá-las a triturar pedras menores, indefesas.

– Mas como foi que você me achou? – perguntou Samuel. – Quero dizer, o Inferno é grande, não é?

– Já ouvi dizer que é infinito ou, se não, chega tão perto de sê-lo que não faz a menor diferença. Se não for infinito, então ninguém foi capaz de encontrar o fim ainda.[35] E se você incluir o Vazio, bem...

---

[35] Essa coisa de infinito é complicada, e muito mais difícil de explicar do que se pode imaginar. Uma das mais interessantes manifestações teóricas de infinito e dos problemas e paradoxos associados a ele foi proposta por David Hilbert e assume a forma do Hotel de Hilbert. O Hotel de Hilbert está sempre cheio, mas toda vez que um novo hóspede chega, o hotel arranja um quarto para ele, porque é um hotel infinito com um número infinito de quartos. Então, se um novo hóspede chega, ele é acomodado no Quarto 1, a pessoa do Quarto 1 passa para o Quarto 2 e assim por diante. Aí, chega um ônibus infinito, cheio de um número infinito de pessoas, mas o hotel ainda pode acomodá-las. O gerente passa todos os hóspedes atuais para um quarto de número duas vezes maior do que o quarto atual – assim, o do Quarto 1 passa para o Quarto 2, o do 2 para o 4, o do 3 para o 6 e assim por diante. Isso significa que um número infinito de quartos de números ímpares agora está disponível para o ônibus infinito com um número infinito de hóspedes. Infelizmente, o Hotel de Hilbert não pode existir no mundo real porque existem apenas 10^{80} átomos no universo, portanto, não existe matéria suficiente para criar um hotel infinito. De qualquer forma, você não iria querer se hospedar em um: se pedisse serviço de quarto, a comida levaria muito tempo para ser entregue e sempre chegaria fria. E se você esquecesse a chave do quarto, teria que andar muito para voltar à recepção.

Samuel estremeceu só de pensar em como tinha quase se perdido naquela escuridão. Ainda conseguia sentir uma frieza dentro dele e não sabia ao certo se o seu elemento tocado pelo Vazio chegaria se recuperar por completo um dia.

– De qualquer modo – continuou Nurd –, senti sua presença assim que chegou. Sempre houve uma parte de mim que ficou ligada a você. Não sei como nem por que, mas agradeço por isso.

– Você costumava aparecer nos meus sonhos, às vezes – disse Samuel. – Nós conversávamos.

– E você nos meus – falou Nurd. – Me pergunto se conversávamos sobre as mesmas coisas.

Porém, antes que os dois pudessem continuar, Absinto apareceu, com cara de ansioso, seguido pelo oficial Peel. O demônio estava prestes a dizer alguma coisa, mas Nurd o impediu erguendo uma das mãos.

– Samuel, eu gostaria de apresentá-lo de maneira apropriada a alguém. Samuel Johnson, este é meu... bem... este é meu amigo e colega de trabalho, Absinto.

E Absinto, que já tinha sido chamado por Nurd de várias coisas, mas nunca de "amigo", parou de repente, como se tivesse batido numa parede invisível. Ele enrubesceu, depois abriu um sorriso.

– Oi, Absinto – disse Samuel. – É um prazer conhecer você. Até que enfim!

– Igualmente, sr. Samuel.

– Pode me chamar de Samuel. Me desculpe por ter ficado um pouco quieto no carro. Eu não era muito eu mesmo naquela hora.

– Não precisa se desculpar – disse Absinto.

Samuel estendeu a mão e Absinto a apertou, notando que, quando o menino desfez o contato, não tentou limpá-la na calça nem no chão nem em outra pessoa. Era mesmo um dia de momentos inéditos para Absinto.

O oficial Peel tossiu e apontou para o céu, trazendo Absinto de volta à realidade com brusquidão.

– Ah, sim. Temos que ir – disse Absinto. – O oficial Peel viu coisas circulando sob as nuvens. Estamos sendo observados.

Todos olharam para cima. As nuvens tinham se tornado mais escuras e densas no período que Samuel passou fitando o nada; o trovão, mais alto; e o relâmpago, mais claro.

– De qualquer forma, vem vindo uma tempestade – falou Nurd. – Precisamos encontrar abrigo.

Enquanto olhavam para cima, uma figura alada surgiu dentre as nuvens e pairou por um momento. Para Samuel, a princípio, ela parecia um pássaro com um corpo alongado, mas a criatura desceu mais e o menino conseguiu enxergar a cauda forcada, as asas de morcego e os chifres na cabeça. Pensou sentir o interesse da criatura por eles antes de ela se virar no ar e voltar apressada para as nuvens.

– Ali – disse o oficial Peel. – Na última vez, eram dois.

Nurd franziu a testa. Se o oficial Peel estivesse certo, aquilo significava que uma delas ficava de olho enquanto a outra saía para informar sobre a presença deles. A pergunta era: quem estava sendo informado?

De onde estavam, era possível enxergar uma cadeia de montanhas avermelhadas, as mesmas montanhas para as quais Samuel e Boswell seguiam quando se depararam com o Vazio. As montanhas estavam separadas deles pelo que parecia ser um pântano e, sobre esse pântano, pairava uma névoa particularmente nociva. Nurd sabia que as montanhas eram salpicadas de buracos e cavernas. Em qualquer outra parte do Inferno, provavelmente teriam sido transformados em tocas por criaturas indescritíveis, mas até os habitantes daquele local preferiam manter distância do Vazio, ainda visível dos pontos mais altos da cadeia.

– Podemos ir até lá e arranjar um lugar para nos escondermos – disse Nurd. – Depois disso, tentamos planejar o próximo passo.

Todos entraram nos respectivos veículos e Nurd os conduziu rumo às montanhas, atravessando com cuidado o pântano fedido. Ele foi obrigado a abrir as janelas e pôr a cabeça para fora para avaliar seu progresso, o que deixou o carro com um cheiro horrível. Samuel viu um globo ocular se projetar para fora do brejo, erguido por uma mão.

– O que foi, Gertrude? – O menino ouviu uma voz perguntar.

– Nigel, acho que tem um bronco dirigindo um carro com mais dois broncos e uma coisinha pelo nosso jardim.

Um segundo olho surgiu da água.

– Ei, vocês, que audácia, hein?

– Desculpe – disse Samuel. – Não sabíamos que era o seu jardim. Vamos tentar não estragá-lo.

– Isso é um *brejo* – sibilou Nurd. – Se estragássemos mesmo este lugar, só poderia ser para deixá-lo melhor.

– Eu ouvi isso! – falou Nigel. Outra mão surgiu do brejo e mostrou o punho, balançando-o em direção ao carro de Nurd. – Você vai se ver comigo. Não se engane. Tomando liberdades na propriedade dos outros, insultando suas habilidades de jardinagem. Quero dizer, onde é que o Inferno vai parar, Gertrude? Vou pegar umas varas. – As duas mãos desapareceram brejo adentro no mesmo instante.

– É isso aí, Nigel – disse Gertrude logo quando a van de sorvetes surgiu das névoas. – Veja! Tem outro. Ei, está cheio de homenzinhos. Que fofo!

Os anões se amontoaram na abertura da van usada para servir os sorvetes e o oficial Peel se juntou a eles.

– Não é todo dia que vemos um desses – disse Alegre.

– Não mesmo – falou Nervoso. – Normalmente vemos dois. Ei, querida, está de olho em nós, não é? Entendeu o que quis dizer? É: está "de olho"?

– Não deixe isso cair, benzinho – disse Sonolento. – Você não vai ter com o que procurá-lo.

Gertrude, sábia, começou a rever o seu conceito sobre os anões.

– Que homenzinhos horríveis – disse ela logo que o globo ocular do marido apareceu ao seu lado, além de várias mãos empunhando varas, cassetetes e, o que era estranho, um talo de ruibarbo.

– Afaste-se deles, querida – falou Nigel. – São tipos vulgares, ordinários. Nunca se sabe o que se pode pegar.

– Ordinários? – disse Nervoso. – Podemos ser ordinários, mas ganhamos o direito de sermos desagradáveis.

– Trabalhamos duro para isso – disse Alegre. – Você simplesmente herdou a grosseria. Nós tivemos que ralar.

– Vocês são toscos! – gritou Nigel. – Vândalos! Fora da minha terra!

– Que nada! – gritou Nervoso, pondo a língua para fora e abanando as mãos atrás das orelhas, naquele eterno gesto de desrespeito adorado nos pátios escolares em todo lugar. – Arranje um emprego decente!

Eles passaram para um solo mais firme, deixando o brejo para trás. Os anões se mostravam muito satisfeitos consigo mesmos e até o oficial Peel e o sargento Rowan pareciam ter gostado daquela interação.

– Adoro uma boa gritaria – disse Alegre.

– Devíamos visitá-los na volta – falou Sonolento. – Gostei deles. Ei, Alegre?

Alegre, porém, não estava ouvindo. Em vez disso, farejava o ar.

– Está sentindo esse cheiro? – perguntou.

– É o brejo – falou Nervoso.

– Não, é diferente.

– Fui eu – confessou Sonolento. – Por causa daquele sorvete todo. Desculpe.

– Não, não é isso – falou Alegre. – *Isso.*

Todos eles farejaram.

– Não – disse Nervoso. – Não pode ser.

– Estamos sonhando – falou Sonolento.

– É... – começou Alegre, tão emocionado que mal conseguia falar. – É...

– É uma cervejaria – disse Resmungos.

Todos na van olharam para ele, até Dan, que mal conseguia enxergar na maioria das vezes.

– Você falou direito – disse Alegre.

– Eu sei – disse Resmungos. – É que isso é importante.

E, para ser sincero, era mesmo.

VINTE E SEIS

Quando Descobrimos as Dificuldades de Recriar o Sabor de Uma Coisa Realmente Horrível

Á VIMOS COMO A exposição à vida na Terra transformou a sra. Abernathy e não necessariamente para melhor, dependendo de como você se sente com relação a cortinas de rede e *pot-pourri*. Isso também afetou Nurd, que descobrira que se fosse mesmo algum tipo de demônio, seria um demônio da velocidade.

A breve expedição ao mundo dos homens, porém, também transformara outros habitantes do Inferno de várias maneiras. Um cardume de tubarões escavadores[36] ficara fascinado pelo jogo de

[36] E sabia que em inglês o coletivo de tubarões é "shiver", ou "tremor"? Que adorável coletivo esse, um *tremor* de tubarões, tão apropriado. Do mesmo jeito, você só pode adorar uma *beijocada* ("smack") de águas-vivas, já que é exatamente esse o som que um punhado de água-viva faz se você deixá-lo cair; um *salão* ("lounge") de lagartos – daí a expressão "lounge lizard", que em português seria "lagarto de salão", para se referir a um cara que faz

rúgbi, mesmo que eles não fossem muito bons nisso porque insistiam em comer a bola. Um grupo de demônios carniçais, depois de terem se trancado numa confeitaria de Biddlecombe para fugir de uns jovens um tanto agressivos, se tornaram muito adeptos de fazer chocolate, e, agora, eram mais rechonchudos do que antes e, portanto, bem menos assustadores. Um bando de diabinhas que tinham visto rapidamente os trajes de um drama de Jane Austen em algumas televisões de uma loja havia passado a usar chapéus e a tentar arranjar maridos adequados umas para as outras.

No grande clamor e transtorno que vieram logo após o fracasso da invasão, ninguém notou que dois demônios-javali, Shan e Gath, tinham desaparecido e que agora havia dois pares de braços a menos para alimentar carvão ao fogo intenso do Inferno. Mas já que não estavam recebendo pelo serviço e o fogo do Inferno não mostrava sinal algum de se apagar tão cedo, concluíram que Shan e Gath tinham simplesmente encontrado um emprego mais interessante em algum outro lugar e os dois logo foram esquecidos.

Antes da abertura do portal, Shan e Gath levavam vidas monótonas e infrutíferas. Nunca tinham passado fome nem sede, então, não precisavam comer nem beber. Às vezes, roíam uma pedra especialmente interessante, apenas para provar sua consistência,

---

hora em bares, tentando parecer sofisticado; um *parlamento* ("parliament") de corujas, apesar de este ser um pouco problemático porque, na verdade, as corujas parecem ser muito mais inteligentes do que a maioria dos políticos e, portanto, podem achar o uso de "parlamento" um pouco ofensivo como descrição; uma *indelicadeza* ("unkindness") de corvos, que são espertos, mas falam de outras aves pelas costas; uma *ralhada* ("scold") de gaios, que estão sempre reclamando com os corvos por eles serem indelicados; e uma *investigada* ("sleuth") de ursos, já que os ursos dão detetives muito bons graças a suas habilidades para saquear. A não ser pelos Três Ursos, é claro, que levaram uma eternidade para descobrir quem havia arrombado sua casa.

e, até então, os dois eram conhecidos por mordiscar demônios menores só para ver quanto tempo os braços e as pernas de seus alvos levavam para crescer de volta. Era preciso inventar a própria diversão no Inferno.

A breve visita à Terra, porém, abrira os olhos e as papilas gustativas de Shan e Gath para um novo mundo de possibilidades, pois a única contribuição dos dois para a invasão havia sido passar a noite no bar Figo & Papagaio, em Biddlecombe, provando doses grátis do que na época não passava de uma versão experimental da Antiga Peculiar da Spiggit's. E já que a Spiggit's era, como já mencionamos, um pouco forte e um tanto áspera no palato, mesmo para aqueles que já tinham mergulhado pedras na lava do Inferno antes de experimentá-las, só para dar um pouco de sabor, Shan e Gath ainda concordavam que tomá-la havia sido uma experiência que mudara suas vidas e que também, por um tempo, alterou sua visão e o funcionamento de seu sistema digestivo. Os dois tinham voltado para o Inferno com apenas um propósito em mente: dar um jeito de replicar aquela bebida maravilhosa e depois não fazer mais nada além de tomá-la por toda a eternidade. Portanto, haviam se recolhido numa caverna e posto mãos à obra, já que tinham adquirido um certo conhecimento sobre fermentação de alguns dos frequentadores do Figo & Papagaio, que haviam tomado tanta cerveja que seus corpos eram, essencialmente, barris sobre pernas.

Infelizmente, como Shan e Gath logo descobriram, reproduzir o sabor único da Antiga Peculiar da Spiggit's era consideravelmente mais difícil do que esperavam: degustações sucessivas de suas tentativas anteriores tinham feito um estrago em suas entranhas e costumava levar um tempo para a língua e o olfato se recuperarem quando eles passavam de três copos. Por isso, os dois decidiram recrutar um provador para avaliar as várias bebidas que faziam.

Seu nome era Brock, um ser azul, pequeno e esférico, tranquilo, com duas pernas, dois braços, uma boca, três olhos e a capacidade útil de se refazer no mesmo instante no caso de algum incidente.

Essa última qualidade acabou se mostrando particularmente útil.

No interior da caverna de Shan e Gath havia tubos, garrafas, tonéis de água e um estoque de plantas que lembravam muito o trigo, a aveia e a cevada. Na tentativa de imitar o máximo possível o sabor distinto da Spiggit's, os dois também tinham sido obrigados a adquirir inúmeros ácidos diferentes, três tipos de lodo, corrosivos e corantes variados, grãos, óleo, gorduras rançosas e diversas formas de xixi.[37] Cada variação era levada no mesmo instante para Brock por Shan e Gath, que, depois de encontrarem umas pessoas vestidas de cientistas loucos bebendo no Figo & Papagaio naquela fatídica noite de Dia das Bruxas, confeccionaram jalecos para uso pessoal e carregavam pranchetas de pedra nas quais, com cuidado, tomavam notas sobre suas experiências, como estas:

RECEITA 1: Cobaia soluça, depois desaparece numa nuvem de fumaça.

RECEITA 2: Cobaia cai da cadeira. Parece morta.

RECEITA 3: Um dos olhos da cobaia cai.

---

[37] E no caso de você achar que a ideia de pôr xixi na cerveja é nojenta, na verdade, existe um verbo em inglês, *to lant*, que quer dizer pôr xixi na cerveja para dar sabor e melhorar o gosto. E não é só um xixi velho qualquer, mas xixi *envelhecido*, que é conhecido como "lant". O estranho é que antigamente o *lant* também era usado na produção de lã, para limpar o chão, como cobertura de tortas ("Esse pão doce está com um gosto estranho." "Xixi demais?" "Não, de menos! Está em falta? Se estiver, posso ajudar...") e, o mais esquisito de tudo, como um meio de manter o hálito fresco, o que nos leva à pergunta: o quanto o hálito das pessoas já deve ter fedido para que pôr xixi na boca a deixasse com um cheiro melhor? Sinceramente, você não vai querer saber...

RECEITA 4: Dois dos olhos da cobaia caem.

RECEITA 5: Cobaia alega ser capaz de voar. Cobaia tenta. Cobaia estava enganada.

RECEITA 6: Cobaia alega ser capaz de voar de novo. Cobaia tenta. Cobaia consegue. Gath tira a cobaia do teto com a vassoura.

RECEITA 7: Cobaia implora por misericórdia. Ameaça processar. Adormece.

RECEITA 8: Cobaia fica verde. Violentamente doente. Parece morta de novo.

RECEITA 9: Cobaia afirma ser a pior versão até agora. Cobaia diz que queria mesmo estar morta. Cobaia implora por misericórdia.

RECEITA 10: Cobaia alega ter língua pegando fogo. Gath examina. Língua da cobaia está mesmo pegando fogo.

E assim por diante. Ao lado de cada tentativa malsucedida de fazer uma versão bebível da Antiga Peculiar da Spiggit's, Shan e Gath, entristecidos, acrescentavam um grande X. Mas agora tinham muitas esperanças com a Receita 19. Essa parecia cerveja. Com um belo colarinho espumoso e um tom avermelhado intenso e rico. Até cheirava como alguma coisa que alguém pudesse beber sem ter uma arma apontada para a cabeça.

Os dois entregaram o copo de pedra para Brock, que examinou a bebida com cuidado. Ele estava se tornando um especialista e tanto. Cheirou e assentiu com a cabeça, aprovando.

– Esta não cheira nada mal – falou.

Shan e Gath assentiram com a cabeça, em um gesto encorajador. Brock tomou um gole, manteve a cerveja na boca por um tempo e depois engoliu.

– Bem, tenho que lhes dizer. Está realmente muito...

Brock explodiu, espalhando pedaços de si mesmo pelas paredes, no equipamento de fabricar cerveja e em Shan e Gath. Os dois limparam partes de Brock que voaram neles e observaram enquanto os outros pedaços deslizavam e rastejavam pelo chão para se reconstituir de novo. Quando ele estava completo e aparentemente recuperado, Brock olhou receoso para o líquido que agora fumegava nas pedras aos seus pés.

– Precisa ser um pouco mais trabalhada – falou.

Shan se jogou no chão e pôs a cabeça entre as mãos. Gath gemeu. Todo aquele esforço e os dois ainda não tinham conseguido criar uma cerveja bebível, muito menos uma imitação satisfatória da maravilha que era a Antiga Peculiar da Spiggit's. Nunca conseguiriam, nunca. Um segundo copo da Receita 19 continuava sob a torneira de pedra. Gath estava prestes a derramá-la por um buraco no chão quando um anão entrou na caverna, seguido de mais três indivíduos de baixa estatura como ele.

– Tudo bem, amigos? – perguntou Alegre, esfregando uma mão na outra. – Vou querer uma caneca da sua melhor cerveja e um pacote de batatinhas.

– São duas – disse Nervoso.

– Três – disse Sonolento.

– Unk – disse Resmungos, que havia voltado a falar como antes agora que a cerveja tinha sido encontrada.

Shan e Gath pareciam confusos. Os que estavam em sua caverna não só eram anões inesperados, como também anões inesperados querendo morrer, se estavam mesmo dispostos a provar a cerveja da casa.

– Eu não faria isso se fosse você – falou Brock. – É meio forte.

Alegre viu que Gath estava prestes a jogar fora o copo da Receita 19.

– Ei, ei! Não desperdice isso – falou. – Me dê aqui.

Ele deu passos relaxados até Gath e pegou o copo de seu casco fendido. Gath estava chocado demais para fazer alguma coisa além de ficar boquiaberto. Já tinha se perguntado se aqueles anões existiam mesmo e imaginado a possibilidade de, no preparo da cerveja, ter se exposto a muita fumaça tóxica. Aquele anão, porém, parecia de fato estar falando com ele e Gath não tinha mais um copo na mão, então, ou os anões eram reais ou Gath precisava passar um bom tempo deitado.

– Você nunca vai ganhar dinheiro desse jeito – disse Alegre. – Você devia derramar de volta no barril se estiver ruim. Ninguém vai notar.

Ele cheirou o copo.

– Querem saber? – disse ele aos companheiros. – É Spiggit's, mas não a que conhecemos.

Ele tomou uma golada demorada, bochechou e engoliu. Shan e Gath se encolheram no mesmo instante e cobriram a cabeça, não muito ansiosos para serem cobertos de pedaços de anão, e Brock se escondeu atrás de uma pedra.

Nada aconteceu. Alegre deu um arroto baixo e falou:

– Um pouco fraca e falta um certo... dissabor.

Ele passou o copo para os outros e cada um tomou um gole.

– Percebo um traço de peixe morto – disse Nervoso.

– Ah, com certeza peixe morto – falou Alegre. – Nada a reclamar nessa parte.

– Tem gasolina? – perguntou Sonolento.

– Diesel – respondeu Alegre. – Um toque, mas está aí.

– Trusap – disse Resmungos.

Os outros três anões olharam fixamente para ele.

– Resmungos tem razão, sabe – falou Nervoso.

– Brilhante – disse Alegre. – Tem o paladar de um deus, esse rapaz.

– Devo ser capaz de ajudar – falou Sonolento. Ele revirou os bolsos e pegou o miolo de uma maçã que estava tão velho que praticamente valia como uma antiguidade. Jogou o miolo no copo e mexeu com o dedo.

– Provem agora – sugeriu, notando que seu dedo começava a queimar, sempre um bom sinal quando se tratava da Spiggit's.

Alegre provou. Por um instante, não conseguiu ver absolutamente nada e era como se um piano tivesse sido jogado em sua cabeça da maior altura possível. Cambaleou tanto, que só a prateleira com o equipamento para fabricar a cerveja o impediu de cair. Aos poucos, sua visão voltou e ele recuperou um pouco do equilíbrio.

– Que maravilha – falou, rouco. – Simplesmente, uma maravilha.

Shan e Gath se aproximaram.

– Só precisava de um pouco de fruta podre – explicou Alegre. – A maçã costuma ser melhor, mas não dá para competir com um toque de morango. Quanto mais rançoso, melhor, sabe? Mas é tudo questão de gosto.

Ele entregou o copo a Shan, que experimentou e o passou para Gath. Os dois fizeram careta e estenderam o braço para se apoiar um no outro. Depois se recuperaram.

– Hurh-hurh – falou Gath.

– Hurh-hurh – repetiu Shan.

Os dois se abraçaram e riram enquanto os anões olharam, permissivos.

– É aquele momento Spiggit's – disse Nervoso.

– Aquele momento especial – continuou Sonolento.

– Aquele momento em que você percebe que vai sobreviver – completou Alegre. – Provavelmente. Mágico, simplesmente mágico...

VINTE E SETE

Quando Ouvimos Uma Confissão Surpreendente

AMUEL, Nurd e Absinto, com Boswell cochilando ao lado, estavam sentados na entrada da caverna, vendo a chuva ácida cair. Era ácida mesmo: tinha corroído uma moeda que um dos anões havia largado, deixando um leve cheiro de queimado no ar depois de se esparramar no chão. Eles haviam conseguido levar o Aston Martin e a van de sorvetes para um abrigo, e Nurd garantira que todos estavam a salvo por enquanto. Nada caçava nem voava durante tempestades de chuva ácida. Nem os demônios eram muito chegados à dor desnecessária ou, pelo menos, não à dor desnecessária provocada em si mesmos.

– O que vamos fazer quando a tempestade passar? – perguntou Samuel. – Não podemos nos esconder para sempre.

– Sabemos que só pode haver um portal e, de algum jeito, a sra. Abernathy está controlando-o – falou Nurd. – Se acharmos esse portal, podemos mandar todos vocês de volta.

Um olhar de um possível pesar cruzou o rosto de Nurd e foi refletido por Samuel. Os dois estavam pensando na mesma coisa: depois de terem sido separados e agora, contrariando todas as probabilidades, reunidos, simplesmente não parecia certo que fossem obrigados a se separar de novo tão depressa. Apesar de Samuel estar desesperado para voltar para casa e de Nurd querer o menino num lugar seguro, o afeto que sentiam um pelo outro significava que o desfecho que os dois desejavam estava destinado a lhes causar uma grande infelicidade. Tudo isso permaneceu não dito, ainda que compreendido entre eles.

O estranho é que Absinto sabia disso também, pois enquanto seu mestre e Samuel pensavam em silêncio no fato de que, na melhor das hipóteses, se veriam separados de novo pelo tempo, pelo espaço e por várias dimensões, ele tossiu baixo e disse:

– Não quero ser indelicado, mas ficarei satisfeito ao ver esses anões pelas costas. Eles podem ser um tanto, humm... encrenqueiros.

Samuel e Nurd compreenderam o que Absinto estava tentando fazer e ficaram gratos pelo gesto.

– Não acho que possam ser, Absinto – falou Nurd. – Eles realmente *são* encrenqueiros. Deixou de ser mera possibilidade desde antes de nascerem.

Naquele momento, os anões estavam felizes, compartilhando a nova variação da Receita 19 de Shan e Gath, melhorada por umas frutas congeladas resgatadas na van de Dan. O sorveteiro, conformado com a improbabilidade de seus negócios se recuperarem naquelas circunstâncias – porque todo o sorvete e grande parte do chocolate tinham sido consumidos –, juntara-se à degustação e agora estava um pouco tonto. Até o oficial Peel tinha aceitado "só um pouquinho", com a permissão do sargento Rowan, e o sargento chegara a um inesperado acordo com Alegre, que tinha lhe explicado que o comportamento criminoso dos anões era culpa da sociedade. O sargento Rowan também acreditava que isso fosse verdade, principalmente porque a sociedade ainda não tinha dado um jeito de trancá-los em algum lugar e jogar a chave fora.

Enquanto isso, Nervoso demonstrava para o oficial Peel as manhas de um batedor de carteira, apesar de isso não se dever tanto a um desejo de compartilhar com o policial informações secretas e sim porque o oficial Peel tinha pegado Nervoso tentando *bater* suas algemas.

– Não consigo evitar – explicava Nervoso de um modo que talvez fosse quase sincero. – Simplesmente nasci assim. Minha mãe conta que me levou do hospital para casa e achou um estetoscópio e dois termômetros na minha fralda. Dou um jeito de roubar qualquer coisa. É um dom. Mais ou menos.

– Já roubei uma vez – confessou repentinamente o oficial Peel.

Nervoso, com Sonolento e Resmungos, que ouviam a conversa, pareciam chocados.

– É mesmo? – falou Sonolento.

O oficial Peel assentiu com a cabeça devagar. Suas bochechas queimavam de vergonha e de um pouco da Receita 19 que tinha espirrado em sua pele e começava a irritá-la.

– Eu tinha quatro anos – contou ele. – Estava sentado perto de Briony Andrews no jardim de infância. Sempre ganhávamos dois biscoitos no intervalo e eu já tinha comido os meus, mas ela ainda tinha um. Aí...

O oficial Peel cobriu os olhos com uma das mãos e sufocou um soluço. Nervoso deu um tapinha no ombro dele e tentou não rir.

– Ponha para fora – falou. – A confissão faz bem à alma.

De alguma forma, o oficial Peel arranjou forças para continuar.

– Aí...

– Já sei no que isso vai dar – falou Sonolento.

– Ungbit – disse Resmungos.

– Com certeza – disse Sonolento. – Briony Andrews está prestes a ter cem por cento de sua cota de biscoitos consumida.

– Aí...

– Isso é muito tenso – disse Nervoso.

– Roubei o biscoito dela! – completou o oficial Peel.

– Não! – exclamou Sonolento, quase conseguindo soar surpreso.

– Não acredito nisso – disse Nervoso, sem conseguir soar nada surpreso.

– Você era um criminoso experiente – disse Alegre, juntando-se à diversão. – Roubar o biscoito de uma garotinha? Isso é golpe baixo.

– Desonesto – falou Sonolento.

– Traiçoeiro – sugeriu Nervoso.

– Sorrateiro – completou Alegre.

– Eu sei, eu sei – falou o oficial Peel. – E tem mais: fingi que ela havia perdido o biscoito. Até ajudei a organizar a equipe de busca.

– Ah, que hipocrisia! – disse Nervoso, que de fato achava que isso demonstrava mesmo uma certa astúcia criminosa por parte do menino Peel. Era quase admirável. Ele começou a se perguntar se não teria se enganado a respeito do policial.

O oficial Peel tirou a mão do rosto, revelando um brilho fanático nos olhos.

– Mas quando voltei para casa naquele dia, jurei que nunca mais me envolveria em práticas ilegais, com ou sem biscoito. A partir daquele momento, passei a ter o espírito de um policial, a ser um amante da lei. Eu era Bob Peel, uma criança da lei, e os malfeitores do recreio tremiam na minha presença.

Houve silêncio enquanto os anões pensavam naquilo, até que Alegre falou, sério:

– Você deve ter sido um verdadeiro pé no saco.

O oficial Peel o encarou. Seu queixo tremeu. Seus punhos cerraram. Por um segundo, o clima era de assassinato.

– Sabe, eu era mesmo – disse o oficial Peel, e as risadas foram tão altas que a poeira do teto da caverna caiu na cerveja, deixando-a um pouco melhor.

De volta à entrada da caverna, Absinto mordiscava uma jujuba enquanto ele, Nurd e Samuel, agora também com o sargento Rowan, avaliavam a situação.

– O carro já apanhou um pouco – disse Absinto. – E a van não vai durar muito. Também estamos quase sem combustível e levará tempo para sintetizar mais.

– Alguma notícia boa? – perguntou Nurd.

– Ainda temos jujubas.

– Elas vão fazer nosso carro andar?

– Não.

– Bem, então, na verdade, a notícia não é tão boa assim, é?

– Não – falou Absinto. – Na verdade, não. Ah, vejam, a chuva está passando. – Ele franziu a testa. – Isso também não é uma boa notícia, é?

Nurd esfregou os olhos, desgastado.

– Não, não é.

Logo o céu estaria mais uma vez cheio de olhos ávidos e hostis. Os inimigos sabiam que eles estavam naquela área e, quando a chuva parasse, começariam a cercá-los. Eles não portavam arma nenhuma e tinham pouca esperança. Alguns dias parecem ficar cada vez mais difíceis à medida que passam. Encontrar Samuel deveria ter sido uma alegria em meio a tudo aquilo. Afinal, Nurd passara muito tempo desejando que ele e o amigo estivessem juntos de novo. Agora que Samuel estava ali, Nurd só esperava que ele partisse. Cuidado com o que você deseja, pensou: não queria que Samuel fosse arrastado para o Inferno só para os dois terem outra conversa. Os anões e o oficial Peel apareceram ao seu lado e o pequeno grupo assistia atento enquanto a chuva diminuía até passar de vez.

– Esta é a nossa chance – disse Nurd. – Vai ficar escuro e quieto por um tempo agora que a chuva parou. É assim que as coisas são por aqui. Não haverá relâmpagos e podemos avançar um pouco sem sermos vistos.

– E o plano é acharmos essa mulher, ou esse demônio, ou o que quer que ela seja e fazê-la nos mandar para casa? – perguntou Nervoso.

– Ou então você acha a mulher, ela o despedaça e você não tem mais que se preocupar com voltar para casa – disse Nurd. – Na verdade, depende.

– De quê?

– De o quanto você consegue correr depois que ela avistá-lo.

– Esse plano não parece grande coisa – disse Alegre. – E temos pernas curtas. Não fomos feitos para correr muito.

– Que pena – falou Nurd. – Correr muito sempre ajuda em situações como esta.

– Você também não parece correr tanto – disse Nervoso. – Tem botas grandes e é meio barrigudo. Também vai ter dificuldade para correr mais do que a sra. Abernathy se ela nos perseguir.

– Mas eu não tenho que correr mais do que ela – disse Nurd, sensato. – Só tenho que correr mais do que vocês...

VINTE E OITO

Quando Tudo Dá Muito Errado

OMEÇARAM OS PREPARATIVOS para a partida enquanto Samuel observava o redemoinho de nuvens. Elas se movimentavam com menos violência do que antes, como que cansadas pelos esforços, e seus rostos eram menos visíveis agora. Havia um leve brilho amarelo no céu e apesar de a paisagem à sua frente não ser bonita, ela parecia estar em paz. As laterais rochosas das montanhas desciam até mais pântanos turvos, através dos quais se estendia um caminho de pedras. Como antes, uma névoa pesada e fétida pairava sobre os brejos e Samuel teve certeza de que ela os esconderia de quaisquer olhos vigilantes nas alturas quando passassem por ali.

Pensou em sua mãe. Ela devia estar preocupada. Samuel tinha perdido a noção do tempo desde que chegara naquele lugar, mas pelo menos um dia e uma noite haviam passado, ou talvez mais. O tempo também era diferente ali, porém. Na verdade, ele nem sabia ao certo se o tempo existia ali. Supunha que, se a eternidade se estendesse diante de você, minutos, horas e dias perdiam o sentido. Mas não para o menino: eles representavam momentos longe daqueles que amava: sua mãe, seus amigos e até seu pai. Nurd, porém, estava ali, o que já era alguma coisa.

Ao lado de Samuel, Boswell deu um pequeno latido e se levantou. Farejou o ar. Suas orelhas se mexeram de repente e ele se mostrou incomodado.

– O que foi, Boswell? – perguntou Samuel no momento em que uma sombra o encobriu. A Sentinela tapou a boca do menino com uma das mãos para que ele não gritasse e saiu pelo ar batendo as asas com força. Quando Nurd e os outros entenderam o que estava acontecendo, Samuel já desaparecia em meio às nuvens mais baixas, bem preso nos braços da Sentinela. Boswell desceu a lateral da montanha atrás dos dois, latindo e empinando sobre as patas traseiras atarracadas, como se ainda pudesse puxar a enorme criatura vermelha para baixo.

Mas Samuel já tinha sido levado, e coube a Nurd correr até Boswell e pegá-lo antes que ele se perdesse ou fosse devorado. O cãozinho lutava o tempo todo, desesperado para seguir o dono, desesperado para salvá-lo.

Um pico cheio de penhascos se erguia ao longe. Nurd pensou ter visto uma silhueta ali, empoleirada no dorso de um basilisco. A silhueta olhava para Nurd e ele ouviu a voz da sra. Abernathy tão clara quanto se ela estivesse ao seu lado:

Irei atrás de você, Nurd. Não me esqueci da sua intromissão. Por enquanto, servirá como castigo saber que estou com seu amigo e que irei sacrificá-lo para meu mestre. Depois será a sua vez.

Nurd, porém, não se importava com as ameaças dela nem consigo mesmo. Ele se importava apenas com Samuel e em como o menino poderia ser resgatado.

* * *

A Sentinela voava alto. Ela segurava Samuel e Samuel se segurava nela, pois tinha mais medo de cair do que a criatura. A pele da Sentinela cheirava a enxofre e cinzas e era salpicada de cicatrizes de ferimentos profundos, curados fazia muito tempo. O menino sentia a consciência da criatura sondando a sua, tentando saber mais sobre ele, explorando seus pontos fortes e fracos. Ao investigá-lo, porém, a Sentinela também expunha algo de si mesma, e Samuel ficou chocado com a estranheza dela, compreendendo que mesmo para os padrões do Inferno, aquele era um ser peculiar e solitário, completamente diferente do menino, mas também diferente de qualquer outra entidade daquele lugar.

Não, nem tanto. A Sentinela era aliado a outro ser, ao...

Samuel teve um vislumbre momentâneo do Grande Malevolente e, pela primeira vez, partilhou de uma verdadeira noção do tamanho da loucura, do sofrimento e da maldade do Primeiro Demônio. Era tão horrível que, no mesmo instante, a mente do menino ergueu uma série de barreiras para proteger sua sanidade, o que acabou barrando a Sentinela. O ritmo do voo da criatura foi interrompido por um momento, como se ela estivesse chocada diante da força de vontade do menino. Por causa disso, a Sentinela o agarrou com mais força, apertando-o contra o ombro, fazendo com que Samuel se voltasse para a direção pela qual viera, para as montanhas ainda visíveis em meio aos tufos de nuvens e para Boswell e Nurd, que não podiam mais ser vistos.

Uma figura pálida e esquelética surgiu em meio às nuvens acima, com as costelas claramente visíveis sob a pele e a barriga encolhida. Era careca, com orelhas compridas e pontudas e dentes demais na boca, tanto que se projetavam para a frente, passando por entre os lábios, quebrados e rachados. Fez uma pausa no ar, parecendo surpresa por ter se deparado com os dois. Depois mudou de posição e começou a perseguição. Era uma assombração, um demônio parecido com um morcego, um pouco mais alto do que Samuel. As asas eram presas aos braços e terminavam em patas afiadas e curvas. Tinha garras no lugar dos pés, que agora se projetavam, prontas para atacar como um falcão descendo sobre sua presa.

Samuel bateu no dorso da Sentinela e conseguiu gritar, alertando-a. Por instinto, a Sentinela virou à direita e a criatura menor deixou de pegá-los com suas garras por uma questão de centímetros, esbarrando uma das asas no rosto de Samuel. A Sentinela mudou o menino de posição e passou a segurá-lo sob o braço esquerdo. Samuel teve certeza de que iria cair. Cravou as unhas na pele dura da Sentinela e se agarrou à sua cintura com as pernas.

A assombração atacou os dois de novo, dessa vez por baixo, gritando mais e mais, convocando seus semelhantes para a perseguição. A Sentinela a atingiu num movimento com a asa direita e suas unhas fizeram um buraco na barriga dela. Não saiu sangue, mas as asas da assombração pararam de bater e ela espiralou através das nuvens até o chão longínquo, como um avião de caça aleijado por artilharia, gritando, agoniado, enquanto caía.

Mais duas apareceram, atraídas pelos guinchos da primeira. Mergulharam juntas. Uma delas mirava golpes na cabeça da Sentinela para distraí-la enquanto a outra tentava pegar Samuel, mas a criatura o segurava com firmeza. A mão livre dela agarrou a assombração que arranhava seus olhos e quebrou o pescoço dela antes de descartá-la. A segunda, quase decapitou com um soco, deixando a cabeça pendurada por uma dobra da pele. Com isso, o ataque acabou e os dois ficaram sozinhos no céu mais uma vez. Samuel fechou os olhos enquanto seguiam voando. Então, nem ele nem a Sentinela viram a última assombração que os sobrevoou por um tempo antes de sair de fininho para reportar ao duque Abigor tudo o que tinha visto.

VINTE E NOVE

Quando Vários Personagens Imponentes
Põem Seus Planos em Prática

BASILISCO DA sra. Abernathy pisava com força nas pedras quentes, perdido nas nuvens de vapor que subiam logo após a recente pancada de chuva. Havia um cheiro azedo no ar, um fedor de carne, madeira e vegetação, corroídas e queimadas pelo ácido, apesar de o que quer que passasse por vida naquele lugar já estar se refazendo. Moitas marrons e chamuscadas se tornavam um pouco menos marrons; arbustos esmirrados, escuros e defumados, recuperavam a cor monótona de costume; e diversos demônios pequenos, que não haviam sido rápidos o bastante para escapar do aguaceiro, começaram a regenerar braços, pernas, dedos dos pés e cabeças. Alguns até fizeram crescer mais um ou dois membros, já que estavam mexendo com isso, para o caso de precisarem de um braço ou de uma perna extra no futuro. De buracos no chão e através de frestas nos arbustos, espiavam enquanto a sra. Abernathy passava e viam que ela tinha o triunfo estampado no rosto, seus olhos brilhando num tom de azul intenso e frio. Nem todos sabiam quem ela era, pois, em algumas partes do Inferno, o Grande Malevolente não passava do rumor de uma presença escondida nas profundezas da fortaleza de sua montanha, e seus duques, generais e legiões podiam ter sido personagens de fábulas antigas por todo o impacto que tiveram na existência dessas entidades primitivas. No entanto, sentiam que essa curiosa figura passando era de um poder imenso e devia ser evitada de todas as maneiras possíveis.

Então a sra. Abernathy se foi e eles se esqueceram dela no mesmo instante, pois tinham preocupações mais urgentes: quando a chuva ácida cairia de novo e o que fazer com aquela cabeça extra que haviam acabado de ganhar.

A sra. Abernathy sequer notou o movimento ao seu redor. Sentiu o conflito em que a Sentinela estava envolvido muito acima de sua cabeça, mas nunca deixara de ter certeza da capacidade da criatura de exterminar qualquer inimigo que estivesse ao seu alcance. Houve um momento em que ela temeu que a Sentinela deixasse Samuel Johnson cair, uma fatalidade que poderia ter acabado com suas esperanças de voltar a ser favorecida pelo Grande Malevolente. Afinal, não haveria muito o que mostrar do menino se ele tivesse sido largado de uma altura de milhares de metros e se espatifado numa pedra. É verdade que sua consciência teria sobrevivido, mas ela não sabia ao certo se seria capaz de reconstituir um humano tão facilmente quanto reconstituía um demônio, e um emaranhado de sangue, pedaços de osso e fragmentos de tecido em decomposição dificultavam uma identificação imediata. Ela imaginava que poderia recolher seus restos, colocá-los num pote, colar uma etiqueta dizendo “Samuel Johnson (grande parte dele)” e apresentar aquilo ao Grande Malevolente, mas não seria tão impactante quanto entregar o menino ao seu mestre, em prantos mas intacto, e compartilhar da vingança do pequeno humano causador de tantos problemas.

Mas mesmo enquanto imaginava os detalhes da iminente humilhação de Samuel Johnson, a sra. Abernathy continuava preocupada com a intervenção do duque Abigor. Ele sempre invejou seu cargo, mas ela estava surpresa diante da rapidez com que o duque se voltou contra ela, logo após o fracasso da invasão. Alguns dos que tinham se aliado a Abigor, entre eles os duques Guares e Borym, já tinham sido aliados da sra. Abernathy, e essa traição a irritava. Ela se divertia passando por uma lista de várias agonias que mandaria provocar neles quando voltasse a ser o braço esquerdo de seu mestre, depois afastava essas imagens agradáveis da mente, clareando-a por completo, para poder se concentrar em questões mais importantes.

Abigor se arriscava muito ao agir contra a sra. Abernathy. Apesar de ter sido banida da presença do Grande Malevolente, ela não havia sido sentenciada e ainda era, pelo menos teoricamente, comandante dos exércitos de seu mestre. Por isso, Abigor era, na verdade, culpado por traição, mas talvez ela tivesse dificuldade em provar isso, se fosse necessário, pois até então ele não havia feito nada diretamente para prejudicá-la.

Entretanto, se Abigor tivesse posto as mãos em Samuel Johnson, o que teria feito com ele? Poderia dá-lo de presente ao Grande Malevolente, exatamente como a sra. Abernathy planejava fazer, mas teria tido um pouco de dificuldade para explicar como havia arrastado o prisioneiro para o Inferno. Não, Abigor fazia um jogo diferente e a sra. Abernathy estava apenas começando a entender suas proporções. O chanceler Ozymuth estava do lado de Abigor e, se é que dava para acreditar em Crudford, que vivia escorrendo, estava determinado a minar as forças do Grande Malevolente aos poucos, prolongando e intensificando o sofrimento dele. Era difícil acreditar que isso fosse possível, mas Abigor não estava interessado apenas em tomar o lugar da sra. Abernathy. Não, queria tomar o lugar do próprio Grande Malevolente e passar a governar o Inferno no lugar de seu rei enlouquecido. E depois de já ter envolvido muitos duques em seu esquema, mesmo que eles não estivessem cientes de até onde tal esquema ia, não lhe restava escolha a não ser levá-lo até o fim. Se Abigor abandonasse seus planos agora e o Grande Malevolente recuperasse o juízo e descobrisse um pequeno elemento da trama sequer – e ele provavelmente descobriria, pois, mesmo que a sra. Abernathy não lhe contasse, outros envolvidos contariam, nem que fosse na esperança de escapar do castigo –, Abigor e seus companheiros de conspiração já podiam contar que acabariam congelados por toda a eternidade no Lago de Cocytus – isso se tivessem sorte e o Grande Malevolente mostrasse uma inesperada misericórdia. Abigor já tinha ido longe demais para voltar agora, então, teria que apostar tudo na continuidade da loucura do Grande Malevolente e na derrota da sra. Abernathy. Os dois estavam ligados a Samuel Johnson, pois ver seu inimigo acorrentado poderia muito bem levar o Grande Malevolente a recuperar os sentidos, e os planos de Abigor iriam por água abaixo. Mas se Samuel Johnson fosse mantido longe do Grande Malevolente, então, seu luto e sua insanidade continuariam e a sra. Abernathy seria condenada.

Aquele era um momento delicado. O menino era prisioneiro da sra. Abernathy e ela precisava protegê-lo de Abigor até conseguir levá-lo para a Montanha do Desespero. O ataque das assombrações de Abigor à Sentinela era só o começo. O pior ainda estava por vir.

Como que para confirmar as suspeitas da sra. Abernathy, o chão rachou sob seus pés e uma besta deplorável, amarela, sem olhos e trêmula surgiu de um buraco. Era um Escavador: da cintura para baixo, segmentado como uma minhoca, e, da cintura para cima, homem, com uma cara que lembrava a de um rato. Tinha pernas de piolho-de-cobra, menos na parte da frente e na de trás, onde garras bem abertas e poderosas brotavam de seu corpo. Ele vivia na terra e só se aventurava na superfície quando fosse absolutamente necessário. Formava um consciente coletivo com seus companheiros, de modo que o conhecimento adquirido por um seria compartilhado com todos. Apesar de cegos, os Escavadores eram capazes de detectar a presença de outros seres sobre o solo pelas vibrações de seus passos, contando com a ajuda de sua excelente percepção de gosto e cheiro. Esses dons faziam dos Escavadores espiões úteis e eles eram leais à sra. Abernathy, pois, às vezes, ela entregava seus inimigos a eles, para que arrastassem as infelizes criaturas para o subsolo e se fartassem delas.

– Ama, trazemos novidades – disse o Escavador. – Legiões estão se reunindo. Ouvimos rumores. Falam de um menino. Pretendem cercar sua toca e tomá-lo da senhora. A senhora está prestes a ser castigada por tramar contra o Grande Malevolente.

– Castigada? – perguntou a sra. Abernathy. Ela mal podia acreditar no descaramento de seus inimigos.

– Sim, ama. A senhora foi julgada em sua ausência por um corpo de jurados nomeados pelo duque Abigor e, por decisão unânime, condenada por traição. Disseram que a senhora abriu um portal entre este mundo e o dos homens, na esperança de ficar com a Terra para si e fazer dela um reino oposto a este Reino de Fogo. Eles irão capturá-la e levá-la para a região mais profunda e distante do Lago de Cocytus, onde um lugar foi preparado para a senhora no gelo.

A sra. Abernathy ficou abalada. Tinham agido tão depressa contra ela.

– Quanto tempo ainda tenho? – perguntou.

– Pouco, ama. Apesar de as forças que se opõem à senhora ainda não terem se juntado por completo em seu ponto de encontro, nas Planícies da Desolação, já enviaram quatro legiões para vigiar seu palácio.

– Legiões de quem?

– Duas do duque Duscias e duas do duque Peros.

– E quanto aos meus aliados? E quanto ao meu exército de infernais?

– Estão à espera do seu comando.

– Instrua para que se reúnam na sombra das Montanhas do Desamparo. Mande recado para os duques que ainda não tomaram partido. Diga-lhes que o menino está em meu poder e que chegou a hora de eles escolherem de que lado estão. A lealdade será muito bem recompensada. A traição jamais será perdoada.

– Sim, ama. E quanto às legiões que se aproximam de sua toca?

A sra. Abernathy pensou por um momento.

– Arraste-as para baixo e consuma todas elas – falou.

Ela se virou no basilisco, que saiu voando, deixando o Escavador lambendo os beiços, ansioso por carne fresca.

TRINTA

Quando a Sentinela está dividida

ASSOMBRAÇÃO do duque Abigor acompanhou o progresso da Sentinela até quase avistar o palácio da sra. Abernathy. Depois, inclinou-se e partiu a fim de contar tudo para seu mestre. A Sentinela, porém, sabia de sua presença o tempo todo e logo que sentiu que o espião havia partido, mudou de direção, usando as nuvens para se esconder enquanto seguia a caminho de um platô nas Montanhas do Desamparo. Lá, deitou Samuel no chão e pôs um dos pés com leveza sobre o peito do menino, para que ele não escapasse. Do poleiro, olhava fixamente para baixo, enquanto o exército da sra. Abernathy começava a se reunir. Demônios brotavam da terra e emergiam de cavernas. Desciam das nuvens e rastejavam de poças escuras. Eram formados de cinza, areia e neve, de moléculas de água e átomos invisíveis no ar. Seres chifrudos, seres alados, seres com barbatanas; seres conhecidos e seres disformes; seres de fogo e pedra e seres de água e gelo; seres com dentes e garras e seres com mente e energia. Todos tinham atendido em massa ao chamado da sra. Abernathy.

Uns vinham por lealdade, outros, por medo, e alguns, simplesmente por estarem entediados; apostando no desfecho de uma batalha, mesmo que pagassem o preço de sentir dor no futuro, se fossem derrotados, apenas para quebrar a monotonia da condenação. Um relâmpago cortou o céu, iluminando pontas de lanças, facas dentadas e milhares de armas brancas. A Sentinela voltou os olhos para a direita. Ao longe, cascos impetuosos arrancavam faíscas do chão e pés calçados com botas marchavam, em uníssono; metais tiniam enquanto as primeiras legiões dos duques que haviam escolhido apoiar a sra. Abernathy chegavam para ajudá-la.

A Sentinela permitiu que sua consciência viajasse para ainda mais longe. Ela viu quatro legiões de Duscias e Peros atravessando, determinadas, uma planície cheia de rachaduras nas quais um dia, muito antes até naquela concepção de tempo, existira um enorme lago de água venenosa, alimentado por rios cruéis que vinham dos picos ao redor. O Grande Malevolente redirecionara os rios para formar o Lago de Cocytus e, com o tempo, a planície secou por completo. Agora, só poeira fluía por ali antes de cair nas fendas estreitas que levavam às profundezas do solo abaixo.

As quatro legiões escolheram seu caminho com cuidado para atravessar o cenário traiçoeiro. Seguiam a pé, um batalhão de demônios após o outro, cada um com armaduras pesadas e carregando na mão um pique com uma lâmina fina e dura na ponta em volta da qual se enrolava uma segunda camada de metal em forma de saca-rolhas. Essa arma era projetada para ser enfiada na barriga de um inimigo, girada e depois puxada, trazendo consigo os órgãos internos e deixando a vítima agonizando no chão, pois até um demônio sofreria para se recuperar depressa depois de um ferimento tão horrível.

Espadas curtas, feitas para apunhalar, pendiam nos flancos dos demônios, que tinham as luvas, os capacetes e até o metal da armadura preta cobertos de fincos, de modo que a armadura em si fosse uma arma.

De um lado e de outro das legiões, montados em cavalos sem pele, com a carne crua exposta e brilhando e os músculos torneados, vinham os capitães e tenentes, de armaduras mais enfeitadas, as armas decoradas com joias, mas não menos capazes de provocar graves ferimentos. Bandeiras se agitavam no vento frio, vermelhas, douradas e verdes, as cores das Casas de Peros e Borym, mas acima de todas elas balançava um único estandarte grande, mostrando uma mão de fogo em contraste com um fundo escuro. Aquele era o estandarte da Casa de Abigor. Não havia nenhum sinal do estandarte do próprio Inferno, da cabeça chifruda do Grande Malevolente, o símbolo de seus exércitos. Os duques tinham tornado públicas suas lealdades e não mais serviam primariamente ao Grande Malevolente, e sim ao demônio que desejava substituí-lo.

Os cavalos, com uma luz vermelha nos olhos e na boca, oriunda do fogo próximo, foram os primeiros a sentir que uma ameaça desconhecida se aproximava. Eles relinchavam e empinavam, quase derrubando os cavaleiros. Uma confusão se espalhou como uma onda pelas tropas quando Ronwe, um demônio de baixo escalão que tinha aliado suas dezenove legiões a Borym e agora era o vice-comandante de todas as forças do duque, virou-se para gritar uma ordem destinada a nunca ser ouvida, já que o chão se abriu e engoliu a ele e seu corcel. A fenda à frente das tropas dianteiras aumentou, forçando-as a parar. Gases verdes fétidos emergiram da cova que se revelou e o chão e as extremidades começaram a desmoronar, levando duas dúzias de legionários para as profundezas. Aqueles que testemunharam o que havia acontecido e que estavam, portanto, cientes do perigo, tentaram recuar, mas foram encurralados pelas tropas que avançavam, vindas de trás, e mais legionários despencaram. Capitães gritavam ordens para conter o avanço e permitir que as tropas da frente retrocedessem, mas os cavalos tentavam derrubar os cavaleiros, as tropas começavam a entrar em pânico e o chão continuava rachando e se abrindo, isolando tropas inteiras de legionários em ilhas de terra seca que começavam a desmoronar.

E então as criaturas do subsolo começaram o ataque. Tentáculos enormes, cobertos de espinhos e com pontas pegajosas e venenosas, surgiam das rachaduras e arrastavam os soldados-demônios para a escuridão. Insetos vermelhos gigantes com mandíbulas capazes de engolir toda a cabeça de um homem vieram aos montes, contraindo os palpos e tentando morder. As armas das tropas não eram fortes o bastante para perfurar a carapaça dos insetos e as armaduras não eram capazes de suportar a força das mordidas. Vermes escondidos sob a terra por eras abriam as mandíbulas e o que um dia pareceu terra firme se transformava numa armadilha cheia de dentes. Pés foram separados de pernas e cabeças, de corpos.

Alguns dos melhores soldados do duque Peros, porém, tinham encontrado terra firme no contorno do leito do lago, e lutavam para seguir seu caminho com cuidado em torno do campo de matança, mantendo os inimigos a distância da melhor maneira que podiam, através da disciplina e da força de vontade. Estavam na metade da circunferência, ao redor da qual as montanhas se erguiam como as laterais de um vulcão, quando a terra começou a cair em suas cabeças, vindo de cima, revelando buracos redondos e exatos no solo empoeirado, e garras espalmadas começaram a puxar seus pés e braços e pescoços. Os Escavadores começaram a morder.

E o leito do rio, seco havia muito tempo, ficou vermelho e preto com o sangue dos demônios.

A Sentinela, distante mas atenta, viu tudo. Aquele conflito ameaçava devastar o Inferno, mas a criatura continuou sem saber ao certo como proceder, pois os lamentos do Grande Malevolente ainda chegavam a ela e parecia que os gritos jamais iriam parar. Se um rei está louco, o que seus súditos devem fazer?[38] Sem o medo que o Grande Malevolente despertava, era inevitável que seus subordinados começassem a lutar entre si, disputando poder e status. Mas Abigor representava uma ameaça maior do que uma mera desordem, pois agora estava numa rebelião aberta contra seu senhor.

A massa de demônios abaixo continuou aumentando à medida que cada vez mais habitantes do Inferno se juntavam à bandeira da sra. Abernathy. O grande duque Aym chegou com suas vinte e seis legiões; Ayperos, o Príncipe do Inferno, com trinta e seis; e

[38] Em grande parte, os súditos têm que apenas se conformar com isso até alguém matar o rei em questão. Por exemplo, o imperador romano Calígula (12-41 D.C.), que dizem ter tentado fazer de seu cavalo, Incitatus, um cônsul de Roma, foi apunhalado trinta vezes. Érico XIV da Suécia (1533-1577) foi envenenado por sopa de ervilha contaminada por arsênico. Na verdade, a loucura é um problema um tanto perene quando o assunto é realeza, já que um considerável número de reis tem sido distintamente suspeito no quesito sanidade. Lunáticos menos conhecidos da realeza incluem Carlos VI da França (1368-1422), também chamado de Carlos, o Louco – mas pelas costas –, que acreditava ser feito de vidro, usava bastões de ferro nas roupas para impedir que se quebrasse e, certa vez, recusou-se a tomar banho e a trocar de roupa durante cinco meses. Por outro lado, Roberto da França, Conde de Clermont (1256-1318), o filho mais jovem de Luís IX, enlouqueceu depois de ter sido atingido na cabeça várias vezes com uma marreta durante um combate, mas ser atingido na cabeça com uma marreta faz mesmo isso com alguém.

Azazel, o condutor do estandarte dos exércitos do Inferno, se posicionou numa pedra enorme e desenrolou a bandeira do Grande Malevolente.

Samuel se mexeu sob o pé da Sentinela, olhando, admirado, as forças que se reuniam, numa mistura de pavor e espanto. A Sentinela encarou o menino de perto, com seus oito olhos pretos como planetas escuros contrastando com o céu vermelho de sua pele. Embora aquele demônio alado fosse mais repugnante do que qualquer uma das criaturas reunidas lá embaixo, Samuel ainda arranjou coragem de encará-lo de volta, desafiando-o.

– O que você está esperando? – perguntou o menino. – Faça o que quer que esteja planejando e acabe logo com isso.

Ele ouviu uma voz falar em sua mente e, apesar de as mandíbulas típicas de insetos da Sentinela não se mexerem, Samuel sabia que estava ouvindo a voz daquele demônio.

Vamos esperar.

– Esperar por quem? – Mesmo naquele momento de grande perigo, a gramática de Samuel Johnson permanecia intacta.

Pela sra. Abernathy.

O menino sentiu grande parte da coragem que tinha invocado ir embora. Seu corpo murchou e toda a sua força ameaçava deixá-lo. Ele havia sido tolo ao pensar que poderia escapar da ira dela, ao pensar que Nurd seria capaz de salvá-lo. Estava condenado desde aquela primeira noite em que vira a sra. Abernathy e seus companheiros repugnantes emergirem do próprio mundo para o dele, através de uma passagem num porão que, se não fosse por isso, seria um porão qualquer.

Tudo isso por sua causa, disse a Sentinela, com o que parecia admiração em sua voz. *Tudo isso por causa de um menino.*

– Não fui eu quem começou isso – falou Samuel. – Não fiz a sra. Abernathy matar ninguém. Não pedi a ela para invadir a Terra. Eu só queria gostosuras ou travessuras.

Mas agora veja só. Os exércitos estão se reunindo. Velhas lealdades se desfizeram e novas lealdades estão sendo forjadas. Velhas inimizades são esquecidas e novas inimizades estão se formando. E durante esse tempo todo, meu mestre lamenta. Os sinos devem bater. Não há outra escolha.

– Seu mestre? – perguntou Samuel, percebendo algo no tom do demônio que talvez fosse amor, mas um amor tão distorcido e desorientado, quase impossível de ser reconhecido como tal. – Mas você não trabalha para a sra. Abernathy? E de que sinos você está falando?

A Sentinela não respondeu, e Samuel, lembrando-se de seu breve vislumbre da realidade do Grande Malevolente, percebeu que as lealdades do demônio estavam em conflito.

– Então você trabalha para o Diabo *e* para a sra. Abernathy?

Sim. Não. Talvez.

– Você devia se decidir.

Provavelmente.

– Eu estava me perguntando o que era aquela choradeira toda – disse Samuel. – Você está me dizendo que é o Grande Malevolente? Chorando?

Sim.

– Por quê?

Porque, depois de todo esse tempo, ele chegou perto de escapar da prisão. Depois de todo esse tempo, ele teve esperança e, então, a esperança se foi, e ele se odeia por ter se entregado à esperança. Ele, que existe só para acabar com a esperança dos outros, não conseguiu destruir a esperança dentro d. si mesmo. Está perdido na loucura e, por isso, chora.

– Não posso dizer que lamento – falou Samuel, pensando consigo mesmo: Que bebê chorão. A cabeça da Sentinela virou um pouco e o menino sentiu medo de o demônio ter percebido o que ele pensava, mas, se percebeu, não deu mais nenhum sinal.

– Então, por que aqueles outros demônios nos atacaram nas nuvens?

Aqueles demônios são leais ao duque Abigor. Ele não quer que a sra. Abernathy pegue você.

– Por que não?

Porque a sra. Abernathy vai entregá-lo ao Grande Malevolente e, assim, ele recuperará a sanidade; e ela, a confiança dele. Ele irá perdoá-la pelo fracasso da invasão e se vingar de você em vez dela. Mas se o duque Abigor conseguir evitar isso, tomará o lugar da sra. Abernathy. Tomará...

A Sentinela parou de falar, pois não queria expressar seu pior medo.

– O duque Abigor me mandaria para casa se me pegasse? – perguntou Samuel, esperançoso.

Não. O duque Abigor manteria você na completa escuridão e lá você ficaria para sempre, pois a Morte não tem domínio aqui.

– Ah – fez Samuel.

É. "Ah".

– E você? O que você quer?

Quero que meu mestre pare de chorar. É por isso que vou deixar a sra. Abernathy entregar você para ele.

E a esperança de Samuel começou a desaparecer.

TRINTA E UM

Quando Aprendemos Um Pouco Sobre as
Responsabilidades de Comandar e os Perigos de Ser Comandado

DUQUE Abigor bateu com o punho blindado na mesa de ossos, que tremeu diante do impacto, levando inúmeras caveiras a reclamar de vandalismo em voz alta, de que hoje em dia ninguém respeita as antiguidades e que ossos não dão em árvores e de coisas do tipo. Abigor ergueu uma das caveiras deslocadas, que só parou de falar quando se deu conta de que seu destino de repente tinha mudado para pior, algo que, até recentemente, parecia quase impossível, já que era uma caveira presa numa mesa sem muita esperança de avanço profissional.

– Me enganei – disse a caveira. – Não se preocupe com os estragos.

Abigor apertou mais forte, dando à caveira tempo o suficiente para dizer apenas "Cuidado aí..." antes de ser esmagada e virar pó.

Abigor vestia sua melhor armadura de combate, cuja superfície era decorada com serpentes deslizando pelo metal que, quando ele pedisse, eram capazes de se erguer e atacar um inimigo. Sua capa vermelha como sangue se agitava, nervosa, atrás dele, reagindo às mudanças no temperamento de seu dono.

– Quatro legiões! – gritou o duque Abigor. – Perdemos quatro legiões!

Diante dele, os duques Peros e Borym empalideceram. Eram demônios moles e gordos, coniventes e ambiciosos, mas sem a crueldade e o ímpeto que talvez os tivessem tornado grandiosos. Peros se assemelhava a uma vela vagamente ducal que havia sido posta perto demais do calor: sua cara parecia ter derretido, de modo que sua pele pendia em duras dobras sobre o crânio, e quaisquer características que um dia lembraram orelhas, um nariz, maçãs do rosto e coisas do tipo haviam se perdido, deixando apenas um par de olhos verdes profundamente afundados em sua pele, similar a massa de vidraceiro. Por outro lado, o rosto de Borym estava quase toda perdido sob uma enorme barba castanha, sobrancelhas grossas e um cabelo tão rebelde, que reagia a qualquer tentativa de cortá-lo, o que inúmeros barbeiros do Inferno aprenderam a duras penas. Em algum lugar da massa de cachos de Borym havia quatro tesouras, vários pentes e um casal de diabinhos muito pequenos que tinham sido enviados para recuperar esses itens e se perderam, sem esperança de serem encontrados.

As armaduras dos duques eram ainda mais decoradas do que as de Abigor, mas muito menos práticas, pois Peros e Borym eram da escola de comando militar que acreditava que soldados comuns, e não duques, deviam lutar nas batalhas. Os duques reivindicavam a vitória e dividiam os saques. Os soldados podiam desfrutar da glória da guerra e, mais tarde, brindar às explorações em campo, presumindo que suas mãos ainda estivessem presas o suficiente aos braços para que eles fossem capazes de erguer qualquer coisa além de um cotoco. Então, enquanto a armadura de Abigor, embora bonita, exibia as marcas dos conflitos a que ele resistira, os trajes de Peros e Borym eram decorados com penas, fitas, medalhas não conquistadas e entalhes que mostravam versões muito mais magras de Peros e Borym, derrotando todo tipo de inimigo de maneiras improváveis e, portanto, estavam longe de corresponder à realidade.

– Meu senhor – disse Borym, esperto o bastante para ver o problema chegando, mas não o bastante para evitar beber da xícara das consequências –, só estávamos seguindo suas ordens. Foi o senhor quem nos aconselhou a atravessar o Lago de Lágrimas Secas na tentativa de pegar a sra. Abernathy de surpresa.

Abigor esfregou uma mão na outra, se livrando dos últimos vestígios de osso nas luvas. Nas pedras abaixo, o pó e os fragmentos começaram a se mexer, fluindo pelo chão e, aos poucos, tornando a assumir a forma de uma caveira.

– Ai – disse a caveira.

– Você está sugerindo que a culpa foi minha? – perguntou Abigor, em voz baixa.

– Não, de jeito... – começou a caveira, até que a bota de metal de Abigor pisou nela, deixando-a em pedaços de novo.

– Claro que não, meu senhor – disse Borym. – Não tive a intenção de tamanha impertinência.

– Então de quem foi a culpa?

– Minha, meu senhor – respondeu Borym, tentando em vão resgatar uma situação já condenada.

– Minha também – disse Peros, idiota demais para ficar de boca fechada.

– É nobre da parte de vocês dois aceitar a responsabilidade pelo seu fracasso – disse Abigor.

Ele estalou os dedos e oito membros de sua guarda pessoal, demônios de fumaça contidos em trajes de aço escuro com bordas douradas, cujos olhos vermelhos eram a única indicação da vida que existia ali dentro, cercaram os duques.

– Ponham esses dois nos calabouços – disse Abigor. – Depois joguem as chaves fora. Com bastante força.

Borym e Peros nem tentaram reagir enquanto eram escoltados para fora do cômodo. Abigor pôs as mãos para trás das costas e fechou os olhos. Acima dele, erguia-se um teto arqueado como o de uma catedral. Ondas flamejantes passavam por ali, misturando-se com o fogo que se erguia de fendas no chão e cobriam as paredes em lençóis brancos e amarelos, de modo que o cômodo inteiro parecia estar em chamas. Aquele era o coração da residência de Abigor, a câmara mais interna de seu grande palácio. Comparada a ele, a toca da sra. Abernathy era quase humilde, mas Abigor sempre acreditara que nada impressiona tanto quanto demonstrações vulgares e ostentosas de riqueza e poder.

Ele não devia ter confiado a Borym e Peros a tarefa de surpreender a sra. Abernathy e tentar garantir a captura do menino. Os dois eram imbecis que teriam tido dificuldade para pegar um resfriado. O problema de Abigor é que ele havia se cercado de duques traiçoeiros. Se tivesse mandado um de seus aliados mais espertos, como o duque Guares, atacar a sra. Abernathy, talvez ele tivesse forjado uma aliança à parte com ela, traindo Abigor, ou tentado pegar o menino para si mesmo. Pelo menos Abigor não tinha a menor preocupação com a lealdade de Borym e Peros, só com a competência deles. No entanto, Abigor se conhecia o bastante para entender que a perda das quatro legiões era, em parte, culpa sua, apesar de não estar disposto a admitir isso para mais ninguém.

Quando os líderes começavam a admitir seus fracassos, seus seguidores tendiam a procurar outros líderes com menos fracassos ou menos sinceridade.

Uma espécie de porta na parede à direita da câmara se abriu e o chanceler Ozymuth passou pelo vão. Abigor não se virou para reconhecer sua presença; apenas disse:

– Você também veio me criticar, Ozymuth?

– Não, meu senhor – disse Ozymuth. – Eu estava ouvindo enquanto o senhor lidava com seus colegas duques e não tenho o menor desejo de fazer companhia a eles em seus novos aposentos.

– Seus instintos de autopreservação estão afiados como sempre – disse Abigor. – Ainda assim, a sra. Abernathy é mais esperta do que pensei e nem todos os aliados dela a abandonaram.

– Ela é uma adversária considerável.

– Você fala quase como se a respeitasse.

– Tudo bem respeitar os inimigos, mas não tenho mais respeito pela sra. Abernathy do que pelo senhor.

Abigor deu uma gargalhada, mas não havia alegria nela.

– Você tem uma língua de serpente, Ozymuth. Não confio em nenhuma palavra que sai dela. Notícias do menino?

– Ele está com a Sentinela. Os dois estão esperando a sra. Abernathy voltar.

– E onde ela está?

– Eu esperava que o senhor soubesse.

– Ela tem evitado meus espiões ou talvez eles tenham sido capturados, pois não tenho notícias de nenhum deles.

Ozymuth se mexeu, incomodado. Precisava fazer a pergunta que tinha na ponta da língua, mas corria o risco de irritar Abigor.

– Meu senhor, perdoe-me por perguntar, mas o senhor ainda tem a situação sob controle, não tem?

Ozymuth ficou tenso. Ali atrás, a porta permanecia aberta, e ele estava pronto para escapar por ela e se perder no labirinto de corredores que ligavam o palácio de Abigor à Montanha do Desespero se o duque se voltasse contra ele, mas, em vez disso, Abigor refletiu sobre a pergunta.

– Desde que o menino não seja entregue ao Grande Malevolente, a vitória permanece em minhas mãos. Os duques Aym e Ayperos continuaram leais à sra. Abernathy, como alguns dos condes, mas temos o dobro de legiões. Eles não têm a menor chance contra nós no campo de batalha, se chegarmos a esse ponto.

– Um exército está se reunindo aos pés das Montanhas do Desamparo – disse Ozymuth. – Os demônios estão atendendo o chamado da sra. Abernathy para honrar a bandeira dela.

– Eles são das ordens mais baixas – disse Abigor. – Não têm treinamento nem disciplina.

– Mas são muitos.

Por um momento, Abigor pareceu preocupado.

– O que ela irá fazer, Ozymuth?

– Reunir o exército para proteger o menino e depois marchar para a Montanha do Desespero com o prêmio dela.

– Então, temos que garantir que ela não chegue lá. Vá, Ozymuth. Continue sussurrando seu veneno no ouvido do velho senhor. Mantenha-o louco. Quando eu governar o Inferno, me certificarei de que ele seja bem-cuidado.

Ozymuth fez uma reverência e deixou o cômodo, fechando a porta silenciosamente depois de passar. Após a partida, Abigor estalou os dedos mais uma vez e o capitão de sua guarda entrou.

– Mande os duques reunirem as forças antes da entrada da Montanha do Desespero – falou Abigor. – Diga-lhes para se prepararem para a guerra!

TRINTA E DOIS

Quando Samuel e a Sra. Abernathy se Encontram De Novo, O Que Só Agrada a Cinquenta Por Cento dos Envolvidos

BASILISCO DA sra. Abernathy estava acorrentado a um mastro, com a pele escamosa coberta de saliva e os olhos petrificados de exaustão. A sra. Abernathy havia forçado a montaria e eles tinham se deparado com inúmeros obstáculos ao longo do caminho, apesar dela ter lidado com todos de um jeito admirável. Os obstáculos haviam incluído cinco dos espiões do duque Abigor, cujas cabeças agora pendiam da sela do basilisco, ainda discutindo entre si sobre qual deles era o mais culpado por aquele infortúnio. A sra. Abernathy não lhes dava atenção, concentrada no menino sentado na base de uma gaiola dourada não muito longe da entrada da sua pequena, mas perfeitamente construída, toca.

Samuel a observava com cuidado através de seus óculos, uma das lentes rachada na luta vã para se libertar da garras da Sentinela quando ficara claro que a chegada da sra. Abernathy era iminente.

Agora, cara a cara com a mulher que o odiava mais do que qualquer outra criatura no Multiverso, ele se pegou examinando-a de perto, na esperança de alguma fraqueza se revelar. Para ser sincero, a sra. Abernathy não parecia nada bem. Uns dos pontos que mantinham sua cara no lugar tinham se soltado, expondo um pouco da realidade do monstro ali embaixo, e sua pele estava desbotada, com marcas verdes, como um pão mofado. As roupas estavam imundas e rasgadas, e o cabelo, todo embaraçado. Enquanto rodeava Samuel, mordiscou uma de suas unhas e se mostrou surpresa quando ela caiu.

– Como vai, Samuel? – perguntou a sra. Abernathy, por fim.

– Eu podia estar melhor – respondeu o menino. – Afinal, estou no Inferno. Com você.

– A culpa é toda sua. Eu falei para você não se meter nos meus negócios quando estávamos na Terra.

– Não tive escolha. Precisei me meter. Você mandou demônios para me matar.

– E eles foram muito incompetentes, já que falharam. É tão difícil arranjar bons serviçais hoje em dia. Foi por isso que eu mesma arrastei você para o Inferno e, *tcharã*, aqui está você. Se tivesse me dado ao trabalho de matar você pessoalmente em Biddlecombe, quantos problemas teria evitado! Sua casa seria um lugar de cinzas e fogo agora.

– Bem, lamento que as coisas não tenham dado certo para você – disse Samuel.

– Não seja sarcástico, Samuel. Esse é um gracejo muito baixo.[39] Sabe, agora que o capturei, acho que não valeu tanto a pena. Passei

---

[39] Aqueles que dizem que o sarcasmo é um gracejo baixo costumam ser os que sempre são pegos por outros sendo sarcásticos às suas custas. O sarcasmo é o gracejo mais baixo que existe? Ah, nem me fale...

esse tempo todo enfurecida com você, planejando os horrores que o faria passar e isso me fez esquecer que você é mesmo só um garotinho, um garotinho que deu sorte por um tempo e cuja sorte agora acabou. Mas você me causou tantos problemas, tanta desgraça e humilhação!

– É por isso que você está se desmanchando?

A sra. Abernathy examinou o dedo indicador com a unha que acabara de cair.

– De certa maneira, é – disse ela. – Longe do meu mestre, sou como uma árvore sem a luz do sol, uma flor sem água, um gatinho sem leite, um...

Ela parou de falar quando percebeu que os exemplos que estava usando dificilmente seriam apropriados para um arquidemônio do Inferno. Flores? Gatinhos? Estava mais doente do que imaginava...

Estendeu uma das mãos em direção ao vasto exército de demônios que tinha se reunido, esperando por seu comando.

– Foi você quem provocou tudo isso – disse ela. – Os exércitos estão marchando por sua causa. Demônios contra demônios, duques contra duques. Mandei acabarem com quatro legiões para mantê-lo a salvo. O Inferno nunca viu um conflito e um tumulto como esse. E tudo por causa de um garotinho que não conseguiu deixar de se meter na vida dos outros e de um demônio que acreditou que conseguiria escapar da minha ira num carro veloz.

Diante disso, Samuel não conseguiu esconder a expressão de choque em seu rosto.

– Ah, isso chamou a sua atenção, não foi? – disse a sra. Abernathy, se vangloriando. – Você achou que eu não soubesse do seu amigo Nurd, o chamado Flagelo de Cinco Deidades?

– Ele não se chama mais assim – disse Samuel. – É só Nurd. Ao contrário de você, ele não tem mania de grandeza. – O menino tinha ouvido a mãe usar aquela expressão para se referir à sra. Browburthy, que era a diretora de quase todos os comitês em Biddlecombe e dirigia todos eles como uma ditadora. Ele ficou muito contente por ter arranjado uma oportunidade de usá-la.

– Mania? – perguntou a sra. Abernathy. – Não tenho mania nenhuma. Já fui grandiosa um dia e depois fui humilhada, mas voltarei a ser grandiosa, escreva o que estou dizendo, e você será o presente que devolverá o meu lugar. Quanto a Nurd, vou caçá-lo depois de entregar você ao meu mestre. Ele será torturado, exatamente como você, mas o maior tormento que posso imaginar será garantir que um nunca mais ponha os olhos no outro de novo. Você terá a eternidade inteira para sentir saudade dele, e ele, de você, presumindo que arranjem tempo para sentimentos tão belos em meio ao sofrimento.

Ela se inclinou, chegando mais perto das grades, e sussurrou para Samuel:

– E você não pode nem começar a imaginar o que vou fazer com o seu cachorrinho irritante, mas vou cuidar para que você consiga ouvir os uivos sofridos dele de onde quer que esteja.

A sra. Abernathy virou as costas para Samuel e caminhou até a beira do penhasco que dava para seu exército. Ela ergueu a mão direita e abriu a boca.

– Escutem! – gritou ela. Os infernais reunidos lá embaixo fizeram silêncio e prestaram atenção. – Nosso momento de triunfo está chegando. O menino, Samuel, que frustrou nossa invasão à Terra, que garantiu que continuássemos sofrendo aqui, está nas minhas mãos. Vamos levá-lo para o nosso mestre, o Grande Malevolente, e oferecer o menino a ele como uma mosca suculenta a uma aranha. Nosso Senhor Obscuro se erguerá de seu pesar e todos os que foram leais a mim serão recompensados. Todos os que empunharam armas contra mim e, consequentemente, traíram o nosso mestre, serão castigados para sempre.

Uma grande aclamação veio das tropas e lâminas, garras e dentes brilharam.

– Mas primeiro nossos adversários têm que ser derrotados – continuou a sra. Abernathy. – Eles já estão se reunindo antes da entrada da Montanha do Desespero, determinados a instituir uma nova ordem no Inferno, como se as ambições deles pudessem um dia se comparar à maldade pura de nosso mestre. Eles são comandados pelo traidor Abigor e grande será o sofrimento dele quando a vitória for alcançada. Agora, vejam o nosso prêmio!

A Sentinela levantou voo e suas garras pegaram o anel do topo da gaiola. A prisão dourada se ergueu no ar e, de repente, Samuel estava navegando sobre as fileiras de demônios, centenas de milhares deles, todos gritando o ódio que tinham do menino, enquanto a gaiola passava a centímetros de suas cabeças. As lanças e facas e garras afiadas miravam nele como se esperassem poupar o Grande Malevolente do trabalho de despedaçá-lo todo. Samuel viu demônios montados em dragões e serpentes, em sapos e aranhas e fósseis vivos. Viu artefatos de combate: catapultas, canhões e espécies de carroças grandes e pontudas. Viu, em meio ao caos dos demônios menores, as ordenadas classes das legiões em massa, com suas lealdades distinguidas pela bandeira de cada duque, apesar de essas bandeiras estarem sempre mais baixas do que o estandarte que mostrava uma figura chifruda contrastando com um fundo preto.

Por fim, a Sentinela desceu com Samuel e o pôs numa carroça, na qual a sra. Abernathy já estava esperando por ele. Ela mandou cobrirem a gaiola com um pano escuro, "uma amostra da escuridão ainda maior que estava por vir", e a última coisa que Samuel viu antes de o tecido cair foi a expressão triunfante e sorridente da sra. Abernathy.

A Sentinela voltou para seu poleiro acima da multidão. Viu as legiões assumirem a frente de uma coluna que começava a serpentear em direção à Montanha do Desespero, as massas não treinadas vindo soltas atrás das tropas. Tinham arranjado uma nova montaria para a sra. Abernathy, um enorme híbrido de cavalo e serpente, com a cabeça de cobra picando as rédeas, sobre o qual ela se sentava de lado, à frente de seu exército. Havia até posto um vestido novo para a ocasião, um modelito azul com gola rendada. A carroça que levava a gaiola coberta estava cercada de uma falange de legionários que haviam sido dados de presente à sra. Abernathy por duques aliados e que agora portavam um novo brasão: uma bolsa de mulher decorada com uma margarida amarela.

Que curioso, pensou a Sentinela. Apropriado, mas... curioso.

TRINTA E TRÊS

Quando Uma Terceira Força Intervém no Conflito

CARROÇA rangia sob Samuel, jogando-o de um lado a outro, enquanto as rodas toscas passavam por um terreno irregular. Os impactos que se repetiam na gaiola machucavam o corpo do menino, então ele tentou se segurar firme nas grades para evitar se machucar ainda mais. O pano que cobria a gaiola era um tanto grosso, apesar da silhueta de Samuel ainda poder ser vista por quem estava do lado de fora quando relampejava, e ele conseguir ver um pedacinho prateado do cenário através de um furo. Quando a carroça por fim passou para um terreno plano, Samuel se arrastou até o furo, ajoelhou e espiou.

Suspenso como estava sobre a horda que o cercava, Samuel enxergava as Planícies da Desolação até certo ponto. A Montanha do Desespero se erguia diante dele, tão grande, que dominava o horizonte inteiro. Era impossível medir a extensão da base, e o pico se perdia em meio às nuvens em conflito. Dava para ver uma abertura no pé da montanha, minúscula se comparada à grande massa de rocha escura, mas ainda grande o bastante para acomodar cem homens, um sobre o ombro do outro, com um espaço extra para que o homem do topo não batesse a cabeça. Samuel já tinha visto aquela abertura antes: através dela, o Grande Malevolente emergira por um instante, quando parecia que sua invasão ao mundo dos homens estava destinada a ter sucesso. A recordação lembrou Samuel do que ele estava prestes a enfrentar: a vingança do ser mais temido que o Multiverso já vira, uma entidade de pura crueldade, uma criatura sem amor nem pena nem misericórdia.

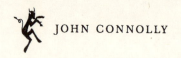

Apesar de estar apavorado, Samuel não fraquejou. Uma coisa é ser corajoso na frente dos outros, talvez por medo de ser taxado de covarde e cair no conceito deles, mas outra completamente diferente é ser corajoso quando não há ninguém para testemunhar sua coragem. Esta última é uma coragem elementar, uma força do espírito e do caráter. É uma revelação da essência do ser e, enquanto Samuel estava agachado na gaiola, aproximando-se aos poucos do lugar em que sua sentença seria traçada, seu rosto estava calmo, e sua alma, em paz. Ele não tinha feito nada de errado. Defendera o que acreditava ser o certo para proteger os amigos, a mãe, a cidade e a Terra. Não reclamou diante da injustiça que estava por vir, pois entendia em seu coração que isso não adiantaria e só deixaria seu tormento mais difícil de suportar.

Se houvesse uma alma dentro da sra. Abernathy que ela pudesse consultar, ou se a vaidade e a sede de poder e de vingança não tivessem fechado seus olhos, talvez ela chegasse a compreender que mais temia do que odiava Samuel Johnson. Havia uma bondade na essência do menino que a sra. Abernathy não conseguia tocar, uma decência que permanecia imaculada ao longo de tudo o que ele tinha experimentado até agora em seus poucos anos de vida. Samuel Johnson era humano, com todos os defeitos e fraquezas que vinham com sua espécie. Podia ser ciumento e triste, nervoso e egoísta, mas havia nele uma pequena parte do melhor da humanidade que brilhava intensamente, assim como ilumina tantos de nós se o permitirmos. O que a sra. Abernathy não compreendia era que, apesar de tudo o que ela ou seu mestre pudessem fazer com o menino, ela nunca, nunca derrotaria Samuel Johnson. E não importava o quanto o lugar em que o enterrassem fosse escuro, sua alma continuaria brilhando.

A carroça pegou uma subida e, quando chegou ao topo, Samuel suspirou, pois, ordenado na planície à sua frente havia outro exército poderoso: fileiras e fileiras de demônios legionários, com seus escudos compridos captando o reflexo dos raios que atravessavam as nuvens, cada vez mais frequentes e ferozes, como se os espíritos nervosos do céu apressassem as forças opostas, buscando no campo de batalha abaixo um reflexo da própria ira. A cavalaria montada assumia posição. Os olhos dos corcéis sem pele eram como carvões quentes postos nas cinzas, e os cascos arrancavam faíscas do chão pedregoso.

Atrás das fileiras principais, vinham, a passos largos, os monstros do submundo: ciclopes, minotauros e hidras com cabeça de cobra; górgones gigantes, mascarados com placas douradas até receberem ordem para se revelar, mas com os cachos de serpentes já se retorcendo, ansiosos pela batalha que estava por vir; e criaturas predadoras se virando, com corpo de homem e cabeça de animais cruéis. Samuel tinha a impressão de já conhecer muitas daquelas bestas e não só porque elas haviam feito parte da enorme força originalmente destinada a conquistar a Terra. Aqueles eram os monstros que assombravam todas as mitologias e religiões da Terra, os seres que tinham aparecido para os antepassados em pesadelos e conquistado seu lugar nas lendas e nos contos de fadas.

Aliadas a eles estavam entidades misturadas que nunca haviam sido imaginadas antes, pois só a loucura poderia ter tramado tais visões: cabeças sobre pernas, andando a passos rápidos e de lado, como caranguejos, mordendo com os dentes afiados; criaturas que eram híbridos de tubarão e aranha, de sapo e morcego, de lacraia e cachorro, como se segmentos de cada animal que um dia existiu na Terra tivessem sido jogados num grande tonel e deixados ali, para se fundirem uns com os outros.

E também havia seres que não eram semelhantes a nada no mundo de Samuel, nem de longe: massas de matéria em movimento que estendiam nuvens de escuridão como se fossem braços, procurando presas; globos carnudos com mil bocas; e entidades que só existiam em forma de sons dolorosos ou cheiros venenosos. Parecia que nenhuma força conseguiria resistir a tantos horrores e triunfar, mas criaturas desse tipo e ainda piores tinham se reunido para servir à sra. Abernathy. Seu exército podia ser mais esfarrapado e menos disciplinado do que o do inimigo, com menos legiões treinadas para se posicionarem, meticulosas, na batalha, mas Samuel acreditava que, no fim das contas, a força da sra. Abernathy era maior. O conflito seria um teste de estratégia contra poder, de treinamento militar contra o puro peso dos números.

Mas independentemente de quem vencesse, Samuel acabaria perdendo, pois todos ali lhe desejavam mal.

A Sentinela voava alto sobre o campo de batalha, mais alto até do que os demônios que patrulhavam para a sra. Abernathy e o duque Abigor, tão alto que os combatentes reunidos lá embaixo não o viam. Havia apenas nuvens sob ela, à frente, os picos da Montanha do Desespero se erguiam. A Sentinela tinha tomado uma decisão. Não podia ficar parada vendo o Inferno desmoronar. Era leal a apenas uma criatura: o Grande Malevolente.

Estava na hora de baterem os sinos.

Na entrada da Montanha do Desespero, Brompton e Edgefast olhavam para os exércitos impressionantes, os maiores já reunidos num conflito na longa história do Inferno, com o ar levemente entediado de homens que estão assistindo a reprise de uma partida de futebol que sabem como termina e que já não tinha sido muito interessante quando a viram pela primeira vez.

– Está cheio aqui fora hoje – disse Edgefast. Apesar do fato de que poderia ter se juntado de novo com uma certa facilidade depois de ter sido despedaçado pela sra. Abernathy, ele ainda era uma cabeça cortada ao lado de uma pilha de braços, pernas e pedaços de dorso, só que agora tinha uma almofada, graças a um momento atípico de fraqueza por parte de Brompton. Edgefast havia escolhido continuar como uma cabeça falante porque: (a) alegava que aquela experiência tinha mudado sua visão do Inferno e agora ele via o mundo, um tanto literalmente, de um ângulo diferente; (b) não precisava mais se preocupar em lavar a roupa nem em amarrar os cadarços; e (c) enxergava qualquer ser minúsculo que tentasse chegar às escondidas. Aquilo parecia perfeitamente aceitável para Brompton, que não queria ter o trabalho de conhecer um novo guarda.

– Pois é – disse Brompton, cutucando os dentes. – Para quem gosta desse tipo de coisa.

– Para variar um pouco, não é? Todos esses demônios circulando por aí. Muito empolgante, eu diria.

– Não gosto de variar – disse Brompton. – Nem de empolgação. – Ele transferiu o peso de um pé para o outro e parecia incomodado. – Eu não devia ter tomado aquela última xícara de chá, sabe? Me pegou de jeito, isso sim. Estou prestes a sofrer um acidente. Escute, tome conta de tudo por cinco minutos enquanto dou uma saidinha, você sabe, para me aliviar no sentido líquido.

– Está certo – disse Edgefast. – Pode deixar que tomo conta.

Apesar de estar desesperado para se aliviar, Brompton fez uma pausa.

– Você sabe que esta é uma grande responsabilidade.

– Sei, sim. Claro.

– Você não pode deixar entrar ninguém que não deva entrar e, como ninguém deve entrar, ordens do chanceler Ozymuth, você não pode deixar ninguém entrar e ponto final.

– Entendi.

– Ninguém mesmo.

– Por aqui ninguém passa – disse Edgefast, sério.

– Nada de passar por aqui. Ninguém.

Brompton se afastou um pouco e depois voltou.

– Ninguém. Está bem?

– Nin-guém. Ninguém.

– Isso mesmo.

Brompton saiu se arrastando. Edgefast assobiava uma canção feliz. Era a primeira vez que ficava sozinho na entrada e ele gostava de estar no comando. Edgefast era um bom guarda. Ele não escapava para tirar cochilos, levava o trabalho a sério e ficava feliz em servir. Tinha o espírito certo para ser um guarda.

Infelizmente, tinha o corpo errado, ou, mais especificamente, corpo nenhum.

Ouviu asas batendo e dois pés vermelhos enormes pousaram à sua frente. Como não conseguia mexer a cabeça, Edgefast se esforçou ao máximo para olhar para cima, erguendo as sobrancelhas e semicerrando os olhos. Os oito olhos pretos da Sentinela o encaravam de cima, confusos.

– Ninguém tem permissão para entrar, amigo – disse Edgefast. – Você vai ter que deixar o recado.

A Sentinela considerou aquela possibilidade por um momento, depois simplesmente contornou Edgefast e seguiu para o coração da montanha.

– Ei! – gritou Edgefast. – Volte. Você não pode fazer isso. Eu sou o vigia. Estou vigiando. Você não pode simplesmente me contornar. Não é justo. É sério! Você está diminuindo a minha autoridade. Volte logo e não falamos mais sobre isso, está bem?

O barulho dos passos da Sentinela se tornava cada vez mais distante.

– Está bem? – repetiu Edgefast.

Houve silêncio, mais passos, dessa vez mais leves, e o barulho de alguém se arrastando, relutante; alguém que está voltando ao trabalho, mas que, na verdade, preferia não estar.

– É, estou bem – disse Brompton. – Me sinto muito melhor, obrigado. Esqueci de lavar as mãos, mas não tem problema. Alguma coisa que eu deva saber?

Edgefast pensou com cuidado antes de responder.

– Não – falou. – Absolutamente nada.

TRINTA E QUATRO

Quando Nos Deparamos com Uns Disfarces Espertos

AVIA VÁRIOS VEÍCULOS curiosos e alarmantes, salpicados de um lado e de outro do campo de batalhas: carroças de guerra, que tinham as rodas com bordas de aço e cheias de fincos cortantes, e a carroceria, reforçada com camadas de metal para proteger o condutor e os arqueiros dali de baixo; tanques primitivos com torres através das quais dava para bombear óleo e depois incendiá-lo, aproximando uma chama da abertura da torre; armas de cerco com formatos de serpente, de dragão e de monstro marinho; e catapultas tripuladas, prontas para agir, já carregadas de rochas.

Uma palavra sobre as rochas ou, na verdade, uma palavra *das* rochas, o que deve ser igualmente apropriado: como já vimos, havia inúmeras entidades no Inferno – árvores, nuvens e tudo mais – que eram sensíveis quando, em circunstâncias comuns, não deveriam ser. Entre elas estavam certos tipos de rocha que tinham desenvolvido pequenas bocas, uns olhos rudimentares e uma supervalorização de si mesmas no ecossistema do Inferno.[40] Tanto que uma série de rochas que viviam nas conchas das catapultas reclamava em voz alta de sua situação, argumentando que seriam, com o impacto, rebaixadas a pedrinhas ou, o que era ainda pior, a fragmentos, o que equivale a um rei ou uma rainha ser forçado a viver numa cabana e exigir benefícios para desempregados. Ninguém lhes dava ouvidos, é claro, já que eram rochas, e existe um limite para o estrago que uma rocha é capaz de provocar, a menos que alguém lhe dê uma ajudinha, jogando-a em alguém ou alguma coisa com uma força considerável. Como essas rochas logo seriam lançadas em direção ao inimigo, acreditava-se que elas poderiam levar suas reclamações às partes interessadas do outro lado, presumindo que os indivíduos em questão: (a) sobrevivessem depois de terem sido atingidos por uma rocha e (b) estivessem a fim de levar em conta as reclamações da rocha sobre como foi tratada logo depois de isso acontecer, o que parecia improvável.

Então, quando uma rocha enorme com quatro olhos começou a forçar passagem em meio às tropas de demônios da sra. Abernathy, quase ninguém olhou para ela uma segunda vez, mesmo que parecesse rosnar mais do que a maioria das pedras. Nem o veículo que lhe seguia de perto atraiu muita atenção, ainda que sua eficácia como máquina de guerra fosse discutível, já que seu armamento consistia apenas em quatro mastros de madeira presos na frente e na traseira, e o restante do corpo, coberto por um pano branco resistente à poeira com aberturas na altura do olho

---

[40] Como muitos organismos lutando por sofisticação, as rochas também tinham criado a própria forma de música. Por favor, insira a sua própria piada aqui.

O que estava além de qualquer questionamento, porém, era a ferocidade dos quatro pequenos demônios montados em seu dorso. Chifres se projetavam de suas cabeças e, de suas caras, pingavam fluidos verdes e vermelhos nojentos de origem indeterminada. De algum jeito, eles conseguiam ser ainda mais horríveis do que os dois demônios-javali que escoltavam o veículo maior e desencorajavam aquelas criaturas nada sábias que tentavam espiar sob o pano a investigar ainda mais, batendo nelas muito forte com grandes porretes.

– Estamos passando – gritou Alegre. – Cuidado com as costas. – Ele cutucou Sonolento. – E pare de lamber essa framboesa com limão da sua cara. Você está estragando o efeito.

– Um dos meus chifres está soltando – disse Nervoso.

– Então use mais chiclete – falou Alegre. – Tome, pegue o meu.

Ele tirou uma massa rosa da boca e a entregou a Nervoso, que a aceitou com relutância e a usou para prender seu chifre de casquinha de sorvete com mais firmeza na testa.

– Grrrrrr! – fez Resmungos, brandindo um dos grampeadores de D. Bodkin de um jeito ameaçador.

– Deixem esses demônios conosco! – disse Sonolento. – Vamos arrancar as cabeças deles e usá-las como bolas de boliche.

– Um bando de mariquinhas – gritou Nervoso, entrando no espírito da coisa e fazendo uma variedade de gestos rudes para as forças do duque Abigor, na esperança de pelo menos um desses gestos ser entendido como um insulto pelo lado adversário.

– Vão com calma, rapazes – falou a voz do oficial Peel de algum lugar de debaixo do pano. – Não queremos chamar o tipo errado de atenção.

– E que tipo de atenção seria esse? – perguntou Nervoso, que recebeu a resposta quando uma flecha preta passou raspando por sua orelha e se enfiou no painel lateral da van de sorvetes. – Ah, sim. Já entendi.

O pequeno comboio seguia seu caminho devagar ao lado da carroça que levava a gaiola coberta de Samuel. Sonolento e Resmungos pegaram uns copos de papel e começaram a servir bebidas para os demônios que cercavam a carroça.

– Tomem, rapazes – disse Sonolento, distribuindo os copos. – E moças. E, humm, o que quer que você seja. Nunca ouviram falar de tomar alguma coisa antes da guerra?

E enquanto os demônios bebiam, sacrificando temporariamente sua visão, seu equilíbrio e seu desejo de sobreviver a copos de imitações da Spiggit's – ainda imperfeitas, mas nada mal, no fim das contas –, Nervoso e Alegre desceram do teto para a carroceria da carroça. Resmungos jogou um saco para eles e os dois anões, com seu fardo, entraram escondidos sob o pano.

A sra. Abernathy ergueu uma das mãos para deter suas tropas. Três cavalos, montados por membros da guarda particular de Abigor, avançaram das linhas inimigas. Uma bandeira branca se agitava num pique segurado pelo líder dos três, o capitão da guarda. Eles cavalgaram até uma distância da qual já poderiam ser ouvidos pela sra. Abernathy e pararam.

– Por ordem do duque Abigor, exigimos que a traidora sra. Abernathy se renda – disse o capitão.

A sra. Abernathy avistou Abigor ao longe, montando seu belo corcel, com a capa vermelha sangrando no ar atrás dele. Render-se? Será que ele estava falando sério? Ela achou que não. Só estava se resguardando caso sua conduta fosse questionada mais tarde. Sim, ele poderia dizer: dei à sra. Abernathy a oportunidade de se render e evitar um conflito, mas ela se recusou, então, não me restou escolha senão me voltar contra ela.

– Não conheço nenhuma traidora com esse nome – disse a sra. Abernathy. – Só conheço o traidor Abigor, que aponta armas para a comandante das forças do Inferno. Se *ele* se render a *mim* e mandar seus demônios largarem as armas e irem embora, posso lhe prometer... nada, na verdade. De qualquer forma, ele está condenado. É apenas uma questão de a que profundidade do grande Lago de Cocytus vou decidir mantê-lo.

– Ele também exige que a senhora entregue o menino, Samuel Johnson – disse o capitão, como se a sra. Abernathy não tivesse dito nada. – Ele é um intruso, um poluente e um inimigo do Estado. O duque Abigor irá garantir que o menino seja preso com segurança e que não nos prejudique mais.

– Me nego a fazer isso também – disse a sra. Abernathy. – Mais alguma coisa?

– Na verdade, sim – falou o capitão. – O duque Abigor ordena que a senhora revele o paradeiro do portal entre os mundos, um portal aberto sem o conhecimento nem a aprovação do nosso mestre, o Grande Malevolente, que ameaça a estabilidade deste reino.

A sra. Abernathy não disse nada por um tempo, como se elaborasse uma resposta apropriada. O capitão da guarda acabou se cansando de esperar.

– Que resposta devo levar ao duque Abigor? – perguntou. – Fale agora para que ele não descarregue a ira dele sobre a senhora.

– Bem – começou a sra. Abernathy –, você pode dizer... ah, não importa, vou deixar você pensar em alguma coisa por conta própria.

Os tentáculos letais da sra. Abernathy surgiram de suas costas. Antes que os três cavaleiros pudessem reagir, foram envolvidos e despedaçados em poucos segundos com seus cavalos. A sra. Abernathy recolheu os restos, esmagou-os, formando uma bola de carne, osso, couro e metal e a jogou com força e braveza em direção às tropas de Abigor. Aquela sujeira rolou até a montaria de Abigor, quicou nas patas dianteiras do seu cavalo e parou.

– Acho que isso foi um não – disse Abigor. – Era o que eu esperava. Que beleza. Então partamos para a carnificina.

A Sentinela atravessou depressa a Montanha do Desespero. Os arcos e as alcovas que tinham ecoado com gargalhadas e zombarias durante a última visita da sra. Abernathy agora estavam em silêncio. As criaturas que viviam ali se esconderam nas sombras, com medo de chamar a atenção da Sentinela, e só depois que ela passava é que a espiavam. Fazia muito tempo que a Sentinela não percorria aqueles corredores enormes, mas a lembrança do lugar permanecia. Sua presença na montanha trazia a recordação de uma velha ordem e, enquanto a Sentinela caminhava por ali, parecia se tornar maior e mais poderoso, como se estivesse se alimentando de uma energia direcionada apenas a ela.

O chanceler Ozymuth esperava pela Sentinela no fim do elevado. Ele ergueu seu cajado e a Sentinela parou.

– Vá embora, velho – disse Ozymuth. – Não há lugar para você aqui. Seu tempo já passou. Uma nova força se eleva.

Os olhos pretos da Sentinela o encararam, implacáveis. Neles, Ozymuth era refletido oito vezes, uma figura pálida em contraste com a escuridão, como se ele já estivesse perdido.

– O Grande Malevolente está louco – continuou Ozymuth. – Outro governará em seu lugar até que ele recupere o juízo. A sra. Abernathy deve se curvar diante do inevitável e você deve arranjar algum canto esquecido e empoeirado deste reino no qual possa cair no esquecimento para não ter o mesmo destino de sua ama condenada. O Cocytus é amplo e profundo e lá há um lugar para você, lá, se continuar a resistir ao inevitável. Seu tempo de serviço à sua ama chegou ao fim.

A voz da Sentinela falou na cabeça de Ozymuth.

A sra. Abernathy não é minha ama.

As feições secas de Ozymuth formaram o que lembrava um sorriso.

– Então você reconhece que isso é o melhor a ser feito?

Meu mestre é outro.

– Está falando do duque Abigor? Pode ser que ele arranje alguma utilidade para você.

Não. Meu mestre é outro.

Ozymuth franziu a testa.

– Você responde em enigmas. Talvez a idade tenha afetado o seu cérebro, afinal. Vá! Já estou farto de você. Estamos todos fartos de você. Sua queda será grande.

Ozymuth estava prestes a se virar quando uma das mãos da Sentinela o agarrou pela garganta e o ergueu do chão. Ozymuth tentou falar, mas a Sentinela o apertava com tanta força, que o chanceler só conseguiu balbuciar enquanto era mantido à beira da ponte de pedra, com os olhos arregalados de compreensão. Sob ele se abriu um vórtice que redemoinhava em vermelho como o interior de um vulcão, mas o centro era escuro, de uma negritude horrível de se olhar.

Você envenenou meu mestre. Você nos levou à iminência de uma guerra.

Ozymuth conseguiu balançar a cabeça, chutando e agarrando os braços da Sentinela enquanto a criatura pronunciava as últimas palavras que o chanceler ouviria.

A sua queda é que será grande.

A Sentinela o soltou e Ozymuth começou sua descida eterna.

TRINTA E CINCO

Quando a Batalha Começa e Uma Missão de Resgate É Cumprida

AMUEL SE virou com o barulho das grades de sua gaiola sacudindo. Um fósforo foi riscado e ele vivenciou um momento de puro terror ao se deparar com as figuras demoníacas que se revelaram, até um dos chifres de casquinha de sorvete cair da testa de Nervoso, de novo, e Alegre esfregar o rosto, limpar uma parte do "sangue", lamber as pontas dos dedos e dizer:

– É só calda de framboesa! Ah, e suor.

– Tudo bem, filho? – perguntou Nervoso. – Vamos tirar você daí logo, logo, desde que os raios parem por um minuto ou dois.

De algum lugar em seu corpo, ele tirou um conjunto de ferramentas e começou a trabalhar na fechadura.

– O que está acontecendo? – perguntou Samuel. – Não consigo ver muita coisa daqui.

– Bem – disse Alegre, acendendo outro fósforo depois que o primeiro se apagou –, pediram àquela tal de sra. Abernathy para se render e entregar você, mas ela não gostou muito dessa ideia, então esquartejou os mensageiros, fez uma bola com os restos deles e os jogou de volta. Mulher brava, essa aí. Um exemplo para a raça dela, presumindo que alguém saiba dizer de que raça ela é exatamente. Meu palpite é que, a qualquer momento, haverá muita gritaria, punhaladas e provocações de guerra ao nosso redor.

– E quanto a Nurd, Boswell e os outros?

– Todos estão bem e aqui por perto.

Houve um *clique* alto e a porta da gaiola se abriu.

– Essa daí nem merecia o nome de fechadura – disse Nervoso. – Já peguei latas de cerveja mais difíceis de abrir.

– E então, qual é o plano? – perguntou Samuel ao sair da gaiola.

– É o do sr. Nurd – disse Alegre. – E é genial.

Ele abriu o saco e mostrou o que havia ali dentro.

– Vocês não podem estar falando sério – disse Samuel.

Mas eles estavam.

O duque Abigor ergueu uma das mãos e alguém tocou um berrante. De trás, veio o barulho de milhares de flechas sendo posicionadas e milhares de cordas de arco sendo tensionadas.

– Ao meu comando! – gritou Abigor, que então abaixou a mão. No mesmo instante, as flechas foram lançadas, escurecendo o céu ao se apressar em direção às tropas inimigas.

– Minha nossa – disse o oficial Peel, espiando pela abertura no pano que cobria a van de sorvetes de Dan. – São muitas flechas.

Mas logo que as flechas alcançaram o auge de sua trajetória e começaram a cair, elas pegaram fogo, e um clamor se ergueu das tropas da sra. Abernathy. Dava para ver a dama em questão em sua montaria com os braços erguidos, fumaça e chamas escapando por seus dedos.

– Que bom que ela está do nosso lado – comentou o oficial Peel.

– Só até ela descobrir que estamos do lado *dela* – retrucou o sargento Rowan. – Aí, ela vai ver as coisas de um jeito muito diferente.

Outra remessa de flechas foi lançada contra eles, mas, dessa vez, em número maior. Algumas atravessaram as defesas chamejantes da sra. Abernathy e se cravaram na pele dos demônios. As vítimas, porém, não pareciam muito incomodadas com seus ferimentos e a maioria só olhou para as flechas um tanto irritada.

– Bem, essas flechas não parecem estar fazendo muito estrago – disse o oficial Peel no instante em que uma entidade ali perto, um corcunda de pelo preto e dentes podres, puxou a flecha do peito e logo explodiu num banho de carne e luz branca.

– Por outro lado...

Abigor mandou sua primeira onda de cavalaria atacar e os cavalos sem pele levaram seus cavaleiros em direção ao exército da sra. Abernathy. Empunhavam lanças pesadas com várias lâminas nas pontas cruéis e, apesar de metade ter caído sob o ataque de arpões, flechas e pedras reclamonas, o restante atingiu a primeira linha com uma força incrível, abrindo um buraco na parede de proteção e empalando os soldados de trás antes de deixar as lanças compridas de lado e começarem a agitar clavas e espadas num efeito brutal.

Uma segunda onda de cavalaria atacou, seguida pelas tropas demoníacas conduzidas pelo duque Abigor e sua guarda particular. Nesse meio-tempo, duas legiões tinham começado a se movimentar pelos flancos, na esperança de cercar todo o exército da sra. Abernathy, que reagiu lançando torrentes de chamas e nuvens de flechas enquanto sua própria líder partia para cima dos oponentes, com os tentáculos em suas costas chicoteando e retorcendo, puxando os cavaleiros de suas montarias e esmagando-os como se fossem insetos. Os górgones, por fim, revelaram suas caras horríveis, transformando em pedra aqueles que não desviavam o olhar a tempo enquanto os que de fato escondiam o rosto se encontravam vulneráveis ao ataque. Os ciclopes gigantes agitavam seus porretes, jogando para o lado dez soldados de uma vez. Dragões de um lado e de outro incendiavam cabelo, pele e carne enquanto sereias atacavam de cima como aves de rapina ao cravar suas garras estendidas em carne e armadura, provocando ferimentos terríveis que ficavam pretos no mesmo instante, o veneno das garras infectando o tecido. A batalha chegava cada vez mais perto do lugar em que a pedra motorizada e a van de sorvetes disfarçada se postavam, cercadas por uma massa de demônios ansiosa para se juntar à luta.

– Protejam a gaiola! – berrou a sra. Abernathy, pois a disciplina das legiões de Abigor começava a se destacar e ela sentiu que a batalha pendia a favor dele. Uma segunda linha de demônios cercou a carroça, com as lâminas desembainhadas, formando uma impenetrável muralha de metal afiado e dentes ainda mais afiados. Só alguns notaram que os guardas originais estavam um tanto instáveis sobre seus pés e pareciam ter problemas para se concentrar, mas então mais flechas começaram a cair, e evitar a empalação passou a ser mais importante do que qualquer outra coisa.

Havia sangue e gritaria, tudo iluminado por raios vindos de cima enquanto o Inferno se despedaçava.

TRINTA E SEIS

Quando Um Certo Alguém Acorda Com Dor de Cabeça

SONOLENTO, agora de volta à relativa segurança da van de sorvetes, foi o primeiro a notar, logo que acabou de ajudar Alegre e Nervoso a entrar depois de concluírem com sucesso a missão de resgate.

– Você ouviu isso? – perguntou ele.

– Só consigo ouvir o barulho da batalha – disse o oficial Peel.

– Não, era outra coisa. Parecia um eco, mas antes de um barulho ter sido feito para provocá-lo.

Aos poucos, os sinos começaram a badalar no coração da montanha, ficando cada vez mais altos. Os badalos eram tão insistentes e tão ressoantes que todo mundo que os ouvia tapava as orelhas de tanta dor. As vibrações faziam o chão tremer. Rachaduras surgiam na planície. Nas Montanhas Ocas, cavernas desmoronavam e, das colinas geladas do norte, grandes avalanches desciam, cobrindo as caras dos infelizes que se projetavam para fora da superfície do Cocytus. O Mar de Coisas Desagradáveis era aberto por terremotos sob sua superfície e tsunamis de águas negras se erguiam e quebravam nas costas áridas. Nos campos de batalha, armas caíam das mãos e cavalos derrubavam seus cavaleiros. Ouvidos sangravam e dentes se soltavam das gengivas. Demônios se encolhiam, gemendo, agoniados. Mais e mais os sinos tocavam, sacudindo as pedras da Montanha do Desespero, até que a noção de Inferno em si se reduziu a uma única essência: o terrível badalar dos sinos, ouvidos apenas nos momentos de grandes crises e que haviam passado tanto tempo em silêncio.

De repente, os sinos pararam, e infernais de todos os formatos se viraram para a Montanha do Desespero. Chamas tremeluziam nas profundezas, no coração da montanha, quando uma forma apareceu na entrada. Era a Sentinela, agora muito mais alta e larga do que antes, com a pele vermelha brilhando como se tivesse acabado de ser forjada nas chamas dali de dentro; um ser de metal ou de pedra, que aos poucos resfriaria até ficar cinza e preto.

– Como foi que ele entrou? – perguntou Brompton a Edgefast num sussurro, enquanto a sombra da Sentinela se aproximava deles.

– Só pode ter se esgueirado – disse Edgefast, evitando os olhos de Brompton.

– Ele tem doze metros de altura! O que foi que ele fez, usou um chapéu e óculos escuros? Que tipo de guarda é você?

Mas todas as perguntas sobre a Sentinela e qualquer espanto que os guardas, os dois exércitos, a sra. Abernathy e o duque Abigor tivessem sentido diante de sua aparência alterada desapareceram quando ficou claro que outra presença emergia da montanha, uma figura que fazia a Sentinela parecer um anão exatamente como a Sentinela parecia uma torre se comparada à maioria dos demônios posicionados no campo. Um forte cheiro de enxofre percorreu a planície e a luz de dentro da montanha enfraqueceu, pois as chamas eram encobertas pela massa da criatura que se aproximava. Tudo ficou completamente imóvel e silencioso entre os exércitos ali reunidos. Até os anões estavam quietos, parecendo paralisados, mudos e imóveis à visão que surgia. No Aston Martin de Nurd, Boswell enfiou o nariz na axila de Samuel e fechou os olhos, aterrorizado, contraindo o focinho diante do fedor que chegava, formando uma imagem em sua mente de cachorro que era incapaz de apagar.

O Grande Malevolente era tão enorme que precisou se abaixar para passar pela entrada da montanha. Quando se endireitou, por fim, havia uma grandeza naquela visão, e uma sensação de terrível admiração contagiou a todos os que testemunharam o momento, pois ali não estava apenas o mais antigo e feroz dos males, mas sim o próprio Mal encarnado. Daquele ser fluía tudo o que havia de errado, de fétido, tudo o que acabava com a esperança de mundo após mundo, universo após universo. Sua coroa era formada por esporas de osso que cresciam do próprio crânio, dentadas e amarelas. Seu porte enorme ainda era coberto pela armadura que ele vestira na expectativa da cruzada contra a Terra, entalhada com os nomes de cada homem e mulher nascidos e que ainda nasceriam, pois odiava todos eles e queria se lembrar da raiva que sentia de cada um. A grande ladainha de nomes crescia constantemente, à medida que mais humanos chegavam ao mundo, e alguns dos nomes queimavam, pois os que tinham amaldiçoado a si mesmos com suas atitudes estavam destinados a se juntar a ele.

A maior parte da carne no rosto do Grande Malevolente já tinha se decomposto havia muito tempo, deixando uma fina camada de pele marrom e coriácea, drapejada sobre os ossos e rasgada nas bochechas, de modo que os músculos e os ossos dali debaixo pudessem ser vistos com clareza. Os dentes eram como serras que se enfileiravam em duas camadas sobre gengivas doentes, escuras, com uma língua de serpente rosa-clara que lambia seus lábios podres.

Mas por mais que sua cara fosse horrível, eram os olhos que realmente apavoravam, pois eram quase humanos na profundidade de seus sentimentos, cheios de uma raiva sem limite e de uma tristeza venenosa e terrível. Do lugar que observava, de dentro do carro de Nurd, Samuel entendeu, por fim, por que aquele ser odiava tanto os homens e as mulheres: porque eram muito parecidos com ele, porque o pior deles se espelhava no Grande Malevolente. Ele era a fonte de todo o mal nos homens e nas mulheres, mas não tinha nada da bondade nem da graça que os seres humanos eram capazes de ter, então, somente ao corrompê-los sua dor e seu ressentimento diminuíam e, assim, sua existência se tornava mais suportável.

Agora, o Grande Malevolente encarava o campo de batalha, com a Sentinela a postos à sua frente e, quando falou, todos tremeram de medo.

– QUEM SE ATREVE A REUNIR EXÉRCITOS ADVERSÁRIOS EM MEU REINO? QUEM PÕE DEMÔNIO CONTRA DEMÔNIO?

Como que num sinal pré-combinado, os exércitos se separaram, afastando-se ao máximo de seus comandantes, de modo que a sra. Abernathy e o duque Abigor ficaram isolados.

– Meu senhor e mestre – disse Abigor, abaixando a cabeça. – É bom vê-lo recuperado aqui conosco. Sem a sua mão para nos guiar, andamos perdidos e fomos traídos por alguns dos nossos. Me vi obrigado a agir para proteger este grande reino da traição de alguém que um dia foi adorado pelo senhor, esta – ele apontou para a sra. Abernathy com desgosto – personagem poluída, esta mulher remendada. – Abigor parecia estar prestes a continuar, mas o Grande Malevolente ergueu o dedo de uma garra e ele se calou, enquanto seu mestre voltava sua atenção para a sra. Abernathy.

– ABIGOR ESTÁ MENTINDO?

– Não, meu mestre – respondeu a sra. Abernathy. – Pois andamos perdidos e fomos traídos, mas a traição não foi cometida por mim. Veja os estandartes. Eu luto sob a sua bandeira, mas Abigor luta sob a própria.

– Permita-me explicar – começou Abigor, mas suas palavras se transformaram em moscas pretas que zuniam nas bochechas e na língua, e a sra. Abernathy se permitiu um largo sorriso de quem sabia algum segredo enquanto seu oponente tentava cuspir os insetos, mas, a cada um que ele punha para fora, outros dois apareciam, até a boca de Abigor ficar cheia.

– Me propus a compensar o senhor pelo meu fracasso e foi o que fiz – continuou a sra. Abernathy, agora que tinha calado Abigor por um tempo.

– O SEU FRACASSO FOI ENORME. ENTÃO, A RECOMPENSA TAMBÉM DEVE SER.

– E é – disse a sra. Abernathy. – Pois eu lhe trouxe o menino que sabotou todo o nosso trabalho. Eu lhe trouxe Samuel Johnson!

Ela acenou para o carroceiro, que apressou os cavalos, trazendo a gaiola coberta até a clareira no campo de batalha. Ao lado, Abigor tinha encontrado forças o suficiente para dispersar as moscas e a interrompeu.

– Ela está mentindo, meu mestre! Só luto com a minha bandeira porque ela usa o seu estandarte para esconder a própria traição. Ela tem jogado traição sobre traição. Roubou a criança de mim. Fui eu quem descobriu um jeito de abrir o portal, mas ela pegou o menino em meu castelo para poder ficar com os créditos pela captura.

A carroça se aproximou com o prêmio que esperava para ser revelado, e o clarão de um raio revelou a silhueta dentro da gaiola.

– E onde fica o portal que o senhor abriu, duque Abigor? – perguntou a sra. Abernathy. – Mostre-o para nós, para podermos admirá-lo. Exiba-o para o nosso mestre, para usarmos o potencial dele para outra invasão.

– O portal desapareceu – gaguejou Abigor. – Não consegui mantê-lo aberto por muito tempo. Só consegui pegar o menino e o portal se fechou de novo.

A sra. Abernathy ergueu os braços.

– Me deixe provar a traição dele, meu mestre – disse ela. – Pois sei onde o portal está. Eu sei porque ele está... dentro de mim!

Seus olhos emitiram um frio brilho azul e uma luz azul encheu sua boca. O ar à sua volta parecia redemoinhar, formando uma coluna de poeira e cinzas que pegava a luz que vinha de dentro da sra. Abernathy, de modo que ela se tornou o centro do próprio mundo azul. À medida que se tornava cada vez mais alta, era a sra. Abernathy e ao mesmo tempo seu antigo eu, o demônio Ba'al, com os tentáculos se retorcendo e a cabeça enorme visível sob a pele esticada da sra. Abernathy, como uma imagem transparente posta sobre a outra. Suas mandíbulas segmentadas se abriam cada vez mais – três, seis, nove metros de largura –, revelando um túnel de luz escura com um coração azul.

– Veja, meu mestre! – gritou ela. – Veja o portal! E veja... Samuel Johnson!

O carroceiro puxou o pano escuro e a multidão suspirou diante da figura do Sr. Doce Feliz, dando seu sorriso de plástico para as forças do Inferno reunidas.

Naquele momento, uma pedra com quatro olhos disparou dentre as tropas, seguida de perto por uma carroça coberta por um pano e enfeitada com chifres nada impressionantes. Os disfarces caíram, revelando Dan, Dan Sorveteiro da Van, encurvado sobre o volante de sua amada van, sendo apressado pelo sargento Rowan, o oficial Peel e quatro anões determinados; revelando Samuel Johnson no Aston Martin que um dia pertenceu ao seu pai, segurando Boswell com firmeza num gancho formado por um dos braços, e com a outra mão tocando o ombro de Absinto, cujos olhos estavam arregalados.

E revelando Nurd: Nurd, não mais Nurd, o incapaz, Nurd, o covarde; não mais Nurd, o Flagelo de Cinco Deidades. Não. Aquele era um Nurd transformado. Aquele era Nurd, o Dominador de Demônios. Aquele era Nurd, o Triunfante.

Aquele era Nurd, o Francamente Apavorado.

Antes que a sra. Abernathy pudesse reagir, Nurd já tinha dirigido o carro direto para dentro de sua boca, com a van de sorvetes poucos centímetros atrás. Enquanto desapareciam portal adentro, trechos baixos de "(How Much Is) That Doggie in the Window?" flutuavam da mandíbula da sra. Abernathy sobre a grande planície.

Mesmo num campo de batalha no qual dois exércitos enormes encaravam um ao outro, e o próprio Mal se erguia imponente sobre os dois em busca de uma explicação para o que estava acontecendo, um par de veículos motorizados descendo pela garganta de um demônio – uma garganta recentemente transformada numa passagem entre universos – ainda contava como algo bem fora do comum. Nada aconteceu durante vários segundos, a não ser pelos ocupantes dos dois veículos caindo por uma espécie de buraco de minhoca com tudo o que isso envolvia, inclusive ser esticado a ponto de sentir agonia, depois, encolhidos de um jeito dolorosamente parecido, mas tudo isso foi escondido dos habitantes do

Inferno, que continuavam com o olhar fixo na sra. Abernathy para ver como ela reagiria àquela reviravolta.

A sra. Abernathy podia ter escondido as origens do portal em si mesma, mas não pretendia que ele fosse usado como Samuel, Nurd e companhia tinham acabado de usá-lo. Ela planejava manifestá-lo num ponto fora de si mesma e, então, com a ajuda de seu mestre, sugar todo o poder que conseguisse do Colisor, matando dois coelhos numa cajadada só, revertendo o sentido do portal para que, em vez de puxar objetos da Terra para o Inferno, ele os levasse do Inferno para a Terra. Não seria o bastante para mandar um exército inteiro, mas seria o bastante para transportar o Grande Malevolente e ela mesma para o mundo dos homens, onde eles criariam um novo Inferno, só os dois. Infelizmente, agora parecia que esse plano teria que ficar para depois, pois a sra. Abernathy tinha preocupações mais urgentes.

Seu corpo estremeceu. Ela sufocou e engasgou, como alguém engolindo um pedaço de uma comida qualquer que desceu pelo lugar errado, o que, no sentido veicular, fora mais ou menos o que tinha acontecido. A luz azul se tornou mais forte e clara, tão clara que os demônios reunidos ali, até o próprio Grande Malevolente, foram obrigados a olhar para o outro lado; tão clara que passou de azul para branca e queimava tanto que a sra. Abernathy gritou.

O portal foi destruído e a sra. Abernathy implodiu. Seu ser se contorceu sobre si mesmo, sua substância espiralou para dentro enquanto cada átomo em seu corpo era separado do outro. O disfarce de pele humana foi sugado, revelando o velho monstro que havia por baixo. As mandíbulas segmentadas foram puxadas para dentro da garganta, os tentáculos se dobraram sobre a frente do corpo, como que para protegê-la, e houve um pequeno barulho de estouro quando o portal se fechou e os fragmentos de seu ser foram espalhados por todo o Multiverso.

TRINTA E SETE

Quando Chegamos À Parte do "Felizes Para Sempre"

OUVE UM CLARÃO AZUL na estrada Ambrose Bierce e dois veículos apareceram: um Aston Martin com as janelas tão trincadas que era impossível enxergar através delas e com as quatro rodas entortadas para fora, como as pernas de um animal desmaiado, de modo que o carro repousava sobre a parte de baixo; e uma van de sorvetes muito maltratada, contendo quatro anões igualmente maltratados, cobertos de calda de framboesa da cabeça aos pés, dois policiais cujos capacetes tinham derretido e um sorveteiro completamente confuso, com o cabelo chamuscado.

– Na próxima vez, vamos de trem – disse Alegre, saindo cambaleando dos fundos da van. – Me sinto como se tivesse sido arrastado por uma máquina de lavar de trás para a frente.

Seus companheiros anões se juntaram a ele e Sonolento usou um dos chifres para raspar o resto do sorvete. Uma fumaça azeda começou a surgir da parte de baixo da van, e logo vieram as chamas tremeluzentes. Dan, Dan Sorveteiro da Van, olhava, pesaroso, enquanto os restos de seu negócio viravam fumaça.

– Talvez eu não leve mesmo jeito para ser sorveteiro – disse ele. – Pelo menos o seguro vai cobrir isso, eu acho.

Alegre lhe deu um tapinha no braço.

– Você acha que vai comprar outra van?

– É provável. Mas não sei o que vou fazer com ela.

– Engraçado você comentar isso – disse Alegre, adotando a mais confiável de suas expressões. – O que você acharia de transportar quatro indivíduos trabalhadores e motivados para uma série de compromissos de negócios?

– Me parece legal – falou Dan.

– Parece mesmo, não é? – disse Alegre. – Eu queria realmente *conhecer* quatro indivíduos trabalhadores e motivados, mas, na falta deles, o que você acha de transportar nós quatro?

O sargento Rowan e o oficial Peel ajudaram Nurd, Absinto, Samuel e Boswell a se libertar do Aston Martin, cujas portas tinham amassado muito ao atravessar o portal.

Nurd deu um tapinha no teto do carro, triste.

– Acho que ele fez sua última viagem – falou, enquanto Absinto enxugava uma lágrima. Absinto tinha passado a amar o Aston Martin quase tanto quanto amava Nurd. Até mais, já que o carro nunca havia batido nele com um cetro, nem falado com ele de forma desagradável, nem ameaçado enterrá-lo de cabeça para baixo na areia por toda a eternidade.

– Pelo menos você tem um carro, ou o que sobrou de um – disse o oficial Peel. – Como vamos explicar a perda da nossa viatura, sargento? E onde ela foi parar?

– Nunca vamos saber, filho – falou o sargento Rowan.[41]

De repente, alguma coisa se mexeu na van de sorvetes em chamas e, segundos depois, Shan e Gath surgiram em meio ao incêndio, dando tapinhas para apagar os pequenos focos de chama em seus pelos.

– Eu tinha me esquecido deles – disse Nervoso, com o ar casual de quem deixou os cadarços desamarrados em vez de abandonar duas criaturas num inferno de metal e plástico.

– De onde eles saíram? – perguntou o oficial Peel.

– Escondemos os dois nos refrigeradores enquanto você estava se abrindo com o sargento e Dan – falou Alegre. – Desculpe. Quero dizer, não podíamos deixá-los no Inferno, não depois de aquele cara alado ter achado Samuel na caverna deles. Não teria sido justo.

---

[41] Em algum lugar nas profundezas do Inferno, um enorme demônio invisível e flutuante chamado Fred tinha acabado de chegar em casa para se juntar à sua mulher invisível, Felicidade, e seu filho invisível, Fredinho.

– Por onde você andou? – perguntou a mulher invisível. – Não sei quem você pensa que é, perambulando pelo Inferno como se não tivesse com o que se preocupar e me deixando sozinha para entreter o Fredinho. Na maior parte do tempo, é como se você nem estivesse aqui.

Fred, por ser invisível, ficou tentado a argumentar que, mesmo quando estava ali, era como se nem estivesse, mas não achou que fosse uma boa hora para isso, já que, apesar de ser invisível e, portanto, provavelmente um alvo difícil para sua adorada patroa, ela parecia ter uma misteriosa habilidade para acertá-lo com vários objetos da casa. Em vez disso, ele pôs uma viatura de polícia e uma van ao lado do Fredinho, ou onde achou que Fredinho pudesse estar. Como as crianças de toda parte, Fredinho pegou os veículos no mesmo instante e bateu um no outro, antes de passar as rodas na terra, fazendo *brrrmmmm-brrrmmmm.*

– Era para virem com homenzinhos, mas sei que ele iria perdê-los – disse Fred.

– E eu? – perguntou Felicidade.

– Só um beijo para você, meu amor – disse Fred.

Ele beijou o ar, romântico.

– Estou aqui, seu idiota!

– Trouxemos quatro demônios para a Terra – disse o sargento Rowan. Ele ficou um tanto pálido. – Vão tomar minhas insígnias.

O oficial Peel sorriu.

– Não tenho nenhuma insígnia.

– Eu sei. Em vez disso, vão arrancar suas entranhas.

– Ah.

– É. *Ah.* Você não está sorrindo agora, não é?

– Mas vamos estar horrivelmente encrencados, sargento, e já me meti em encrenca suficiente para uma vida inteira. O delegado não vai aprovar termos trazido demônios do Inferno. Ele não gosta nem de viajar para outro país nas férias porque lá está cheio de estrangeiros. Se contarmos a ele o que fizemos, vamos passar o resto da vida sendo guardas de trânsito.

O sargento Rowan olhou para Shan e Gath. Depois de apagar as chamas dos pelos, os dois agora se fortaleciam com a última garrafa de sua cerveja caseira.

– Nesse caso, não vamos contar para ele – disse o sargento Rowan.

– Mas não podemos simplesmente deixar esses dois, Nurd e Absinto vagando por aí. Isso não seria certo.

– Também não vamos deixá-los vagando por aí – falou o sargento Rowan. – Oficial Peel, tenho um plano.

Nurd olhou para o céu azul sobre sua cabeça, com nuvens que se movimentavam depressa, iluminadas pelo brilho âmbar de um belo pôr do sol. Sentiu o cheiro de flores, grama e casquinhas de sorvete queimadas. Viu um gato coçando as costas num poste e um pássaro bicando sementes num alimentador. Ele se sentiu animado e livre.

E também com muito medo. Era uma criatura alienígena ali, um demônio. Talvez fosse odiado, temido ou trancafiado. E Absinto?

Seu colega mal era capaz de cuidar de si mesmo no Inferno. Sem Nurd, estaria perdido, mas nem Nurd sabia ao certo como os dois sobreviveriam no mundo dos homens.

Uma mão pegou a sua, apertando-a com força. Nurd olhou para baixo e viu Samuel. Ao lado do menino, Boswell abanava o rabo.

– Vai ficar tudo bem – disse Samuel. – Veja, você tem um novo mundo inteiro para explorar.

A viagem para o Inferno, com todos os traumas e triunfos, tinha durado apenas três horas na Terra, e a mãe de Samuel, apesar de preocupada, ainda não estava desesperada, mas ficou assim que Samuel explicou o que havia acontecido. Uma xícara de chá definitivamente cairia muito bem, mas dessa vez a própria sra. Johnson saiu para comprar o leite enquanto Samuel tomava um banho. Quando ela voltou, Absinto estava na banheira, e Nurd, usando um dos velhos roupões do sr. Johnson, soprando bolhas de sabão de um pequeno cachimbo de plástico.

– O que vamos fazer com esses dois? – perguntou a sra. Johnson enquanto acomodava o chá e o bolo na bandeja. – Eles não podem ficar aqui para sempre. Não temos espaço suficiente.

– Eu tenho um plano – disse Samuel.

E tinha mesmo.

Samuel foi para a escola, como de costume, na manhã seguinte. Para aqueles que eram observadores o bastante para notar as mudanças, como Tom e Maria, ele parecia mais velho de algum jeito, mas também mais forte e determinado, mesmo antes de contar a seus dois amigos mais íntimos tudo o que tinha acontecido no dia anterior. Então, com os óculos reserva firmes sobre o nariz, caminhou a passos largos até a cantina, onde encontrou Lucy Highmore e duas amigas dela terminando um dever de casa em uma das mesas.

– Oi – disse Samuel a Lucy. – Posso falar com você por um minuto?

Lucy assentiu com a cabeça. Suas amigas puseram os livros na mochila e saíram dando risadinhas. Lucy olhou com firmeza para Samuel Johnson pela primeira vez. Ela nunca tinha sido indelicada com o menino, mas também nunca tinha tentando trocar mais do que algumas palavras com ele. Os dois estudavam em turmas diferentes e só se juntavam nas confraternizações da escola. Agora, cara a cara e sem interrupções, ela o achou um tanto bonito, de um jeito engraçado; e, apesar de terem a mesma idade, havia uma tristeza e uma sabedoria nos olhos dele que o faziam parecer mais velho do que ela.

– Meu nome é Samuel.

– Eu sei.

– Ontem convidei uma caixa de coleta dos correios para sair, pensando que era você.

– Eu pareço uma caixa de coleta dos correios?

– Na verdade, não. De jeito nenhum, para ser sincero.

– Então não era um erro fácil de se cometer?

– Não.

– Bom saber.

– É, imagino.

Houve um silêncio entre os dois por um tempo.

– E então? – perguntou Lucy.

– Então – começou Samuel –, tinha esperanças de que você gostaria de comer uma torta comigo no Pete's depois da aula, na sexta-feira, se não estiver ocupada.

Lucy pensou no convite, depois sorriu, lamentando.

– Sinto muito. Estou ocupada na sexta.

– Ah – disse Samuel. Ele mordeu o lábio e se virou. Pelo menos eu tentei, pensou.

– Mas não estou ocupada no sábado...

– Como foi? – perguntou Maria, quando se deparou com Samuel no corredor, mais tarde naquele dia.

– Ela aceitou – respondeu ele.

– Ah, que bom – falou Maria, que saiu andando. E Samuel achou que ela parecia incomodada com alguma coisa no olho.

A vida pode ser difícil. Na verdade, a vida costuma ser difícil. E é ainda mais difícil quando você é jovem e está tentando descobrir seu lugar no grande esquema das coisas, mas, se servir de consolo, a maioria acaba achando esse lugar.

Num porão, nas profundezas das instalações da Spiggit's Cervejaria, Armas Químicas & Produtos Industriais de Limpeza Ltda., Shan e Gath, em jalecos brancos limpíssimos, circulavam, determinados, por um laboratório equipado com o que havia de mais moderno na tecnologia cervejeira. Ao lado do laboratório, ficavam as instalações em que viviam, com camas confortáveis, cadeiras, uma televisão e uma máquina de fliperama, com um jogo de que Shan em especial era adepto, para a surpresa de todos. Isto é, quando tinha tempo e vontade de jogá-lo, o que não costumava acontecer com muita frequência. Afinal, Shan e Gath haviam descoberto um dos segredos da felicidade: descubra uma coisa que você faria de graça, como um passatempo, e convença alguém a lhe pagar um bom dinheiro para fazê-lo.[42] Agora os dois passavam

[42] A maioria das pessoas irá passar a vida fazendo trabalhos de que não gostam tanto e acabará economizando dinheiro o suficiente para deixar de

os dias desenvolvendo as novas variedades de cervejas para lojas: a ale Chuva de Verão da Spiggit's, a amber ale Suave Raio de Sol da Spiggit's, a lager Nascer do Sol de Morango da Spiggit's, esse tipo de coisa, cervejas de fragrância suave e gosto delicado para o degustador mais delicado e perspicaz.

Ou para uns baita afeminados, como Shan e Gath gostavam de pensar.

Os dois também eram os responsáveis por outra linha de cervejas para aqueles com um porte mais, humm, "robusto". Essa linha incluía a Muito Peculiar da Spiggit's, a Inconfundível e Desagradável da Spiggit's e a notável Antiga Detestável da Spiggit's, que agora vinha numa garrafa de vidro extraespesso com uma trava na tampa, depois da levedura de um lote ter tentado se libertar. Mas havia sempre um lugar em sua geladeira e em seu coração para a Antiga Peculiar da Spiggit's.

Afinal, não tinha como aperfeiçoar a imperfeição perfeita.

Alguns dias depois, num porão muito maior, numa distância em que dava para sentir o cheiro das chaminés da Spiggit's funcionando, um carro esportivo vermelho lustroso perdeu o controle e bateu num muro de tijolos com tanta força, que as rodas de trás se ergueram do chão, o capô amassou e partes do motor, da lataria do carro e possivelmente da lataria do passageiro também voaram pelo ar. O porta-mala pareceu suspenso em espasmos de agonia e depois caiu de volta no concreto num estrondo.

---

fazer esses trabalhos e começar a morrer. Não seja uma dessas pessoas. Existe uma diferença entre viver e apenas sobreviver. Faça alguma coisa que você ame e arranje alguém para amar que ame você amar o que faz.

Realmente, é muito simples.

E tão difícil.

Por um tempo, houve apenas silêncio.

Um rangido veio de algum lugar na massa de metal retorcido. A porta do motorista se abriu ou, mais corretamente, a porta do motorista caiu, e Nurd, com cara de atordoado, saiu cambaleando dos escombros. Absinto correu até ele e o ajudou a tirar o capacete e as luvas. Nurd, incerto, olhou para a frente, para uma parede de vidro comprida atrás da qual vários engenheiros, projetistas e especialistas em segurança estavam sentados, esticando o pescoço para entender as palavras do demônio. Samuel Johnson estava de pé, perto do vidro, claramente aliviado. Não importava a frequência com que via aquilo acontecer, sempre ficava satisfeito e surpreso quando seu amigo sobrevivia quase ileso.

– Bem – disse Nurd, por fim –, o cinto de segurança funciona, mas talvez vocês devam dar uma olhada nos freios.

Como eu disse, a maioria das pessoas e alguns demônios descobrem seu lugar na vida, no fim das contas.

TRINTA E OITO

Quando Descobrimos as Limitações do Termo "Felizes para Sempre"

PROFESSOR Hilbert, o professor Stefan, Ed, Victor e os cientistas que tinham mais experiência com o Colisor estavam reunidos numa sala da CERN enquanto o GCH operava ali perto.

– E o menino disse que foi arrastado para o Inferno? – perguntou o professor Stefan.

O professor Hilbert assentiu com a cabeça.

– A volta do Aston Martin ou do que sobrou do carro parece confirmar a história dele.

– E esse menino esteve lá com quatro anões, dois policiais, uma viatura da polícia, um sorveteiro e uma van de sorvetes?

O professor Hilbert assentiu com a cabeça de novo.

– Uma van de sorvetes? Você tem certeza de que era uma van de sorvetes?

– Uma van de sorvetes do Sr. Doce Feliz – confirmou o professor Hilbert.

– Sr. Doce Feliz – repetiu o professor Stefan, sério, como se isso fosse especialmente importante. – Eles não trouxeram nenhum, humm...

– Demônio?

– É, demônio, eles não trouxeram nenhum *de volta*, trouxeram?

– Os policiais, Samuel Johnson e o sr. Dan, Dan Sorveteiro da Van, que agora parece ser o empresário dos anões, todos confirmaram a ausência geral de demônios neste mundo.

– E os anões?

– Os anões são muito desagradáveis. Na verdade, por um tempo, achamos que *eles* fossem demônios – disse o professor Hilbert. – Um deles jogou uma garrafa de cerveja em Ed.

Ed mostrou um galo enorme na testa.

– Mas ele foi legal o bastante para esvaziar a garrafa primeiro.

– Você examinou o menino? – perguntou o professor Stefan.

– A mãe dele não deixou – respondeu o professor Hilbert. – Ela parece acreditar que somos, em parte, culpados pelo desaparecimento dele, já que fomos nós que ligamos o Colisor de novo. Ela foi muito resistente quanto a isso e usou uma linguagem muito pesada.

– E os policiais?

– Os policiais não nos deixaram examiná-los. Também nos apresentaram a conta da viatura com trinta dias para pagar.

– E os anões?

– Tentamos examiná-los, mas não deu muito certo. Basta dizer que esses anões são *muito* anti-higiênicos.

– Mas apesar de tudo o que eles disseram, você alega que, na verdade, não estiveram no Inferno?

– Onde quer que tenham estado, não era o Inferno – disse o professor Hilbert. – O Inferno não existe. Estavam apenas em outro mundo, outro universo. Acredito que seja um universo de matéria escura. Estamos perto, professor, muito perto. Não podemos desligar o Colisor, não agora. Nossa compreensão acerca de nosso lugar no Multiverso está prestes a mudar completamente. A pergunta "estamos sozinhos ou não no Multiverso?" já foi respondida. Agora, é nosso dever explorar a natureza das formas de vida com as quais o compartilhamos.

– O que você sugere que façamos?

– Nada. Não vamos dizer nem fazer nada. Vamos ignorar o menino e a história dele e continuar com o experimento.

– E se eles recorrerem à imprensa?

– Não vão.

– Você parece ter certeza disso.

– E tenho. A mãe já teme o bastante pelo filho do jeito que as coisas estão. Ela não vai querer a mídia acampada na porta da casa dela, isso presumindo que acreditem na história do menino, e podemos cuidar para que não acreditem. Os policiais foram avisados pelos seus respectivos superiores para não contar nada a ninguém sobre o que vivenciaram, e o sorveteiro só quer o dinheiro do seguro. Quanto aos anões, eles não são as mais confiáveis das testemunhas.

O professor Stefan ainda parecia incomodado.

– Quais são os riscos?

– De cinco por cento. No máximo.

– E esses cinco por cento abrangem a ameaça de invasão e a possibilidade de sermos devorados por entidades desconhecidas e do planeta inteiro ser destruído?

– Possivelmente.

O professor Stefan deu de ombros.

– Dá para viver com isso. Alguém aceita um chá?

Nas profundezas, no coração da Montanha do Desespero, o Grande Malevolente refletia. Seu tempo de loucura tinha passado. Agora sua mente estava clara de novo.

– UM MENINO. UM MENINO E UM DEMÔNIO.

O Senhor de todo o Mal falou como se não conseguisse acreditar nas próprias palavras. A Sentinela permanecia em silêncio, aos seus pés, esperando o comando do mestre. Acima, os grandes sinos, os sinos que haviam tirado seu mestre da loucura, estavam em silêncio de novo. O portal tinha desaparecido. A sra. Abernathy tinha desaparecido. O duque Abigor e seus aliados estavam congelados no Lago de Cocytus, onde passariam a eternidade. Só o Grande Malevolente prevalecia.

– O COLISOR AINDA ESTÁ FUNCIONANDO?

O Sentinela assentiu com a cabeça.

– ÓTIMO.

A Sentinela franziu a testa. O elo entre o Inferno e o mundo dos homens não existia mais. Qualquer que tenha sido o poder que a sra. Abernathy controlava para criar a passagem havia desaparecido com ela. Levaria tempo para descobrir um jeito de ter acesso ao poder do Colisor de novo e, com certeza, os homens e mulheres responsáveis por ele tomariam mais cuidado dessa vez. Pelo que a Sentinela sabia, o reino estava, mais uma vez, isolado.

O Grande Malevolente, parecendo ler os pensamentos do servo, voltou a falar:

– EXISTE OUTRO REINO.

E a Sentinela, um ser quase tão antigo quanto aquele a quem servia, entendeu. Existia um reino paralelo ao mundo no qual os homens circulavam, um reino cheio de entidades obscuras, um reino de seres que odiavam os homens quase tanto quanto o próprio Grande Malevolente.

O Reino das Sombras.

– PREPARE O CAMINHO.

A Sentinela partiu e o Grande Malevolente fechou os olhos, permitindo que sua consciência percorresse os universos, tocando aqueles que eram quase como ele, criaturas determinadas a prejudicar os outros e, em cada mente, ele deixava uma única ordem:

PROCURE OS ÁTOMOS. PROCURE OS ATÓMOS COM O BRILHO AZUL. ENCONTRE-A...

Agradecimentos

Gostaria de agradecer a meus editores e publishers da Simon & Schuster e da Hodder & Stoughton, a meu agente Darley Anderson e sua equipe, e ao dr. Colm Stephens, coordenador da Escola de Física da Faculdade de Trinity, em Dublin, que fez a gentileza de ler o manuscrito deste romance e corrigir meus erros. Qualquer erro que tenha permanecido é de minha inteira culpa. Por fim, meu amor e meu muito obrigado a Jennie, Cameron e Alistair.